大江健三郎与鲁迅的契合与差异

邓国琴 著

中国社会科学出版社

图书在版编目(CIP)数据

大江健三郎与鲁迅的契合与差异/邓国琴著. —北京：中国社会科学出版社，2016.5
ISBN 978-7-5161-8101-0

Ⅰ.①大… Ⅱ.①邓… Ⅲ.①大江健三郎—文学研究 Ⅳ.①I313.065

中国版本图书馆CIP数据核字(2016)第099849号

出 版 人	赵剑英
责任编辑	熊　瑞
责任校对	王　影
责任印制	戴　宽

出　　版	中国社会科学出版社
社　　址	北京鼓楼西大街甲158号
邮　　编	100720
网　　址	http://www.csspw.cn
发 行 部	010-84083685
门 市 部	010-84029450
经　　销	新华书店及其他书店
印　　刷	北京君升印刷有限公司
装　　订	廊坊市广阳区广增装订厂
版　　次	2016年5月第1版
印　　次	2016年5月第1次印刷
开　　本	710×1000　1/16
印　　张	15.25
插　　页	2
字　　数	239千字
定　　价	56.00元

凡购买中国社会科学出版社图书，如有质量问题请与本社营销中心联系调换
电话：010-84083683
版权所有　侵权必究

"希望是本无所谓有,无所谓无的。这正如地上的路;其实地上本没有路,走的人多了,也便成了路。"

——鲁迅

目　录

序 …………………………………………………… 张思齐（1）
引论 ……………………………………………………………（1）
第一章　思想 …………………………………………………（19）
　第一节　大江健三郎对日本民众暧昧性的揭示：文化批判及
　　　　　启蒙 ………………………………………………（20）
　第二节　绝望中的抗争 ……………………………………（52）

第二章　文笔 …………………………………………………（79）
　第一节　大江健三郎对日本传统的继承及对西方文学理念的
　　　　　消化 ………………………………………………（79）
　第二节　大江健三郎与鲁迅创作的自传性 ………………（86）
　第三节　大江的艺术殿堂：小说与随笔驰骋的天空 ………（91）
　第四节　大江健三郎的晦涩粘连与鲁迅的犀利 …………（124）

第三章　影响 …………………………………………………（135）
　第一节　大江文学与日本 …………………………………（135）
　第二节　大江健三郎旷世济达的普世救赎 ………………（146）
　第三节　大江健三郎的"介入"文学 ………………………（158）
　第四节　大江文学开创的人类生存之道 …………………（168）

第五节　大江研究在中国 …………………………………（182）
第六节　大江研究的世界意义 ……………………………（190）

余论　大江健三郎的中国情缘 ………………………………（214）
参考文献 ………………………………………………………（230）
后记 ……………………………………………………………（235）

序

张思齐

韩愈《送桂州严大夫》诗:"苍苍森八桂,兹地在湘南。江作青罗带,山如碧玉簪。户多输翠羽,家自种黄甘。远胜登仙去,飞鸾不假骖。"广西自古及今为人文荟萃之地。在古代,广西出过很多著名的学者,也有不少中原学者与广西有关。自近代以来,广西更是人才辈出,而且其中优秀的学人不少。邓国琴就是广西当今学人中热爱学术、勤于钻研而且著述有成的一位。

2010年9月—2011年7月,邓国琴在武汉大学访学,从事"高等学校青年骨干教师国内访问学者"项目的研究,有关工作由教育部高等学校师资培训交流武汉中心负责。此中心是于1985年建立的两个全国性高等学校师资培训中心之一,中心在业务上直属教育部领导,在人事和行政管理上教育部委托武汉大学代行管理。教育部高等学校师资培训交流武汉中心派我担任邓国琴的指导教师。按照本人一以贯之的做法,邓国琴修习了比较文学与世界文学专业博士生们除了政治课和外语课之外的全部课程,并且完成了全部作为课程考核的单篇论文的写作,其中之一即《黄遵宪日本诗的革新意识》。该专题论文为邓国琴独著,长达万余字,发表在香港新亚研究所编《新亚论丛》2011年总第12期上。今日评审正高职称,要求较为严格,且各地要求不尽一致,不过武汉大学却认可该刊,以国际刊物其质量在一般CSSCI期刊之上故也。这里之所以言及此往事一桩,以邓君努力学习之面目至今亦时常浮现于目前之故也。专著《大江健三郎与鲁迅的契合与差异》是邓国琴在武汉大学做访问研究时所取得的成就。邓国琴在

《后记》详细地叙述了该专著成书的过程，故而此不赘言。这里仅谈谈该专著的一些特点。

专著《大江健三郎与鲁迅的契合与差异》由三部分构成，它们是引论、本论和余论。引论和余论，均具有章的规模，而不是虚晃一枪。

在引论中，文献综述部分写得不错，它对于那些有意研究大江健三郎的中国和日本学者，包括那些在日语系工作和学习的师生，或许有一定的参考价值。在余论中，大江健三郎文学创作中的鲁迅因子、大江健三郎与世界文学的关系，以及基督宗教对大江健三郎思想形成的触媒作用，都是富有创见的研究，具有长久的参考价值。

本论部分由三章构成。第一章《思想》，第二章《文笔》，第三章《影响》。从这三章的标题即可看出，《大江健三郎与鲁迅的契合与差异》是一部比较意识浓厚的学术专著。作为一门学科，比较文学虽然年轻，但是也经历了一百多年的发展过程。比较文学的研究，从方法论上看，分为两大派：一是法国学派，二是美国学派。比较文学的法国学派以实证主义为指导思想，注重影响研究，即一切凭借事实说话。比较文学的美国学派，其理论背景为形式主义和新批评，其操作实践以审美批评为切入点，强调文学性，提倡平行研究。中国的比较文学界有志于立于世界学术之林，正在朝着建设比较文学的中国学派而努力奋进。孕育中的比较文学的中国学派，其特色在于双向阐释，即拿外国的文艺理论来阐释中国的文学理论和文学创作，同时又拿中国的文艺理论去阐释外国的文学理论和文学创作。邓国琴专著《大江健三郎与鲁迅的契合与差异》一书以影响研究为主，同时具有某些平行研究的精彩段落，也有一些进行双向阐释的成功尝试。邓国琴文章写得干净明白，单刀直入，只谈问题，没有一句多余的话。邓国琴运思缜密，全书一环扣一环，逻辑理路清晰，结论具有说服力。那些体现于《大江健三郎与鲁迅的契合与差异》一书中的研究理念、操作方法和成功尝试，当会为邓国琴本人今后指导硕士研究生发挥作用。

从学术质量上看，邓国琴《大江健三郎与鲁迅的契合与差异》即使放在博士论文中来加以考量，也是一部优秀之作。这是我感到特别欣慰的。就在邓国琴回广西工作的那一年（2011）九月，教育部高等学校师资培训交流武汉中心曾经召开过大会,由我做了主题发言,介绍如何指导和培养国内访问学者。那一天我着装简素,佩戴校徽,神采飞扬,侃侃而谈,而在座的一百余名学员,其中有不少人已具教授职称,全神贯注,笔记记得沙沙作响,有时又爆发出欢欣的笑声。我在发言中列举了几位潜心治学的访问学者,其中之一便是邓国琴。与我指导的在籍博士生相同,邓国琴也有自己的书房号,它叫"琴心阁"。今天是除夕,明天即丙申年初一,愿邓君在琴心阁中好好做学问,为广西的高等教育事业奉献力量!

2016 年 2 月 7 日

于武汉珞珈山

引　论

一　大江健三郎与鲁迅的文学渊源

大江健三郎从 12 岁开始阅读鲁迅的作品，几十年来从未间断。他说："12 岁时第一次阅读的鲁迅小说中有关希望的话语，在将近 60 年的时间里，一直存活于我的身体之中，并在自己的整个人生里显现出重要意义。"他家藏有鲁迅全集 4 种版本，有关鲁迅作品的书几乎全有了。据有关资料记载，大江建三郎与鲁迅的结缘，得益于他的母亲。母亲在大江 12 岁时把《鲁迅选集》送到了年少的他的手里。据说，这本书是那位可敬的母亲于 1935 年得到的。而在此前一年，也就是 1934 年，她在上海得到了由鲁迅、茅盾等人共同编辑的《译文》杂志创刊号，并一直珍藏在自己的家里。母亲对中国文学的挚爱直接影响了大江健三郎，使他在很小时就接受了中国文学的洗礼。于大江健三郎而言，不仅有从父亲那里接受的唐诗、宋词和明清小说等中国古典文学的影响，还从母亲那里接受的中国现代文学的影响，而后一种影响往往更为直观和亲近，使得少年时代的大江从鲁迅等中国作家及其作品中领略了文学的美妙。不可否认，大江健三郎也接触过中国现代文学史上其他作家的作品，但他对鲁迅情有独钟。他说阅读鲁迅贯穿了他的整个创作。在被称为大江健三郎封笔之作的《别了，我的书！》出版后，细心的读者发现，在日文版封面红色书带上用醒目的白色大字写着：始于绝望的希望。这句话正源于鲁迅先生在 80 年前写下的"绝望之于虚妄，正与希望相同"，但融进了他的想法。大江先生也说，他非常喜欢《故乡》的结尾——"希望是本无所谓有，无所谓无的。这正如地上的路；其实地上本没有路，走的人多了，也便成了路。"而大江健三郎也正是怀抱着对鲁迅的景仰和崇敬，以独特的大江文学，孜孜追求着绝望中的希望，表现出一个作家的良知和使命。

2006年9月，大江健三郎先生来中国访问，中国作协副主席金炳华将自己珍藏的线装四卷本《鲁迅墨迹精选》送给他，他爱不释手，紧紧抱在怀中，之后又迫不及待地打开函封，一卷一卷细看。由于这套书体积较大，回国时朋友劝他放到行李箱中托运，他却说，我要抱回去，如果飞机掉下来，我就和这套书一起死。俨然一个任性的孩子。但如此行为，正表明了大江先生对鲁迅作品的喜爱和珍惜。他早就对鲁迅为人的硬骨头精神和鲁迅文学的批判精神表示了极大的崇敬，而且成为诺贝尔文学奖得主后，依然谦逊地表示："世界文学中永远不可能被忘却的巨匠是鲁迅先生。在我有生之年，我希望向鲁迅先生靠近，哪怕只能靠近一步也好。"还多次在讲座中提到鲁迅。也正是与鲁迅的这种不解之缘，使得大江健三郎的文学创作与鲁迅的文学创作有了千丝万缕的联系。

自大江健三郎登上文坛，就引起了当时一些大评论家如荒正人、平野谦以及读者们的广泛关注。时至今日，关于大江健三郎及其作品的评论和研究，可谓汗牛充栋。但在这其中，关于大江健三郎与鲁迅的关系研究却可算是凤毛麟角。

二　日本学界的大江健三郎研究

自20世纪50年代末登上文坛以来，围绕着大江健三郎的，就是一些经过大评论家圈定后被众多评论者和读者所接受的名词，如60年代和70年代是"战后文学的继承人"、"战后民主主义作家"、"政治与性"、"想象力"、"核时代的危机"等，进入80年代以后，这些词汇又变成了"森林意识"、"灵魂拯救"、"与残疾儿的共生"、"文学的方法化"等。如果对大江文学的研究和评论做一个史的回顾与概括，不难发现，日本研究界针对其创作活动的研究在时间上有一定的规律可循，大致可分为以下几个阶段。

第一阶段是从《奇妙的工作》（1957）到《个人的体验》（1964）之

前。1957年，大江健三郎以短篇小说《奇妙的工作》和短篇小说集《死者的奢华》在日本文坛闪亮登场，并获得芥川文学奖，也引起了荒正人、平野谦等大评论家和读者们的广泛注意。但他最初仅被评论界视为众人中的一员，未受到特别关注，也没有出现单独的评论文章。评论界几乎都是将其与石原慎太郎、开高健一起作为新一代作家的代表来看待。1960年年初开始出现研究论文，评论者先是关注其独特的感受性，集中于"意象"，认为大江健三郎的小说为日本战后文坛吹进了一股新鲜气息。此后关注小说与现实生活的乖离、寓言性。短篇集《死者的奢华》（1958）发表后，批评的关键词是"监禁状态"，《我们的时代》（1959）发表后，则变成了"性"、"性与政治"。小说问世后，遭到评论界和读者的一致否定和批评。对此，大江写下了大量随笔和评论进行反击。"性"、"性与政治"等既是大江自评自作时的用词，同时又被否定、批评的一方原封不动地"拿来"。总之，对大江健三郎的"性"文学，当时批评意见占了主流。

第二阶段是从《个人的体验》（1964）发表到《摆脱危机者的调查书》（1976）之前。60年代中后期，《个人的体验》（1964）和《万延元年的足球队》（1967）的发表，使大江健三郎再一次成为评论界瞩目的焦点，特别是全随笔集《严肃的走钢丝》（1965）及《大江健三郎全作品》（全六卷，1966—1967）的出版，使更加全面地把握大江的小说、随笔等多种文学样式成为可能。开始出现系统研究大江健三郎的专著，如松原新一的《大江健三郎的世界》（1967）指出，大江健三郎初期的作品亦有青年人积极对抗封闭状况的一面，认为《万延元年的足球队》开拓了现代文学的可能性。篠原茂的《大江健三郎》（1973）概述了大江健三郎结合自身体验与时代状况以"性"捕捉现代社会"疯狂"的创作特质。片启治的《大江健三郎——精神地狱的行走者》（1973）则探讨了时代状况与大江健三郎小说结构的关联。学术杂上也开始刊登大江健三郎特辑。如1968年第2期《三田文学》的《特辑·大江健三郎》、1969年第9期《国文学解释与鉴赏》的《特辑·战后一代的文学——安部公房·大江健三郎·吉本隆明——》、1971年第1期《国文学解释与教材研究》的《特辑·江藤淳与大江健三郎》、

1971年第8期《国文学解释与鉴赏》的《特辑·70年代的政治与性——大江健三郎》、1974年第3期《尤里卡》的《特辑·大江健三郎——神话世界》等。60年代中后期，正是"内向的一代"在日本文坛崭露头角的时期，"政治与文学"自然而然地成为这个时期评论的关键词。由于大江健三郎颇多政治性及社会性的言论，所以受到注意和批评乃至责难的程度也要远远超出其他作家。

第三阶段是《摆脱危机者的调查书》（1976）之后的70年代后半期。随着小说《替补跑垒员调查书》（1976）、文学评论集《小说的方法》（1978）、小说《同时代游戏》（1979）相继出版发行，评论界不约而同地将大江健三郎看作是"方法的作家"，并将评论的焦点放在大江健三郎的"方法"上。另外，大江健三郎常用的诸如"结构主义"、"中心与边缘"、"俄国形式主义"、"魔幻"等用词，也多与大江健三郎的名字一起，出现在这一时期的评论当中。当然，对大江的"方法"进行批评的评论也不乏其数，其中既有对结构主义本身的批评，也有对大江关于结构主义的理解的批评。川西政明的《大江健三郎论——未成之梦》（1979）为此期最重要的成果，评论了从《个人的体验》到《洪水涌上我灵魂》的"人类救赎"主题，认为大江健三郎文学风格因残疾儿的诞生而转变，并呈现出开放性。

第四阶段是《现代传奇集》（1980）发表之后至80年代末。这一阶段《倾听"雨树"的女人们》（1982）和《新人呵，醒来吧》（1983）等短篇小说集相继出版。由于所收作品的内容大都会使人联想到大江自身的生活，所以很多评论都将其归为"私小说"的范畴。然而，当时文艺杂志的评论，似乎很少从正面谈论作品，而在非文艺杂志上，开始出现对大江小说的评论，如笠井洁的《球体与龟裂——大江健三郎论》就刊登在《季刊思潮》（1989年1月—1990年4月）和《情况》（1995年8、9月）等非文学杂志上。而学术性的研究论文在学术杂志上的出现，也是始于这一时期。只是，当中承袭大江自己的言论及文艺杂志评论的研究论文较为普遍。这一时期有专刊《大江健三郎——解读神话性宇宙》（《国文学》1983年第6期），甚至出现了篠原茂的《大江健三郎文学词典》（1989）。黑古一夫的《大江健三郎论——森林思想与生存原理》(1989) 以"森林思想"与"乌托邦思想"统领全篇，并认为"森林思想"贯穿了大江健三郎文学。

第五阶段是进入 90 年代后，大江健三郎的"封笔"宣言与荣膺诺贝尔文学奖促成了研究高潮。以 1994 年大江健三郎获得诺贝尔文学奖为契机，杂志、报纸、电视等多元媒体的介入，使得关于大江及其作品的评论现出空前活跃的态势。出现了一些专刊特辑与研究专著。柴田胜二的《大江健三郎论——地上与彼岸》(1992) 梳理了大江健三郎小说的创作脉络，从"状况与自己"、"朝向彼岸的立场"和"共同体与他者"三个方面追溯了大江健三郎小说主题变化的轨迹，探索形成其文学特质的恒定要素。梗本正树的《大江健三郎的八十年代》(1995) 立足文本分析探讨了大江健三郎的小说方法，从整体的创作脉络中考察 80 年代的作品，认为它既是对此前的更新和整合，也是此后实现文学飞跃的推动力。中村泰行的《大江健三郎论——文学的轨迹》(1995) 认为，大江健三郎自初登文坛便将"二战"战后民主主义作为其人生信条，其民主主义信念的表现途径，前期是存在主义，后期是结构主义。总的来说，这个时期关于大江健三郎的研究也渐入佳境，研究论文大批涌现。这些论文无论从涉猎的广度还是研究的深度上讲，都比先前出现的论文有了极大的提高。

第六阶段为《被偷换的孩子》(2000) 至今。这一阶段出现的大江健三郎研究多将其此前的整个创作纳入研究视野。小森阳一的《历史认识与小说：大江健三郎论》(2002) 聚焦大江健三郎这个作家的历史认识的方法，解读作品与作家的诞生。黑古一夫的《作家是这样出生、成长的——大江健三郎传说》(2003) 从评传角度尝试解读大江健三郎"文学思想的原点"，注意将文本分析与大江健三郎对同时代的政治状况、社会动向的批评联系起来。此外，苏明仙的《大江健三郎论：〈神话形成〉的小说世界与历史认识》(2006) 论证了大江健三郎小说中神话的形成与其历史认识之间的关系，Klawloadtook Woraluck 的《大江健三郎论：以"疯狂"与"救济"为中心》(2007) 则分析了大江健三郎文学的"疯狂"与"救济"主题。

在日本学界对大江健三郎的研究中,很少有文提及大江健三郎与鲁迅的关系问题。

三 中国学界的大江健三郎研究

大江健三郎与中国的直接交往可追溯至20世纪60年代。1960年5月,大江健三郎作为第三次日本文学家代表团的成员第一次访问了中国,曾先后受到毛泽东、周恩来等国家领导人的接见,但正如他在《北京讲演二〇〇〇》中写到的那样,"那时我只是观察和倾听,也就是说在中国旅行时只用眼睛和耳朵而不是嘴巴"。大江健三郎的此次中国之行,于他本人而言意义深远,但由于国内学界对这位日本文坛新秀比较陌生,因此,既无大江健三郎文学的翻译作品,也无评论性文章。可以这样说,20世纪60—70年代,中国学界对大江健三郎及其作品的研究还是一片空白。即使到20世纪80年代,已在日本及国际文坛上享有盛名的大江健三郎,其作品的译介在中国才刚起步,并且只停留在短篇小说的翻译阶段,相关的研究成果也比较少。因此,几乎可以肯定地说,是诺贝尔文学奖,将日本作家大江健三郎送到中国读者面前的。在获此殊荣之前,大江健三郎这个名字在中国几乎不被人知。即便是中国的日本文学研究界,此前也未曾对大江健三郎给予过相应的注意——尽管实际上在日本,大江健三郎也没有受到足够的认识。日本作家川端康成、三岛由纪夫、村上春树等人的作品被大量译成中文,广为阅读,但相形之下,大江健三郎的作品被成规模地译成中文,还是在他获得诺贝尔文学奖之后。因此大江健三郎本人也不无幽默地说,自己的作品之所以被大量译介到中国"是得益于那个发明炸药的人"。此后,国内出现了一股大江健三郎作品译介热,更引发了学术界对其作品的研究热潮。但中国学界对大江健三郎的研究,与日本学界对大江健三郎的研究呈现出不同的景象。在大江健三郎的母国日本,研究者和评论家们对他的创作、思想及人格的看法各异,可谓褒贬不一,毁誉参半,大江健三郎在受到赞誉和崇敬的同时,也受到了批评和攻击,其中也不乏谩骂和诋毁。与此相对,大江健三郎在中国受到的则是"一边倒"的拥戴。这既与中国人的"诺贝尔奖情结"有关系,也与中国提倡"文以载道"的文学传统大有关联。在中国知识分子的书写观念中,"文以载道"无疑占有支配地位。不管时代怎样更换,无论"道"的含义怎样修正,在整个中国文学的发展历程上,对传统的"文以载道"的文学观都从未有过根本的质疑和颠覆,"文以载道"永远都是一种公共理解和群体意识。以这种公共理解和群体意识为根基的眼光看待外来文学时,"文以载道"也自然成了一种衡量的标准。由此看来,大江健三郎能很快被中国人,尤其是中国知识分子接受并被套上种种耀眼的光环,也就不足为奇了。此外,与日本学界对大江健三郎研究的有序性相比,中国的研究状况似乎无时序性规律可循。但通过对国内学者关于大江健三郎研究的梳理,还是可以看出,自大江健三郎获奖以来,国内学者对其的研究从最初的作品介绍逐渐呈现出路线分明、视角互补、体系相对完整的繁荣局面。中国学者从社会学、文化学、存在主义哲学、文体学和文艺美学等角度出发,探讨了大江小说的社会意义、形式特征、艺术手法等问题。进入 21 世纪之后,中国的大江文学研究更是呈现出多元化倾向。据有关资料显示,到目前为止,除了几部专著,关于大江健三郎小说的研究论文多达 400 多篇,硕士及博士论文共 40 多篇,对于其作品的研究更是涉及方方面面。研究成果主要有以下几个方面:

1. 关于大江健三郎小说的创作思想及创作意识。这方面的研究主要涉及大江健三郎的存在主义意识、森林意识和边缘意识等。

大江健三郎自己说他是因萨特而从事文学,自然也就接受了萨特的存在主义思想,但他对萨特的存在主义思想并不是照抄照搬、全盘接受,而是逐步消化并超越,最后内化为自身独有的东西。胡志明在《暧昧的选择——大江健三郎早期创作中对萨特存在主义影响的消化》(《外国文学评论》2000 年第 1 期)中讲到,大江健三郎受到了萨特存在主义的影响,但是他并不是一味地接受,而是进行了积极的消化,在暧昧的日本环境中,将存在主义本地化,形成了独特的东方存在主义。田琳在《大江健三郎作品中存在主义的嬗变》(《南京工业职业技术学院学报》2009 年第 9 卷第 1 期)中也提到大江健三郎对萨特存在主义的接受是分阶段、不断变化的,并最终形成了自己独特的风格。此外,牛伶俐的《试论大江健三郎对存在主义的超越》(《安徽教育学院学报》2001年第2期),庞希云的《"东方存在主义"大江健三郎向世界说话的方式》(《广西大学学报》1998年第6期)等文章都从不同角度及内涵阐释了大江健三郎小说创作中的存在主义思想。

大江健三郎是一个从森林里走来的作家,故乡的森林峡谷村庄在其创作中留下了深深的烙印,森林成了他创作的源泉。于是,大江健三郎形成了一种独特的森林意识。曹巍在《寻找失落的家园——大江健三郎"乌托邦—森林意识"小说的主题研究》[《北京师范大学学报》(人文社会科学版)2000年第3期]中分三个层面对大江健三郎森林意识进行了描述,指出森林是大江想象中的乌托邦,是人们获取再生的场所,也是大江寄予希望的地方。杨月枝在《大江健三郎的森林情结》(《社会科学论坛》2007年9月下)中也指出,大江对森林有着特殊的感情,是他的寄予希望的拯救人类之所。而任健、王丽华在《大江健三郎的森林意识——以〈万延元年的足球队〉为中心》(《北京第二外国语学院学报》2011年第8期)中分析了大江健三郎森林意识的产生及发展,以及各阶段大江健三郎森林含义的嬗变,揭开了大江健三郎森林意象下的人道主义和现实主义倾向。唐迎欣在《边缘与中心的对峙——大江健三郎小说中"树"意象的文化深意探究》[《剑南文学(经典教苑)》2011年第6期]中探讨了大江健三郎的森林情结,并指出其所蕴含的深刻意蕴,即体现了大江健三郎的人文主义精神。

大江健三郎关注的焦点,一直是远离中心的边缘地带,致力于塑造"边缘人"的形象,凸显"边缘人"的特征。这种远离中心、关注边缘的创作手法使他的作品显现出一种强烈的边缘意识。邓国琴的《试论大江健三郎小说的边缘意识》(《河池师专学报》1998年第3期)从社会文化背景及作家的经历出发,指出边缘意识源于存在主义的影响及大江对社会生活的深切体验,分析了边缘意识所呈现的独特的艺术景观。王奕红在《〈饲育〉中的"歧视"与大江健三郎创作的边缘意识》(《解放军外国语学院学报》2010年第4期)中从歧视的角度分析了大江健三郎边缘意识的来源,指出早在创作初期,大江健三郎就对不平等的社会现实有批判意识，坚守与主流社会相对立的边缘立场。史妍妍的《浅析大江健三郎的〈人羊〉》(《边疆经济与文化》2012年第6期)以《人羊》为文本，指出正是大江健三郎边缘意识下的写作，才更加深刻地表现出了"二战"之后日本社会的暧昧性，认为这是大江健三郎边缘对抗中心的胜利。还有邓亚晔的《论大江健三郎小说中的边缘意识》(《世界文学评论》2010年第1期)，等等，都有对大江边缘意识的论述。从这些论述中，我们可以看到，大江健三郎的"边缘"意识不仅限于地理上的边缘，还有身份、立场、道德上的边缘人等，大江健三郎总是试图通过这些边缘人来展示真实的世界，使作品更具有感受性和震撼性，从而表达出自己的主观思想。正是在这种边缘意识引导下进行的创作，引发了更多人的深思和共鸣。

此外，不少研究文章还谈及大江健三郎创作中的危机意识、和平意识和反战意识等，从不同角度，运用不同的方法，研究了大江健三郎的创作思想和创作意识。

2. 关于大江健三郎小说的人物形象。中国学界对于大江健三郎小说中人物形象的研究多聚焦于与作者相似的人物形象以及孩子或"新人"形象。

大江健三郎在受奖演说《我在暧昧的日本》中说过，他文学上的基本风格，就是从个人的具体性出发，力图把它们与社会、国家和世界连接起来。因此，在他的创作中，融入了他自身的经历和体验，并将之升华为人类共同的生存体验。所以，在大江健三郎作品中经常能看到与他本人经历类似的人物。陶箭在《逼真的人物形象——评大江健三郎〈万延元年的足球队〉主人公蜜三郎》(《作家杂志》2010年第5期)中将作者与蜜三郎的形象进行了比较，指出二者的相同与不同并揭示出其所具有的普遍的真实意义。杨钰卉在《论大江健三郎与其作品中人物的相似性——以〈万延元年的足球队〉主人公蜜三郎为例》(《边疆经济与文化》2008年第9期)中也分析了大江健三郎与作品中人物蜜三郎的相似之处，认为大江通过将自己的真实体验影射在作品中，充分发挥想象力，向世人展示了勇于承担责任，与残疾儿共生的主题。张晓晖在《个人体验与人类的普遍真实——评大江健三郎作品〈个人的体验〉》(《时代文学》2011年4月上半月)中通过对《个人的体验》故事情节的描写，找到了主人公与大江健三郎人生经历的相似之处，体会到作者从个人体验出发，却又超越了个人体验，并上升到了人类生存的角度，同时从中得到启示：面对苦难要勇于接受，承担责任才能找到出路。

大江健三郎把国家、民族的希望寄托在心灵未受污染的孩子身上。因此在作品中经常以孩子的视角来描写社会。张文颖在《试论大江健三郎文学中的"新人思想"——以〈二百年的孩子〉为中心》（《日语学习与研究》2004年增刊增001号）中就提到大江健三郎早在创作早期就很关注少年题材，很多作品都是以少年为主人公。并指出大江众多作品中的孩子以及"新人"形象，表现出了大江健三郎对于未来的担忧，以及对年轻人的厚望，希望与残疾儿共生，寻求人类共同的光明。而在《无垢的孩童世界——莫言、大江健三郎文学中的儿童视角》（《日语学习与研究》2007年第4期）一文中，张文颖分析了莫言和大江健三郎是如何找到儿童视角的，并指出该视角的重要意义。

3. 关于大江健三郎小说的叙事特征。在这方面，不少研究文章从互文性引用、陌生化策略及时空交叉叙事等方面探讨了大江小说的叙事特征。

王奕红在《试析大江健三郎小说的文体特色》（《解放军外国语学院学报》2000年第23卷第6期）中就探讨了大江健三郎文体的特点，认为其创作句式规范有序、叙事客观、多用明喻，从而形成了自己特有的文体风格。陆建德在《互文性、信仰及其他——读大江健三郎〈别了！我的书〉》（《外国文学研究》2007年第6期）中分析了《别了！我的书》中大江健三郎与英国诗人艾略特的对话，认为大江健三郎运用互文性策略，引用了艾略特作品中的小老头形象及四重奏等内容，完成了小说的创作，同时又兼顾了日本的文化及信仰。《从〈优美的安娜贝尔·李寒彻颤栗早逝去〉看大江健三郎的叙事艺术》（《当代外国文学》2009年第4期）中也提到大江健三郎作品中糅杂的互文性体现，大江健三郎引用了英国诗人的诗文，并在原型基础上进行虚构创作，最终升华了主题。胡志明在《大江健三郎小说创作的互文性特征》（《国外文学》2011年第3期）中指出大江健三郎的创作与萨特的文本有明显的互文性特征。大江健三郎的互文性手法使用最多的就是引用，不仅是引用他人作品，也包括自己作品的相互引用。

大江健三郎是一个非常有想象力的作家，他以敏锐的观察力和超强的隐喻思维，在作品中巧妙地实现了陌生化策略。兰立亮在《从叙事看大江健三郎的"陌生化"策略》(《日本研究》2005年第1期)中分析到：《万延元年的足球队》通过蜜三郎对"暴动"事件描述的不确定性及多重声音对暴动的描述，使整个事件变得模糊不定；《听"雨树"的女人们》、《新人呵，醒来吧》、《给令人怀念的岁月的信》等作品通过映射大江健三郎的个体生活体验，混淆了读者对现实与虚构的区分；《同时代游戏》中大江健三郎运用反讽手法对天皇制度进行批判等，使原本习以为常的事变得陌生，难以理解，从而挖掘出了大江健三郎在叙事上的陌生化策略及特点。兰立亮与侯景娟的另外一篇论文《诗学语言学观照下的小说标题修辞与文本意义生成——以君特·格拉斯、凯尔泰斯、大江健三郎的小说创作为例》[《重庆科技学院学报》(社会科学版)2012年第7期]在分析大江健三郎陌生化手段时，指出大江健三郎小说的标题"饲育"、"死者的奢华"、"万延元年的足球队"、"同时代的游戏"等，本身就具有一种感受上的陌生化效果，体现了作者的写作思维。

霍士富在《时空交叉的叙事结构——论大江健三郎新作〈二百年的孩子〉》(《当代外国文学》2005年第4期)一文中写道："大江健三郎借助民间传说使三个孩子能穿梭于过去、现在和未来时空中，实现了时间的空间化，时空交叉，在叙事策略上达到了一个新的境界。"兰立亮在《〈同时代的游戏〉叙事策略探蕴》(《日本文学研究》2011年第1期)中也讲到："《同时代的游戏》以六封书信的形式展开，追求时空交叉，独白与复调交织，作者与读者交流，六封书信可以单独阅读，也可重新编码，虽然复杂难懂，却以独特的叙事策略体现了游戏的主题，打开了叙事的新局面。"

4. 关于大江健三郎的影响与比较研究。这方面的研究成果涉及鲁迅对大江健三郎的影响、西方文学对大江健三郎的影响、大江健三郎与其他作家、思潮的比较研究等。

许金龙在《始自于绝望的希望——大江健三郎文学中的鲁迅影响之初探》(《鲁迅研究月刊》2009年第11期)中写道:"大江健三郎在孩提时代就从父亲口中听到鲁迅及《孔乙己》的故事,并从母亲手中得到了《鲁迅选集》,后来又阅读了很多鲁迅作品,早在儿时就受到了鲁迅小说的影响。"大江健三郎在《杀狗之歌》中曾引用鲁迅作品《白光》中的一句话——"发出含着大希望的恐怖的悲声",来表现"二战"战后日本青年的虚无和孤独的状态,映射出了与鲁迅作品中人物形象相似却又不同的情怀。在此之后,随着大江健三郎经历的不断增加,以及对世界及现实社会的更深层理解,对鲁迅作品的解读也发生了不同程度的改变,但拯救孩子,寻找希望,在整个创作生涯中都以鲁迅为参照物,始终没有改变过,终于找到了人类的光明。陶箭在《大江健三郎的中国情结及创作透析》(《名作欣赏》2009年10月)中也讲到大江健三郎受到了鲁迅作品的影响,通过对鲁迅作品理解的不断加深,使得大江健三郎在某些方面与鲁迅有了相似之处,他们都像在黑暗中寻找光明的勇士,百折不挠,坚定不移地往前走,从而使大江健三郎也有了浓厚的中国情结,并体现在了其作品中。刘晓艺在《析鲁迅和大江健三郎的故乡情结》[《和田师范专科学校学报》(汉文综合版)2010年第2期]中从故乡情结入手,分析了大江健三郎和鲁迅的共通之处。二人都热爱故乡,对故乡的感情有变化的过程,最终都回归故乡,这也是大江健三郎喜欢以故乡为创作背景的原因之一,等等。

屈小鹂在《大江健三郎和西方文学》[《深圳大学学报》(人文社会科学版)第21卷第2期]中写道,大江健三郎善于引用,在《个人的体验》和《万延元年的足球队》中都借鉴和引用了西方文学典故、手法或人物形象等,如《哈克贝里·芬历险记》和《尼尔斯骑鹅旅行记》等历险题材的作品都在大江健三郎文学中有所体现,可以说大江健三郎从西方文学汲取了很多营养,丰富了作品的可读性。许金龙在《"杀王":与绝对天皇制社会伦理的对决——试析大江健三郎在〈水死〉中追求的时代精神》(《山东社会科学》2011年第7期)中说到,"杀王"一词便是受到詹·弗雷泽的巨著《金枝》中的"杀王"表述的影响,并由此发挥想象力,展开了人物及故事情节的描写。可见,大江健三郎是一个善于接受外来文化,并加以吸收,从而转化为具有自己民族特色的作家。

此外,还有一些论文将大江健三郎的作品与其他作家的作品进行了比较研究,如:大江健三郎与川端康成的比较,与中国的鲁迅、莫言的比较,与西方作家和诗人的比较,大江健三郎"自传性叙事"与日本私小说的比较,大江健三郎的"性"描写与日本艳情文学的比较,大江健三郎笔下的存在主义与西方存在主义的比较,等等。在此不一一赘述。

总而言之,大江健三郎正是靠着自己独特的、与众不同的思想、文风、写作技巧,吸收他国的优秀文化,并积极消化,转化为具有自身特色的东西,才会取得如此大的文学成就。当然,对于大江健三郎的研究不仅限于创作意识、人物形象、叙事特征、影响研究四个方面,还涉及宗教及哲学等领域。总之,中国学界不论是对大江健三郎作品的文本解读,还是对大江健三郎本人价值体系的研究,都有了比较全面和深入的剖析。

四 问题的切入及展开

综上所述,国内外对于大江健三郎的研究成果可谓颇丰,而且研究的势头还在不断持续。特别是在国内,新的成果不断出现,研究热情只增不减。但在中国学者的诸多研究成果中,以单篇的研究文章为主,研究专著较少。而其中关于大江健三郎与鲁迅关系问题的研究,更是少之又少。除了少量的研究论文,至今还未出现相关的研究著作。在这些涉及了大江与鲁迅的关系问题的研究文章中,主要围绕孤独绝望的抗争精神、故乡情结、相似的精神气质等方面来讨论大江健三郎与鲁迅的关系。除了上文提到的许金龙的《始自于绝望的希望——大江健三郎文学中的鲁迅影响之初探》(《鲁迅研究月刊》2009年第11期)和陶箭的《大江健三郎的中国情结及创作透析》(《名作欣赏》2009年10月)外,还有马淑琨的《涵养结晶:大江健三郎与中国文学的关系》(《上海商学院学报》2007年第4期),该文认为,大江的文学底蕴里暗含着内涵丰富的中国文学,而他的文学精神里亦能反映出鲁迅文学精神的内核。还有成然的《鲁迅与大江健三郎：两个不屈的灵魂守望者》(《黔南民族师范学院学报》2009 年第 2 期)，该文认为，鲁迅与大江健三郎在审视民族精神、呼吁拯救孩子的文化立场、融合本国传统与西方文明的文化品格、文学技巧上的创新追求几个方面有相通之处。李妮娜的《始于绝望的希望：〈人羊〉与〈孔乙己〉》[《短篇小说》（原创版）2013 年 11 月]及《在"病态社会"的枷锁中觉醒——大江健三郎〈人羊〉和鲁迅〈孔乙己〉的对比》(《大家》2012 年 3 月)认为两位作家意在唤醒国民的自救意识，着眼将来，寻求希望。孤独的抗争不仅是两位作家笔下人物的状态，也是鲁迅和大江本身的姿态。霍士富的《鲁迅与大江健三郎文学中的审美思想比较——以"狗""羊"与"狼"为隐喻》[《西北大学学报》（哲学社会科学版）2013 年第 2 期]指出，二者在小说中关注"人与动物"的关系时，分别从人类生命进化的视角，赋予了动物"羊、狗和狼"丰富的隐喻，凸显了各自独特的审美思想。杨芳、霍士富在《民族灵魂的自省与呐喊——大江健三郎〈十七岁〉与鲁迅〈阿 Q 正传〉比较》[《西北大学学报》（哲学社会科学版）2014 年第 4 期]中指出，大江健三郎在文学的语言、意象上，接受了鲁迅文学的影响。并以《阿 Q 正传》和《十七岁》为例对比分析，指出二者在小说中分别通过现实中"最卑微"的存在，阿 Q 和少年"我"的悲剧性命运，揭示了不同民族灵魂深处的痼疾，进而发出振聋发聩的一个民族灵魂的自省与呐喊。陈世华在《大江健三郎〈晚年样式集〉中的鲁迅〈孤独者〉映像》(《山东社会科学》2014 年第 12 期)一文中指出，大江作品在叙事艺术、修辞方法和创作主题上受到鲁迅的影响，一方面缘于大江健三郎对鲁迅创作思想的积极吸收，另一方面缘于两部作品创作时社会背景的相似性。由此可见，关于大江健三郎与鲁迅关系问题的研究文章不仅少，而且研究的视角过于集中，主要在论述大江健三郎与鲁迅的抗争精神上。即便是这方面的文章，也因只有寥寥数篇，对问题的探讨只能是概述性的，自然不够全面、深入、透彻。另外，虽然也有文章涉及其他视域，如故乡情结、文化立场、创作的手法和技巧等，但只一两篇文章，对问题的探讨不免有些浅略。

　　大江健三郎也坦言，他一生都极力向鲁迅靠近，所以，鲁迅在其人生及创作中注定是一个绕不过的存在。因此，研究大江健三郎在文学创作上与鲁迅的关系问题，既可进一步理解大江健三郎及其创作，又可看到文学大家及优秀文学的内在特质，还可发现作为亚洲文学主体的两大文学——日本文学与中国文学的内在联系。毫不夸张地说，随着大江健三郎与鲁迅关系问题研究的不断拓展、深入，不仅可以充实大江健三郎研究的成果，扩大研究的领域，还能为我国文学的创作和发展带来有益的启示，这也正是笔者选择这个题目的根本原因。

通过对大江健三郎的思想及创作的梳理，较之以鲁迅的思想发展及创作历程，不难发现，大江健三郎在对社会的批判，文化的选择，创作理念及技巧的吸收与革新，对人的生存价值及人类命运的关怀等方面，与鲁迅有着惊人的相似之处。同处于社会文化转型时期，大江健三郎与鲁迅都以极大的责任心和社会良知，进行了适合于时代发展潮流的文化选择，并以之对社会既有文化进行了猛烈的批判，以期达到唤醒国人、改造社会的目的。而且，大江健三郎与鲁迅一样，都具有兼容并蓄的文化品格，这使得他们的创作都呈现出世界化的倾向。作为文人，大江健三郎与鲁迅一样，都深知面对积重难返的社会痼疾，改变非一朝一夕之事，也深知个人呐喊声之微弱。但他们都没有放弃作家的职责和使命，即使是濒临绝望，也要在绝望中撕出一道口子，去寻求绝望中的希望。在对人的生存处境极度关注中，表现出对个体的生命及人类命运的终极关怀，展现出属于各自的人道主义品格。

1. 大江健三郎的文化批判和启蒙与鲁迅的"立人"思想如出一辙。

鲁迅在《呐喊》自序中提出了"铁屋子"理论：在铁屋子里昏睡的人们不久就会窒息而死，如果在昏睡状态中死去，便感觉不到任何恐惧。然而，鲁迅觉得人们在昏睡中死去绝不是一件好事情，他认为，即便会使他们面临死亡的恐怖，也有必要将他们从昏睡中唤醒。在鲁迅看来，这个"铁屋子"就是禁锢了国人思想，造成国人麻木、人性扭曲，以至形成"非人"的病态民族性的根源。他意识到，不祛除国人心理上、思想上的疾病，把他们从病态中拯救出来，就不可能带来社会的转变和国家的进步。于是鲁迅试图通过文学创作，塑造出理想的人之形象，以唤醒昏睡的国民，改造国民劣根性。以"立人"思想为发端，鲁迅扯起了抨击封建主义意识形态、破除精神枷锁、疗救病态的国民性的大旗，吹响了"文明批评"与"社会批评"号角。如果将鲁迅的"铁屋子"理论套用在大江健三郎的初期作品上，我们就会惊异地发现，大江健三郎也同鲁迅一样，有着强烈的唤起民众危险的感觉的意识。被围在低矮栅栏中渐渐丧失敌意的狗们，亦即"我们日本的青年"，一如在铁屋子中昏睡的人们。在被暧昧监禁的状态中、在平稳的生活中渐渐失去敌意，这是"监禁状态"带来的最具杀伤力的恶果，那么就有必要像鲁迅要唤醒昏睡在铁屋子里的人们一样，唤起被封闭在"监禁状态"中的人们的危险的感觉。大江健三郎对日本社会及日本文化的暧昧性是看得相当真切的。作为有良知和使命感的作家，大江健三郎力图通过文学创作，找到将日本从暧昧中拯救出来的途径。他试图借助于萨特的存在主义哲学来解答日本文化所面临的问题，探索日本的出路。虽然西方的存在主义最终并不能满足他对当下现实世界以及生活于其中的人类命运的思考与探索，但他受到萨特等人介入现实、干预生活以及为观念而战的精神的感染，表现出一种毫不含糊的战斗姿态。并为在国际上重塑日本人的形象，即"正派的"、"宽容的"、"人道主义的"日本人形象做着不懈的努力。

   2. 大江文学的世界化，离不开鲁迅大胆"拿来"的文化品格对其创作活动的浸润。"拿来"彰显了鲁迅对传统和外来文化批判继承的态度，体现了他的气度、视野和眼光。在鲁迅的创作中，有中西的交融也有古今的结合。而大江也十分注重从本民族的土壤中充分汲取营养，继承并大量使用了自《竹取物语》延续下来的象征性技法和日本文学传统中的图腾符号，同时，他大量借鉴外来文化，如萨特存在主义的人文理想、俄罗斯形式主义、巴赫金的荒诞现实主义等，在其创作中显现出一种"冲突·并存·融合"的开放性的文化模式。大江健三郎立足边缘进行创作，却具有开阔的文学视野。大江健三郎在1994年的诺贝尔文学奖获奖演讲《我在暧昧的日本》一文中说，他是从"荒诞现实主义或大众笑文化的形象系统"出发，开拓出一条到达和表现普遍性的道路，并因这些"形象系统"而将其创作与韩国的金芝河、中国的莫言等结合起来。

大江健三郎回忆说："当初开始作家生涯时曾有一个奢望，那就是从自己的笔下创造出作为世界文学之一环的亚洲文学。"从获奖演讲中不难看出，大江健三郎构建世界文学之一环的亚洲文学的思想已初露端倪。所谓亚洲文学，便是"以亚洲为舞台，思考亚洲的未来"的文学。经济全球化带来了文化趋同现象，要想构建亚洲文学，必须既要关注文学的普世价值，又要关注亚洲文化与文学的特性。大江健三郎的成功，就在于他在坚持日本文化主体的基础上，融合了西方文学理念进行创作。他从日本边缘之地的山村出发，最终走向了世界文学的中心。在大江健三郎的文学历程中，鲁迅"拿来"品格的潜移默化不能不说是他成功道路上的一个重要因子。

3. 大江最好的反抗姿态就是鲁迅留下来的拒绝遗忘的孤独抗争。大江健三郎跟鲁迅一样，都面临着民族的最大危机，鲁迅最为痛心的是国民的精神麻木，大江最为担忧的却是国民的躁动情绪。由自身的灵魂拷问出发，进而关注弱势群体的生存状态，关注本民族的发展和整个世界的未来。二人都以拒绝遗忘的姿态冲击着一切丑恶，寂寞地担当民族思想者的角色，并把最大的温情给予了新一代。

鲁迅写过《为了忘却的纪念》，但他一贯的姿态非但不是忘却，反而是绝不忘却，从这个意义上说，广岛也正是大江健三郎最基本的锉刀，它不仅使人回想到受害的日本，而且也使人回想到犯罪的日本。大江撰写《广岛札记》的目的就在于对人类的悲惨与尊严进行深思。他对试图将广岛的记忆一笔勾销的遗忘行径进行了愤怒的谴责："50年后的今天，试图忘掉那一切，忘掉那一段历史，这是我绝对不能接受的。麻木不仁，是道德的堕落，是一种最为卑鄙无耻的背叛。"

社会的冷静的观察者与清醒的批判者，总是对自我的存在，对自我与他人、与世界的关系，进行无情的追问，发出根本的质疑，露出全部的血肉，揭示血淋淋的真实，因而也就当然成为永远的孤独者。鲁迅是这样，大江健三郎也不例外。并且，孤独地抗争不仅是鲁迅和大江本身的姿态，也是他们笔下许多寻求出路的青年的状态。《孤独者》中的魏连殳与《日常生活的冒险》中的斋木犀吉就同是这样抗意独行而终归于沉沦的青年。

当然，孤独地抗争展现给人们的也并非都是绝望，《药》中夏瑜坟前那不知名者献上的一圈小白花，《个人的体验》中主人公的思想几经斗争，决定承担养育白痴儿子的责任，都隐隐传达了一种希望。而且，大江健三郎与鲁迅一样，都把最终的希望寄托在了孩子身上。从鲁迅发出的"救救孩子"的呼声，到大江健三郎对"新人"的呼唤，这种希望从来就没有离开过鲁迅和大江健三郎的视线。

第一章 思想

　　众所周知，大江是因萨特而从事文学创作的，然而，在大江的文学创作活动中，中国要素也是不可忽略的。这个中国要素，归根结底，就是鲁迅。可以说，鲁迅文学对于大江先生的创作是一种根本性的存在。从创作和生活历程来看，大江与鲁迅有着相似之处。两个人都是近代从农村到地方城市，从地方城市到首都的离开故乡青年的典型代表。大江健三郎，1935年生于日本四国岛爱媛县喜多郡大濑村，在这个小山村里，大江健三郎度过了童年和少年时期，作为故乡象征的森林村庄，一直作为一种心相风景画留存于他的脑海中，成为一种根深蒂固的记忆，也成为他的创作源泉。他是一个从森林里走出来的作家，他说："四国的森林峡谷之村——是我可爱的故乡。我的一切情感皆来源于此。在不断创作的过程中，我发现自己在小说中描绘的世界不知不觉地成为支撑我的精神力量，四国的森林则成为我创作的源泉。与现实中的森林峡谷相比，我把作为神话世界而想象的森林视为向往的理想之国。"[①] 鲁迅生于浙江绍兴，少年时期的故乡记忆，也如烙印般刻在了鲁迅的心里，融进了他的创作。如他在《朝花夕拾》中的小序所言："带露折花，色香自然要好得多，但是我不能够。便是现在心目中的离奇和芜杂，我也还不能使他即刻幻化，转成离奇和芜杂的文章。"[②] 从乡村走出来的他们，来到城市后，都不约而同地感到了故乡与城市的冲突造成的强烈的小宇宙带给他们的撕裂感，加之文学创作中城市题材的陌生与匮乏，于是，故乡的记忆悄然进入了他们的作品。

---

① ［日］大江健三郎：《我的文学之路》，《小说评论》1995年第2期。
② 鲁迅：《鲁迅全集》第2卷，人民文学出版社1981年版，第229页。

两人都不仅是文学创作者，同时，对社会、对政治都有着强烈的责任感。

从作品所表达的主题与内容来看，大江健三郎与鲁迅都把目光对准了与主流文化相背离或相抗衡的弱势群体和文化，表现边缘人的人生际遇，塑造边缘人性格，深刻揭示出内在的文化意蕴，表现出社会批判和文化启蒙的倾向。

第一节 大江健三郎对日本民众暧昧性的揭示：文化批判及启蒙

大江健三郎的作品毋庸讳言是极具批判性的。他在诺贝尔文学奖颁奖典礼上的演讲《我在暧昧的日本》实际上就是对日本负面东西的深刻剖析，指出了造成日本这种状况的根源。他这样说：

> 我觉得，日本现在仍持续着开国 120 年来的现代化进程，正从根本上被置于暧昧的两极之间。而我，身上被刻上了伤口般深深印痕的小说家，就生活在这种暧昧之中。
>
> 把国家和国人撕裂开来的这种强大而又锐利的暧昧，正在日本和日本人之间以多种形式表面化。日本的现代化，被定性为一味地向西欧模仿。然而，日本却位于亚洲，日本人也在坚定、持续地守护着传统文化。暧昧的进程，使得日本在亚洲扮演了侵略者的角色。而面向西欧全方位开放的现代日本文化，却没有因此而得到西欧的理解，或者至少可以说，理解被滞后了，遗留下了阴暗的一面。在亚洲，不仅在政治方面，就是在社会和文化方面，日本也越发处于孤立的境地。

大江健三郎对日本社会及日本文化的暧昧性是看得相当真切的。作为有良知和使命感的作家，大江健三郎力图通过文学创作，找到将日本从暧昧中拯救出来的途径。于是他不断地探索小说的创作方法，终于确立了"边缘—中心"的模式，确立了大江文学的核心思想——边缘思想。如果说，早期创作中的边缘人物是他不自觉地创造的话，那么在接触了日本著名文化人类学家山口昌男的理论著作《文化与两义性》后，大江明晰了从文学的立场来描写中心与边缘之间充满矛盾、旷日持久的斗争的真正意义。

关于中心与边缘之间的关系问题，山口昌男在《文化与两义性》中这样说：

  在传统的村落里，村落一般都拥有内与外，即中心与边缘部分。例如日本的村落边几乎都有地藏室，而镰仓等地的六地藏，据说因有六个和尚在此被杀而得名。虽然让人觉得充满了血腥味，但村落正因为这些边缘性存在才显得更加完整、充实。……从这个观点继续延伸开来，在政治领域里的天皇制，其实它不光具有政治性，同时它还象征性地再现了日本人的生存状况。天皇制之所以令人感到不可思议，一方面它加强了中心的统治力量，另一方面又在象征、神话等深层部分显现出自身边缘性的一面。所以在神话里，既安排了处于中心的天照大神，同时又安排了与其对立的、积极地想回到中心但最终被发配到边缘的素赞鸣尊（神的名字）。[①]

通过对中心与边缘关系的分析，山口昌男在《文化与两义性》中指出了日本文化的双重性，即一方面强调中心至高无上的地位，另一方面又允许边缘的存在，借此来形成一个完整、牢固的统治体系。他认为这是一种我中有你、你中有我的状态。他指出，边缘本身具有丰富的内涵和自我发展性。只有通过将自己置身到边缘当中，才有可能为自己超越日本提供一个契机。他认为，通过还原为简单的结构就能清楚地知道文化内部什么东西被排挤掉了，什么东西被保留了下来。认为被排挤掉的部分能够向固定下来的部分发起挑战。他强调说，如果忽视了这个向中心发起挑战的部分，那么文化就不能被正确把握。因为被排挤的部分虽然经常被放置在意识、空间和时间的角落里，但它却起到了拒绝文化同

[①] ［日］山口昌男：《山口昌男著作集5：周像》，筑摩书房2003年版，第316—320页。

一化、一元化的作用。

可以说，正是山口昌男的理论著作，让大江健三郎更清楚地看到了日本文化的本质，也坚定了他走向边缘、从边缘出发的创作方向。作为一个从森林峡谷中走出来的作家，大江看到了相对于天皇中心的主流文化的绝对性和单一封闭性，位于边缘的森林村庄文化所具有的多样、丰富、开放的生动形态。因此他认为，只有从边缘出发，才是小说整体地表现现代世界、把握现代危机本质的根本所在，所以必须站在"边缘性"的一边，而不能顺应"中心指向"的思路。也就是说，大江健三郎正是看到了日本社会、日本文化中存在的一元化、统一化倾向才开始有意识地通过描写和创造边缘世界来"异化"日本，"异化"日本文学，以期给日本摆脱暧昧状态寻找一条新的出路。

一 再现战后日本人的生存困境及其精神状态

第二次世界大战日本战败，当日本天皇以一个普通人的声音宣布日本投降的时候，犹如尼采宣布"上帝死了"在西方人中引起的震动，往昔深植于日本人心中的信仰消失了，精神支柱坍塌了，世界也行将走向分崩离析。日本人走入了精神的荒原，日本社会也开始驶入混乱。现实的改变，给人们带来了焦虑不安。人如恒河中的一粒沙，渺小而又丧失了自我价值，无法为自己定位，也找不到前进的方向，陷入了痛苦、空虚和彷徨之中。

大江健三郎亲历了日本的战败，目睹了战后日本的社会状况，他以一颗年轻的心敏锐地感受着一切并付诸笔端。大江健三郎早期的创作，就是极力描写闭塞社会中失落的"自我"以求生存的状态。在此，大江健三郎借助了西方的存在主义来再现现代人类的困境与不安。

大江健三郎所接受的，是萨特的存在主义。萨特的存在主义哲学是一种生活哲学，关注和讨论的是人在世界中的处境问题。萨特存在主义哲学提出了三个基本原则：其一是"存在先于本质"，即先有人的存在，然后才有人的善恶、人格的高低；所谓存在，首先是"自我"的存在，是"自我感觉到的存在"，我不存在，则一切都不存在。其二是"世界是荒谬的，人生是痛苦的",认为在这个"主观性林立"的社会里,人与人之间必然是冲突、抗争与残酷,充满了丑恶和罪行,一切都是荒谬的。而人只是这个荒谬、冷酷处境中的一个痛苦的人,世界是一种异己的力量,给人的只是无尽的苦闷、失望、悲观、消极,人生是痛苦的。穷人是如此,富人也如此。其三是"自由选择",这是存在主义的精义。存在主义的核心是自由,即人在选择自己的行动时是绝对自由的。它认为人在这个世界上,每个人都有各自的自由,面对各种环境,采取何种行动,如何采取行动,都可以做出"自由选择"。"如果存在确实先于本质,人就永远不能参照一个已知的或特定的人性来解释自己的行动,也就是说,决定论是没有的——人是自由的。人即自由。"萨特认为,人在事物面前,如果不能按照个人意志做出"自由选择",这种人就等于失掉了个性,失去"自我"不能算是真正的存在,人存在的本质在于自由,自由是人存在的真正价值的集中表现。萨特的存在主义文学是其哲学思想的形象阐释,它的中心命题就是"自由选择"和"介入说"。

(一) 监禁状态下的人类生存

描写人被监禁的生存状态,是存在主义文学的滥觞。存在主义认为,世界是冷漠的,充满了敌意。存在就是荒谬和痛苦,因为生命只是偶然。虽然萨特宣称存在主义是人道主义,但是存在主义者并不关心个人的生命是否有价值、有意义。在存在主义看来,人的一生是由无数个瞬间存在组成的。"自我"实现有种种可能性,它无法预测和把握,人永远处于一种不安定状态,时时感到自己的有限性和不确定性。在日常生活中,人由于失去了个性,意识不到自己的存在,只能通过苦闷意识的震动,才能切实感到"自我"的存在。因而,苦闷、厌烦、忧郁、绝望、孤独、恐惧和死亡成了存在主义哲学研究的根本问题。

秉持存在主义的理念,大江健三郎在早期的作品中极力去表现监禁状态下的人类生存。大江曾在第一部短篇小说集《死者的奢华》的后记中自言:"被监禁的状态、被封闭的墙壁里的生存状态"构筑了他早期文学世界。一般认为,《奇妙的工作》、《死者的奢华》自不待言,《别人的脚》、《饲育》、《人羊》以及《拔芽击仔》等作品,也都是这一主题的各种变奏。

《奇妙的工作》和《死者的奢华》（1957）是大江健三郎两部最初引起文坛广泛关注的作品，阅读这两部作品，存在主义的影响跃然纸上，这是在萨特《恶心》的影响下创作的。萨特在1845年提出"存在"即"自我"，因为人与人之间的关系从本质上是矛盾的，而不是息息相通的。他在剧本《禁闭》中说："他人就是我的地狱。"人活在世上只有孤独、失望、厌恶和被遗弃的感觉。"二战"后的日本，传统的价值体系被颠覆，整个社会处于思想混乱的状态，年轻的大江健三郎正在寻找一条突破本民族文化窘迫状态的新出路，也就是正在寻求对周围世界的存在主义的感知，《恶心》给了他很重要的启示。

这两部作品的情节都很简单，内容也相似。《奇妙的工作》写大学生"我"看到医院的招工启事后，来到医院帮助屠夫杀实验室养的150条狗。《死者的奢华》写作为大学生的"我"来到医院做临时工，帮助搬运长期储存在地下室用于解剖的尸体。两项工作都能引起人生理上的恶心：杀狗时要趁狗尸骨未寒时剥下狗皮，"我"和女学生拖着要洗的狗皮，"狗皮上的脂肪很厚，带着血污，看起来沉重而黏糊糊的，宛如一件被弄得湿淋淋的外套"。所搬运的尸体在阴冷潮湿的地下室中，由于长期泡在福尔马林溶液中，肌肤肿胀——

> 浸泡在浓褐色液体里的死者们，胳膊肘纠缠着，脑袋顶撞着，满满地挤了一水池。有的浮在表面，有的半沉在水中。他们被淡褐色的、柔软的皮肤包裹着，保持着坚硬的不驯服的独立感，虽然各自都向内收缩着，但却又互相执拗地摩擦着身体。他们的身体几乎都有着难以辨认般模糊的浮肿，这使他们紧闭的眼睑的脸庞显得更丰腴。挥发性的臭气激烈地升腾，使紧闭的房间里的空气更加浓重。①

这样的工作不要说去做，即使看一眼也会恶心的，而作为大学生的"我"

---

① ［日］大江健三郎：《别人的脚》，《大江健三郎作品集·死者的奢华》，光明日报出版社1995年版，第15页。

却做了。做的结果出人意料——没有任何报酬。杀狗杀到一半时，警察发现中间人是一个投机商，出面制止了这项工作。我非但没得到报酬，连狗咬伤的医药费都要自己出。搬运尸体时，由于管理员的失误，还要连夜加班把搬错地方的尸体再重新搬到车上。

可见，人所做的一切都是徒劳的，没有任何意义。人对自己的命运无法预测，仅能借助于感官上的恶心来证明自己的存在，只能是懦夫式的"自由选择"。存在主义这一命题在大江健三郎初期的创作中得到了具体真切的演绎。

两部作品都反映了"被监禁"这一主题，这是大江健三郎初期作品所坚持反映的主旨，描写被监禁在美军统治和日本强权政治这双重厚墙壁中的日本青年的徒劳与绝望。

在《奇妙的工作》中，首先是作为动物的狗处于被监禁、被封闭的状态下，让具有主体性的人——大学生"我"去体会这一切。150条狗也许是因为被围在矮墙中饲养了一年，看不到外面的世界，个个都很老实，丧失了见人就咬的习性。而生活在当代的日本青年也苦恼于个性的丧失，如这些狗一样——坐以待毙。

《死者的奢华》中的"我"更是直抒胸臆："现在可是真正的监禁状态呀。"在强大的美国面前，日本只能低头。对民族意识极强、血气方刚的日本青年来说，无疑是沉重的打击，同时也带来了不可磨灭的屈辱。他们想有所作为，改变眼前的一切，想找到一条摆脱困境的出路，结果往往一事无成。

而最直截了当地表达"墙壁意识"的是《别人的脚》：

> 我们在粘液质的厚厚的墙壁中生活着。我们的生活与外部完全隔绝，处在不可思议的监禁状态，但是我们却绝不企图逃跑，也不热衷于打听外面的信息。可以说我们没有外面的世界。我们在墙壁里过着充实、愉快的生活。①

---

① ［日］大江健三郎：《死者的奢华》，《大江健三郎作品集·人羊》，浙江文艺出版社1997年版，第51页。

这部作品中所表现出的对被监禁状态的自觉与无奈，达到了无以复加的地步。大江健三郎之所以反复描写这种"墙壁意识"，乃是由于他对社会现状的不满。在他看来，自己所处的社会犹如一个封闭的实体，四周都是"墙壁"，而自上而下的强权政治和美国军队对日本的占领等则是"墙壁"的内涵。这种意向可以从他1958年发表的小说里得到证实。获得第39届芥川奖的短篇小说《饲育》写的是战争期间一个黑人士兵因飞机坠毁而降落山村的遭遇。小说的主人公是一个稚气未脱被村长谑称为"青蛙"的农村少年，他在给黑人士兵送饭的过程中逐步消失了防范意识。村里的孩子们也逐渐喜欢黑人士兵，亲近他，把他当成伙伴，这不寻常的友谊在作者的笔下充满了诗意。然而，好景不长，不久村里便接到上级命令，要把黑人士兵送到县里去。黑人士兵惊恐中竟"恩将仇报"，把"青蛙"作为挡箭牌拒捕。父亲急中生智，用铁砣将黑人士兵杀死。主人公被吓得大病一场，陷入一种病态的恐惧心理中艰难挣扎着。这表明村里人和黑人士兵的友谊只能维持一段时间，一碰上"墙壁"就会被粉碎。而中篇小说《拔芽击仔》中，也表现了类似的思想。逃兵意识到他们的自由是有限度的，是被限制在"墙壁"之内的，而后来的事实证明，逃兵的认识是正确的，他们果然为这有限的自由付出了沉重的代价。这说明人们在强权面前是无能为力的，在"墙壁"面前是会碰得头破血流的。

如果说这两部作品是将日本国内自上而下的强权统治视为"墙壁"的话，那么短篇《人羊》则显然是把美国军队对日本的占领当作"墙壁"。《人羊》是一篇带有政治色彩、渗透着存在主义哲理的佳作。驻日美军在公共汽车上同几名日本妓女狎昵，并在大庭广众之下侮辱日本平民百姓，而车上的日本乘客却有如任人宰割的绵羊，一派逆来顺受的样子，袖手旁观，无人挺身而出。而其中的细节描写读来更令人心悸：

> 外国兵反复唱着一支像童谣似的简单歌曲。犹如打拍子一般，一下一下地拍打我那因为寒冷已经开始麻木的屁股，并且不断地笑着。"打羊，打羊，啪，啪！"他们兴致勃勃地用外国话反复唱着，地方腔

调很重。"打羊，打羊，啪，啪！"①

我们不难想象，作为一个具有强烈民族意识的作家，作者是怀着怎样的愤怒来叙述这个故事的。

在大江健三郎的初期创作里，"徒劳—墙壁"意识处于主导地位，② 因为"墙壁"意识产生了"徒劳"意识，"徒劳"意识则加强了"墙壁"意识，二者相互作用。人生活在"墙"中，一切行为都是徒劳的，这无疑会让读者深刻感受到世界的荒诞，存在的虚无。

（二）现代人类的危机

大江健三郎毕业之后走出校园，开始真正地接触社会，了解现实，对现实社会也有了新的认识。他这一时期的创作仍以存在主义为基础，来表达他对现实的不同理解。

20世纪30年代，德国哲学家胡塞尔在一次关于欧洲人性危机的著名演讲中，批评现代文明的发胀把人推入一条专门化训练的狭窄隧道，从而看不清作为一个整体的世界，也看不清自己，于是就陷入胡塞尔的学生海德格尔所称的"存在的遗忘"。胡塞尔的演讲作于第一次世界大战之后，那时的世界经济凋敝，恐慌泛滥，纳粹势力崛起，人类文明岌岌可危。他指出，危机的爆发并非偶然，而是自文艺复兴以来欧洲文明发展的片面倾向所导致的。而捷克当代著名作家米兰·昆德拉则指出，胡塞尔和海德格尔在给现代纪元下"病危通知"时忽视了自塞万提斯以来的整个欧洲的小说传统，并将欧洲小说精神描述为对"被遗忘的探寻"（米兰·昆德拉：《被忽视的塞万提斯的遗产》），提出了小说家反危机的特殊作用。由于人类理性的隐患长期不被察知，小说的反危机功能虽存在却被忽视了，直到20世纪，前所未有的灾难降临世界，人性危机、文明危机才成为时代的强劲主题。

20世纪的文学，常常被称作危机的文学或"反危机"的文学，它是这一时代的社会历史危机与人类理性危机总爆发的体现。第二次世界大战将

---

① ［日］大江健三郎：《人羊》，《大江健三郎作品集·死者的奢华》，光明日报出版社1995年版，第56页。

② 何乃英：《大江健三郎创作意识论》，《外国文学评论》1997年第2期。

灾难推向极致。"二战"后，伴随着世界现代化进程，令哲学家和作家忧虑的危险并未消失。无论是作为整体的人类，还是作为个体的人，其生存都面临着巨大威胁，日本自不例外。"二战"后，经过一段时间的休整，进入50年代后，日本已经走出了战后的贫困与混乱，社会相对稳定，经济开始恢复并高速发展，但同时又面临新矛盾和新危机。资本主义经济的进一步发展，也使得社会对人的异化更加严重。青年人在日益富裕的物质生活中，精神却无所寄托、空虚焦躁。他们都把焦点转向自身，沉迷于孤独、焦虑等个体的内在体验，不再关注战后社会的现实状况，陷入虚无、颓废的境地。

大江此时创作的重心在于批判日本社会现代工业文明对人的异化和扭曲，来展示现代人类的危机。由于受到诺曼·梅勒"二十世纪后半叶留给文学冒险家的垦荒地只有性的领域了"的影响，他选取了一个特殊的角度，以性为切入点，展示现代人的不安与孤独，以及他们对社会的消极反抗。《我们的时代》和《性的人》就是此类作品的代表。

其实早在这之前的作品中，大江在表现人的生存危机方面就已初露端倪。如短篇小说《死者的奢华》和《奇妙的工作》等早期作品，表现了"二战"后成长的一代青年的普遍精神状态：年轻的主人公们心中弥漫着孤独、焦虑以及人生的徒劳、单调和无意义等感受。而到了《我们的时代》《性的人》、《日常生活的冒险》和《哭号声》等中长篇小说中，主人公原有的那种空虚、孤独、困惑和无所适从演变成严重的生存危机。这种危机所围绕的核心便是"日常生活"。

如前所述，在日本经济逐渐恢复之后，物质生活日益丰富，而人们的精神生存领域却受到威胁。都市化使人口越来越密集却又彼此孤立、不能沟通，而现代工业文明、城市文明所带来的模式化和批量化的复制增殖对个体生存造成威胁，人的个体存在越来越微不足道。这使大江笔下的主人公感到痛苦、焦灼和绝望，但他们却不甘心于此，力图去证明自己的存在。而日本的战败，美国对日本的占领，意味着日本已经失去了自主权，也意味着日本人失去了作为"政治的人"而存在的资格。于是，"性"作为一种生命中更本能的存在，凸显了出来，他们只能靠"性"来确认自己，靠"性"来比喻贬低现实。因此，"性冒险"就成了他们生活的主题。

大江笔下人物的"性冒险"具有以下特点：第一，他们虽有粗野、直露、怪癖、频繁的性行为，但其根本目的或动因却不是性欲，而是一种广义冲动的宣泄。第二，这些行为对社会日常具有强烈的挑战性。比如《性的人》中主人公有意同一个政客的妻子"通奸"，使他生出"嫉妒的角"，然后自己则像斗牛士般与这位发怒的政客嬉斗。第三，他们把性行为当作一种思想探索、哲学思考的方式。

大江健三郎笔下的"性"包含着深刻的社会内容。奥野健男曾这样说过："稍微留意一下充斥于大江健三郎小说中关于性的描写，就会发现他远远偏离了对性方面的关心，即使在描写性欲时，也根本不涉及异性性感的姿态和情感，也无对异性的憧憬和执着"①，"在大江健三郎的小说中，性描述是主人公心理活动转折点出现的跳板，是小说的节奏"②。在《性的人》、《我们的时代》中，大江健三郎通过"性"这一手段，同时借助晦涩的情节、复杂的结构、纷繁的描写、形形色色的人物，描绘了当代社会中人们普遍的生存困境，执着地探索人生的本质意义。在这样一个时代，青年人如何活得像个人，如何恢复人性，如何确认自我存在，就成了大江健三郎这一阶段探讨的核心主题。

1995年发表的小说《我们的时代》可以视作"政治和性"的文学创作的出发点，也是一部实验性作品。大江健三郎在动手写这部小说之前，可以说是牧歌式的少年作家，但从这部小说起，已经成为反牧歌式的表现现实生活的作家。另外，通过这部小说他还明确地决定了以"性"描写作为自己最主要的表现方法。他说："我要强烈地刺激读者，让他们愤怒，让他们清醒，震撼他们，然后把这些普通的人带到人性的异常之深处，所以我才用了'性'这个方法。"③ 小说描写一颓废青年同一中年娼妇赖子的性关系，充满了荒诞的偶然性。主人公南靖男是大学法文系的学生，他的学习费用全部由赖子提供，赖子的生活以接待美国客人为主，经济来源主

---

① [日] 奥野健男：《大江健三郎的文学与性》，孙菲译，《外国文学》1995年第1期。
② 同上。
③ 王新新：《大江健三郎的文学世界：1957—1967》，人民文学出版社2004年版，第78页。

要由美国客人提供。后来，南靖男考取了公费留法，这是他一直梦想的。但因他向法国驻日使馆官员公开表示支持反法阿尔及利亚游击队，断送了赴法留学的机会。因此，他想到自杀，但又缺乏勇气，认为这个时代是一个充满自杀机会而又必须活下去的时代。

"二战"后的日本是在美国的扶持下成长的，因此，"二战"后日本的模式也是美国化的。在美国的扶持下，日本的经济快速复苏了，在这种复苏浪潮里，大江健三郎体味到了一种嗟来之食的屈辱感。在强大的美国面前，日本变得唯命是从，日本民族的进取心、民族心消失殆尽，畏缩在美国巨大的阴影下，犹如阳痿的性器官，是"雌性的人"的国家，而美国则是伟岸雄健的大丈夫，是"雄性的人"的国家。日本屈从于美国，如柔弱的牝性从属于强壮的牡性一样，从属于强大的雄性国家——美国。虽然也有困惑不安，但还是在美国的羽翼下贪图享乐、委曲求全。"性的人"国想发挥"政治的人"国那样的作用，就显得无能为力、凄惨滑稽。这样的社会现实给民族意识极强的日本青年带来了极大的困惑，使他们在屈辱中饱受挫折和徒劳的折磨。《我们的时代》的主人公南靖男就是在屈辱中生活的一个日本青年，对于自己的情人赖子所从事的职业，他无可奈何，因为这是他们维持生活的一个必要手段，但是屈辱感还是挥之不去。

"噢，您来了。"靖男不情愿地握住伸出来的手。

"你这是要出门还是要散步？"

这句外国话不无滑稽地刺进南靖男的耳朵里。散步，我把自己的情人让给你这个浑身长满金黄色硬毛的白种人，自己去黑夜里散步，在你得到快乐的时候，我要在街上像条狗似的乱窜，或者在小茶馆的角落里看书。

"赖子她在屋吗？要是你愿意的话，我们三个人一块喝点威士忌吧，怎么样？"

"谢谢，可是我已经系好了鞋带。"①

---

① [日] 大江健三郎：《性的人、我们的时代》，郑民钦译，译林出版社1999年版，第94页。

简单的几句话把美国和日本的从属关系表现得一目了然。以南靖男为代表的日本青年所承受的屈辱让人难以启齿,加之日本经济的发展所带来的人性异化让日本青年愈加无法感知自己的存在。南靖男渴望在同情人赖子的交媾中找到自己安身立命的依据,他一边进行快乐的动作,一边思考形而上的问题,结果发现自己仍然处在被人紧紧包围的状态中。他又把所有的希望寄托在能取得赴法留学资格的论文上,可是又无法逃脱各种政治因素的纠缠,仍旧无法确认自我,陷入了精神阳痿状态。于是大江健三郎把"性"与日本被美国占领的现实联系在一起,通过"性"来揭示人的存在特征。因为"性"既是人的自然存在的依据,又是人的意识本质的动力,还浓缩着人与他者互为证明和占有的复杂关系。大江健三郎说:"主人公南靖男在同情人的性快乐和无能的反复中,思考着我们的时代青年,不可能具有积极意义上的希望,同时在快感刚萌芽时就枯萎。"从勃起与阳痿、坚挺与早泄的矛盾对立中,可以看出日本青年的进取意象已经完全被压抑,他们在现实生活中无力涉足政治,无力振奋自己的精神。究其根源,是因为美国军队的占领使日本青年看不到希望,没有自豪感,由此可见,"性"是一种政治隐喻。

1963年发表的中篇小说《性的人》依旧是对"性"的关注,不过,"性的人"的内涵有了更丰富的内容。作品由两部分组成,前半部分描写由J出资组成的一个"七人摄制小组",去海村别墅拍摄一部由他妻子导演的表现地狱景象的先锋电影。而这一所谓的"七人摄制小组"不单纯是一个电影工作组,这七人在传统的社会关系下有着亲人、夫妻、朋友、同学、合作者的正当关系。但在海村别墅的一夜,却变成了一个性乱俱乐部。后半部分描写J与邂逅的一个老头和一个少年组成流氓俱乐部,在公交车上进行流氓活动。在这两个部分中,J是作者着墨的重点和贯穿前后的重要人物。J的前妻因发现J是同性恋而感到羞耻,选择了自杀,J因负罪感而丧失了自我,为了找回自我成了一个纯粹的"性"的人。第二任妻子的性冷症以及自己无法遏制的同性恋倾向,使他无法在正常的性关系中体验到自己的存在。于是,乱交、耍流氓等反道德、反社会的"性"成了他唯一可能把握自己存在的方式。此时,"性的人"

的内涵发生了微妙的变化。这一时期，日本发生了一连串的血腥事件，日美安保条约的改订以及此后因日美经济关系的相对变动带来的国家主义的复活，宣告一个暴力时代即将到来。在这样的时代，个人只有通过反抗强大的暴力世界才能保全自己。因此，J并不是以受辱者的身份出现，而是以挑战者的姿态出现的。大江健三郎塑造的"性的人"的形象，已经由原来的社会屈服型变成现在的向社会挑战型。大江健三郎曾在《性的人》之前的一篇随笔《对性犯罪者的问候》中说："比起政治的人，性的人更加切近现实的核心。"[①] J的所谓革命性意义的行动也只能以反社会、反道德的"性"的方式来实现，但是，最终还是无法完成向"政治的人"的转换。

在大江健三郎的笔下，这些"性的人"是在以变态方式、个人方式探索摆脱危机之道。他们想通过这种反抗逃到个人内心的小宇宙当中，以求摆脱生存的危机，但这只能是一种"停滞不前"的行动，因此，往往都归于失败。从这些作品中我们看到，大江的创作开始介入到社会生活中，具有强烈的社会批判意识。人们面对社会对人的异化，对人的种种压抑和阻碍，不再只是简单地逃避，而是以一种另类的方式来表达他们对社会的反抗，然而这种另类的方式还是未能使他们找到人生的意义或超脱危机，反而陷入了痛苦绝望的境地，注定了他们最终只能成为社会的悲剧。但也正是这种悲剧从另一个侧面反映了现代文明危机的严重性，因而也更具有批判性。

仅仅表现人们的生存困境及精神的荒原状态，不足以把日本民族从暧昧的状态中解救出来，还必须寻找到一条适合的路径，使文化批判及启蒙得以达成。大江健三郎不断地思考着、探索着，最终找到了一条明确的途径，那就是"走向边缘"，并最终实现"从边缘出发"。

二 文化批判及启蒙的指向

诺贝尔文学奖颁奖辞也指出："人生的悖谬、无可逃脱的责任、人的尊

[①] ［日］大江健三郎：《严肃的走钢丝》，东京文艺春秋社1965年版，第256页。

严这些大江从萨特获得的哲学要素贯穿作品的始终，形成大江文学的一个特征。"① 可见，大江的文学道路就是起步于萨特存在主义对他的影响。

20世纪40年代后期和50年代，正是日本在第二次世界大战惨败后的废墟上重建家园的时期，日本的政治、经济、思想文化领域由于战败的巨大打击，特别是广岛、长崎遭受原子弹爆炸这一毁灭性的打击，使日本国民心里埋下了深重的阴影。美军占领下的军事管制及《日美安全条约》的签订，更加剧了日本社会的动荡不安。在这急剧的历史转变过程中，人们普遍感到无所适从，无法把握自己的命运，找不到生活的出路。随着战后日本人民精神上的沉重苦闷，在一种极端的惶惑和孤独中，人们急于找到一种宣泄孤独、走出惶惑、排遣苦闷的方法，这就为存在主义的诞生提供了适宜的思想土壤。值得注意的是，从影响的广度和深度上看，法国的存在主义，特别是萨特的观点在战后日本占居首位，哲学界、文学界以及知识界的各个阶层乃至一般大学生（例如大江健三郎）无不对萨特抱有兴趣。首先，这是因为法国存在主义的特点在这里起作用，即它把对现代资本主义社会的批评同探索社会发展的前景结合起来；其次，法国存在主义思想不仅通过抽象的哲学思维，而且还以更通俗易懂的文艺作品的形式，对日本的社会意识产生了影响；最后，法国存在主义的著作首先是萨特的著作，在形式上是无神论的，摆脱了纯欧洲基督教的教条，因而与性质上有明显区别的东方传统的文化和社会思想比较吻合。

（一）存在主义的接受与边缘意识的孕育

大江健三郎是在20世纪50年代作为青年作家登上文坛的，与同时代的其他青年一样，少年时代在军国主义教育下形成的世界观随着日本"二战"失败的投降而彻底崩溃。当时，日本文化正处于微妙时期。由于太平洋战争，日本把自己置于一种非常尴尬的境地：既是一个侵略者，对周边国家犯下了严重的罪孽，又是一个战败国，成了人类历史上第一次核灾难的受害者，在日本国民心里埋下了深重的阴影；它位于亚洲，在亚洲国家中却显得很孤立；它试图全面向西方开放以实现现代化，却得不到西方世

---

① ［俄］歇尔·耶思普玛基：《颁奖辞》，《死者的奢华·附录》，光明日报出版社1995年版，第362页。

界的理解，并成了美国的占领国。大江后来才意识到，这是一种"把国家和国人撕裂开来的强大而又锐利的暧昧"①。"在我进入仿效纳粹德国而建立的被称之为国民学校的小学那年，太平洋战争爆发了。十岁时，我迎来了战败。因此，我的少年时代的前半期实际上是处于超国家主流意识形态之下的。当时，对于我这位少年来说，天皇是神，为了天皇如何勇敢地去死便成了我的最为重要的人生课题。然而战争结束后，这一切却完全倒转过来，日本全国都开始施行民主主义教育。就在这个时期，我度过了少年时代的后半期。在我的印象中，战时的日本是个在世界上处于孤立，并被从外部封闭起来的国度。"② 不过，当时的大江健三郎尚未具备这等认识，他还只能与大多数日本人一样，咀嚼着这种痛苦的撕裂感。当时的日本人生活在美国的占领下，经济又没有恢复起来，所以普遍具有一种朦胧的虚脱感和一种难以消解的积怨。在失去生命的重心而重新寻找自我价值的过程中，许多人迷失了方向，以至于出现了彻夜在书店前面排队购买萨特作品的情形。他们渴望建立一种新的道德观念。而作为一个具有强烈的民族情感的青年大学生，大江不甘于如此默默地忍受，他在寻找一种思想，一种能够帮助他认清本国文化现状，并能使他乃至国人重新振奋的思想。于是，他就将目光投向了西方。在大学的低年级时，大江大量地阅读了加缪、萨特、福克纳等人的著作，最后，他把目光停留在萨特的身上。因为萨特存在主义思想中有关世界存在荒谬性的描述、有关自由选择积极的价值取向以及人道主义的精神内核等，与大江内心深处对于日本文化的体验和焦虑一拍即合。所以，大江健三郎在东京大学选择了法文专业，并开始直接阅读萨特的法文原作。他大学毕业论文的题目就是《论萨特小说中的形象》。26岁时，大江还趁赴欧洲旅行的机会，专程前往巴黎拜访了他仰慕已久的、心中的偶像萨特。可见萨特不仅是他文学上的导师，更是他精神上的领袖。

以接受萨特存在主义为契机，大江健三郎形成了他独有的文学观：边

---

① [日]大江健三郎：《大江健三郎作品集》，光明日报出版社1995年版，第365页。
② [日]大江健三郎：《大江健三郎北京演讲全文》，《中华读书报》，http：//www.gmw.cn/gmw，2000-10-18。

缘意识。

边缘，即边沿，指物体的外缘；而意识则指人的头脑对客观物质世界的反映，是感觉、思维等各种心理过程的总和。按照字面理解，"边缘意识"即是人从事物的周边、外围去认识、感受和把握事物，由四周到中心进行思维的一种心理过程。而大江健三郎的边缘意识，是对文面含义的延伸和拓展。如后殖民主义理论家赛义德所言，大江健三郎正是以这样一种认知方式来进行其文学创作的。

大江健三郎的边缘意识，主要来自于他"个人的体验"，而这种体验，又与存在主义不无关系。"二战"后，天皇制崩溃，对于往昔深埋在民族意识里的信仰的丧失，使不甘寂寞的心灵产生惶惑。对于经历了战争时期及战后生活的大江来说，忧郁感、覆灭感和灾难感等时代的标记在他身上打下深深的烙印。这就是他早期接受存在主义影响的土壤基础。而反过来，对于存在主义的接受，也给了他新的认知生活的方式。萨特的存在主义哲学是一种生活哲学，关注和讨论的是人在世界中的处境问题。萨特的存在主义认为，"他人是地狱"，世界是荒诞的，人生是虚无的，存在是无目的的，虽然人的本质、人的意义、人的价值可以由人自己的行动来"自由选择"，然而选择的后果是无法预测的，因此，选择是恐惧的，人生是痛苦的，人的存在就是一场悲剧。受其影响，大江对人生的理解也是"存在就是受难"，于是，内心痛苦就成了他创作的出发点。

大江经历痛苦的煎熬，对痛苦有深刻的体会。他10岁丧父，童年和少年是在战争和国外占领军的欺凌下度过的。在经历了丧父的切身之痛和日本战败的民族痛苦之后，面对战后社会的混乱局面，人际关系之间的疏离，大江充满了紧张和不安。他要用文学倾诉内心的痛苦，抒发人间的不平，表达善良人的美好愿望。

大江是一位对于当今人与人的互相疏远表现出最强烈焦虑的文学家。他要设立一个改变现代人互相疏远的杠杆支点，哪怕只是童话中的想法。而故乡小山村口传神话般的故事始终在他的生命里显示出重要意义并最终促成了他泛神论式的自然观和日本传统的"部落观"的形成，于是，他将目光转向故乡的森林峡谷，以各种各样的形式描写"山村"的部落式生活来与战后的社会结构相对立，初现出大江边缘意识的端倪。

"二战"后，日本经济、政治、文化的发展都呈现出与战前不同的景象，促使大江去进行思考。他看到，"日本的现代化，被定性为一味地向西欧模仿，而日本却位于亚洲"。① 由于地理位置的远离，空间上的障碍，"面向西欧全方位开放的现代日本文化，却并没有因此而得到西欧的理解，或者至少可以说，理解被滞后了，遗留下了阴暗的一面"。② 从这点上说，在世界范围内，日本只是处于边缘地位。即便是在亚洲，日本也未能进入到活动的中心。因为日本是个岛国，本身就处于亚洲大陆的边缘，而且由于"暧昧的进程，使得日本在亚洲扮演了侵略者的角色"。这样，"在亚洲，不仅在政治方面，就是在社会和文化方面，日本也越发处于孤立的境地"。③ 而对作家来说，他的出生地四国岛，则又位于日本本土的边缘。于是，地理位置与中心的远离，政治、文化上所感到的孤立，让大江感到痛苦，从而引发了他对社会文化结构的新认识。他要寻找一种新的方式去重新认识和把握世界，去排遣心中的痛苦，去抒写他对国家、对民族的眷恋之情。凭借着对故乡森林的偏爱，他发现了异文化共存结构，看到了位于边缘的与天皇中心的主流文化的绝对性和单一封闭性相对的森林村庄文化的多样、丰富、开放的生动形态。这一发现，给他的认识注入了新的特质，他因此而提出"边缘"概念，标志着大江边缘意识的真正形成。

社会的急剧变化，民族的苦难，已使得大江感到痛苦和迷惘，而脑残疾儿子光的诞生，无异于雪上加霜。但幸与不幸是结伴而行的，残疾儿子的降生使大江幸会了能够牵动他感觉系统的"客观关联物"（艾略特语），使他那由哲学意识支配的审美经验里又融入了一个可以谛视人类"生与死"的崭新的"个人体验"，并将这种体验加以延伸，括及原子弹爆炸致残者，发掘出一种人类的"宏大共生感"。因此，他不仅仅是在地理学的意义上提出"边缘"这个概念，更重要的是从社会—文化结构的视角为

---

① ［日］大江健三郎：《我在暧昧的日本》，《死者的奢华：附录》，光明日报出版社1995年版，第351页。
② 同上。
③ 同上。

"边缘"定位,努力创造出真正立于边缘的人的模型。所以,在透视世界、揭示社会矛盾时,不论是在地理位置上,还是在社会文化结构中,大江健三郎总把自己的视点定格在与统治中心、中央秩序和主流意识文化相远离或背离的地方,即"边缘"上,以独特的思维方式去认识和把握世界,在作品中表现出一种异于传统的、独具气质的思想倾向,这就是大江小说的"边缘意识"。它既是大江从边缘出发把握社会本质特征的艺术手段的思想再现,也是大江看取与表现生活的习用视角。这种"边缘意识",是在存在主义的影响下,在社会现实的比照下,加上大江自身深刻而痛苦的体验,最终形成的一种认识世界、表达理想的方式。

1945年日本战败后的几年间,是战后民主主义扎根、战后启蒙勃兴的时期。这一时期,日本对军国主义进行了批判,对战争责任进行了反省,对民主主义思想进行了普及。然而对于以"万世一系"、"神圣不可侵犯"的天皇制为中心的日本来说,经历的是比明治维新的更为猛烈的社会转型。面对着重大的社会转型,众多普通民众对新社会形态还一知半解或懵懂无知,而且头脑中还残留着大量旧的意识形态,这就需要有人站出来,对民众进行"启蒙"。作为一个有良知的、社会责任感极强的作家,大江健三郎担负起了这样的重任。他说:"就日本现代文学而言,那些最为自觉和诚实的'战后文学者',即在那场大战后背负着战争创伤、同时也在渴望新生的作家群,力图填平与西欧先进国家以及非洲和拉丁美洲诸国间的深深沟壑。而在亚洲地区,他们则对日本军队的非人行为做了痛苦的赎罪,并以此为基础,从内心深处祈求和解。我志愿站在了表现出这种姿态的作家们的行列的最末尾,直至今日。"① 他以文学为武器,力图把日本社会、日本文化及日本民众从被撕裂的暧昧状态中解救出来。

大江健三郎之所以接受存在主义,是想通过存在主义来诠释日本文化的现状,也可以说,想从萨特的存在主义中获取促使日本文化重新振奋的力量和养料。然而,由于文化背景的不同和日本及日本文化的暧昧性,大江健三郎的思想也必然呈现出难以名状的暧昧性。同时,存在主义理念是

---

① [日]大江健三郎:《我在暧昧的日本》,《死者的奢华:附录》,光明日报出版社1995年版,第351页。

纯粹西方式的，大江健三郎笔下的人物是纯粹东方式的，文化理念的西方性与描写对象的东方式之间存在着本质性差异，如同一道鸿沟横亘在他与描写对象之间，使大江健三郎的创作陷入了根本性的窘迫。因此，取材于都市学生勤工俭学生活的作品《奇妙的工作》、《死者的奢华》和取材于儿时生活的作品《饲育》、《感化院的少年》等都是在模仿萨特，依照存在主义的理念来处理选材，在观念上形象地诠释萨特的哲学思想，这就使他无法与写作的对象产生契合。所以，他笔下的人物如南靖男、J等只能在无尽的烦恼和焦虑中徘徊，无法作出大江健三郎所期盼的积极的自由选择。大江健三郎早年作品中所遭遇的这种难堪局面，也反映了大江健三郎当时的文学困境，也就是说大江健三郎还没有一个真正属于自己文学的"原点"。如他所说："运用从法国现代文学中学到的手法来写这一切，是我文学的第一期。"① 1963年，大江健三郎的人生中发生了两件重要的事情，它们改变了大江健三郎的人生进程，促成了"残疾儿—核武器"意识的形成，同时也是大江健三郎创作生涯的转折点。

这两件事，一件是他的残疾儿子大江光的降生，另一件是访问广岛。个人的不幸与人类的苦难交织在一起，使大江对人和世界又有了新的理解，并促使他的文学也发生了转变。在此之前，大江基本上是从观念上接受萨特文学中的存在主义，并以此来诠释日本文化的现状。而这两件事促使大江对过去的创作进行了重新的审视，对萨特的存在主义也有了全新的领悟。

脑障碍残疾儿的诞生，对于作为父亲的大江健三郎来说，无疑是一场灾难，而对于作家的大江健三郎来说，却意外地获得了一次独特的个人体验，成为他人生经历中一笔宝贵的财富。在此之前，大江健三郎在存在主义的影响下，一直在思考存在的本质，一直在探索着暧昧的日本及日本文化的出路，并用艺术形象来描述各种可能存在的出路，但所有的这些都只停留在观念的层面上，而这一次却是他无法逃避、必须直接面对的困境。面对突然降临的残疾儿子，初为人父的大江健三郎有过动摇、痛苦、颓

---

① [日]大江健三郎：《北京讲演二〇〇〇》，《世界文学》2000年。

废，甚至绝望，也想过放弃。然而，正是这种绝望的困境，使大江健三郎明白了那些在存在主义的影响下，在内心里积累起来作意识的精神训练，实际上没有太大的用处。他因此也获得了一次摆脱存在主义樊篱的机缘，开始用自己的心灵直接体验生命存在的本质和生存的价值。在跟谷川俊太郎的对话《表现行为和孩子》里，大江健三郎说："对我来说，弱智孩子的诞生，就是这个世界给我的第二次'入社式'。"大江健三郎在读《日本现代的人道主义者渡边一夫》时，对"入社式"作了以下定义：所谓的"入社式"是指人成长到青年时，要进入大人世界时必须要经过的体验。首先要被一般的社会隔离，成为死去的人。成为死去的人要经过痛苦的经验，比如说，在森林里默默地度过一星期，在经历这样的体验后才能再生，然后才能进入到大人的社会。

《个人的体验》就是在这种情况下创作出来的。小说写一个年轻的父亲把患有脑残疾的婴儿送进手术室，挽救了一个幼小的生命，"并选择了伴他痛苦与他共生的道路"。[①] 他以个人的体验为基础，将其与对人类命运的思考相结合，把个人的不幸与人类的不幸共同写进了小说，找到了一个真正属于自己文学"原点"。

而广岛之行，特别是残疾儿出生后不久的第二次广岛之行，使大江领受到了一次人类共同的惨痛经历。在访问当年原子弹爆炸灾难中幸存的受害者时，残疾这一概念使他自然地将自己家庭的不幸与民族的灾难连在了一起，由此体验了人类生存所面临的困境的普遍性以及核武器对人类社会的威胁性。大江健三郎也由此获得精神的再生和自我重建，于是他以广岛人的生活态度为基准，对萨特的存在主义有了全新的领悟，将所接受的存在主义理念融进了他对日本文化和现实生活的全新体验中。

切身的生活体验，让大江健三郎感到他先前的作品中的存在主义表现已不能满足他以文学的方式来深入探索当代社会现实的需要。这就促使作家在反思社会与人生的同时，也开始对他的文学进行改造和超越。虽然大江深得萨特存在主义的精髓，但他毕竟处在东方文化背景之下，

---

① ［日］大江健三郎：《大江健三郎自选随笔集》，王新新等译，光明日报出版社2000年版，第75页。

又深受东方传统文化的浸染，传统文化才是他的根。尽管他"先前对《源氏物语》不感兴趣"，但在向西方学习的同时，他"重新发现了《源氏物语》"。① 这些因素，促使大江不得不站在传统文化的深厚积淀之上，致力于将东方文化和西方文化紧密地结合在他的创作之中，并以此来表达他对人生和社会、对人类命运的深层思考，从而表现出一种追求人性回归、宣扬人类和解、寻找灵魂出路、强化弃恶向善、重建精神家园的人道主义精神和人道主义理想。

（二）文学启蒙的实现：超越困境，自由选择

萨特创作的一个重要特点，就是善于在作品中营造一个"极限境遇"以让人物进行"自由选择"。然而萨特作品中人物的自由选择，只能是一种在极限境遇中无奈之下作出的消极选择。因为萨特认为，"生活不仅仅是一种由持续的选择构成的重负（只有通过另一种选择，我们才能卸去这种重负），常常的，甚至每时每刻的，它都会将我们推入一种极端的境况，一种……置身其中又无力自拔的境况。……在最深的层次上，很可能会有一些不可调和，而又同样迫切的要求，在这里，除了毫无希望地进行选择外，我们没有任何别的路"。② 因此，作为自为的人，处在自在的世界当中，常常遇到阻碍、限制，感到的是恶心、孤独。而面对荒谬世界中不可消除的焦虑，人们常常无法真正地进行自由选择，往往只有选择回避、逃亡，把孤独和悲伤留给自己。有的即使作出了行动的选择，但这种行动往往也只是徒劳的最后一击，不能起到改善现实的作用。因此萨特作品中的人物常常无法超越境遇的极限，超越自己。虽然他希望通过这种"自由选择"的行动哲学，为人们指出一条通往光明的道路，但在他的作品中，这种努力往往只是徒劳。

而大江在他后期的作品中，也为人物设置了多重障碍，让他们处在种种极限境遇当中。他们深感外在处境的压迫和威胁，烦闷焦躁却又无法逃避，但他们没有像萨特笔下人物那样选择不选择。大江极强的责任意识，使得他笔下人物的"自由选择"具有了很大的超越性。虽身处荒诞的现实当中，行动处处受阻，空虚无聊，精神颓废，痛苦不堪，但是，面对外部

---

① ［日］大江健三郎：《答谢辞》，《死者的奢华》，光明日报出版社1995年版，第365页。
② ［美］A.C.丹图：《萨特》，安延明译，工人出版社1986年版，第221—222页。

世界给人制造的极限境遇,他们总能积极地自省,进而作出行动,勇敢地面对生活。他们勇于承担责任,甚至做出牺牲,对自己负责,对他人负责,也对社会负责,从而迈上积极向上的生活之旅。因此,大江作品中人物的选择是一种积极主动的自由选择,他们的行动不再是应对荒谬世界的徒劳之举。作品中的人物往往在经过精神苦闷的"炼狱"之后,冲破禁闭之"墙",找到通往光明的人生出口。人物的选择,正是作家的思想意识的艺术反映。大江通过《个人的体验》完成了他"自我"的选择。

小说的主人公是27岁的大学预备校的教师,绰号鸟。他虽然已结婚两年,但对家庭缺乏应有的责任感。妻子住院分娩,他却在四处寻找非洲地图,想方设法要去非洲旅行。孩子出生了,患的是脑疝,因头盖骨缺损,脑里的东西有溢出的危险,如果做手术,又可能成为植物人,但他还是同意把孩子转到大学医院去手术。由于心绪烦乱,便去找大学时代的情人火见子。两人久别重逢,感慨万千,于是开怀畅饮,喝得酩酊大醉。第二天,鸟在课堂上呕吐,丑态百出,被校方解雇了。从此,鸟置妻儿于不顾,每日在火见子家里鬼混。为了实现非洲之行,也为了鸟将来免受植物人的拖累,火见子要鸟把孩子从大学医院接出来,交给一个非法医生朋友去处理掉,这样就可以"不弄脏我们的手而杀死婴儿"。在实施这一罪恶计划的途中,鸟的内心经过激烈的斗争,毅然决定放弃非洲之行的计划,把孩子送回大学医院手术。结果孩子患的并非脑疝,切除的仅是两个肉瘤。为了孩子的正常成长和将来的生活,鸟打算去从事导游工作。

小说中的鸟,为了摆脱家务和残疾婴儿表现了他的困惑,最后鸟经过自省和斗争,终于对生命存在有了真正的体验,以乐观的姿态直面现实存在的困境,并做出了积极的选择:正视怪物婴儿,承担责任。他救下了畸形儿,同时也使自己获得了新生,走出了困境。

《个人的体验》的发表,成为大江健三郎创作的分水岭。他的创作主题从单纯描写"二战"前、后日本人的荒诞的生存状态,转向了探索人生的意义和价值以及人类的自救等问题,使他终于超越了萨特的存在主义,形成了大江式的存在主义,即面对荒诞的世界、不幸的人生,通过人类自身的积极努力,追求人生存的本质意义,是可以超越荒诞的生存困境的。此后的作品

《广岛札记》、《万延元年的足球队》等无不是在这条道路上的继续。

（三）文化批判的达成：回归与寻根精神

大江健三郎是一位在创作中自始至终关注人的存在，全力以赴表现人类文明危机，以及不断寻求摆脱危机、拓展人类生存空间之道的作家。从《死者的奢华》、《奇妙的工作》、《饲育》、《人羊》到《我们的时代》、《性的人》，再到《个人的体验》、《广岛札记》、《万延元年的足球队》等作品，作家在个人、种族群体和人类总体三个层面上对现代人的存在状况及现代文明的危机进行了丰富而有力的表现。现实已是如此令人触目惊心，而作为生存于这个现实世界中的人，该如何去解决这一严峻的问题？在致力于表现现代文明危机的同时，大江健三郎也在不断地寻求摆脱危机的方式，给现代人类寻找一方能够安居乐业的幸福天地。人类的出路到底在何方？大江认为是在作为神话世界而想象的森林，那既是他所向往的理想之国，也是人类危机的庇护所。

大江是从森林走来的作家，他的文学道路与四国森林有着千丝万缕的联系。大江的人生历程、创作历程的轨迹，明显地表现出他的创作从森林起步，最后又回到森林。诚如作家所说："四国的森林峡谷之村——是我可爱的故乡……我的一切情感皆来源于此。……在不断创作的过程中，我发现自己小说中描绘的世界不知不觉地成为支撑我的精神力量，四国的森林则成为我创作的源泉，与现实中的森林峡谷相比，我把作为神话世界而想象的森林视为向往的理想之国。"① 大江由封闭的森林世界步向了现代世界，经历了封建思想到民主思想的转变，处在两个时代的交接点上，曾对现代文明寄予过厚望，但令他失望的是，现代社会的种种现实与他关注人类命运的愿望格格不入，他无法让自己的内在感情和心灵世界得到抒发和表现。对现代城市文明的厌恶，对核爆炸灭绝人性的愤怒、恐惧与忧虑，导致了森林意象再度跃入大江的创作视野。在《同时代的游戏》、《万延元年的足球队》里，森林是寻找自我、寻找心灵故乡的"再生"之地。在《核时代的森林隐士》和《洪水涌上我的灵魂》中，森林成为核时代的"隐

---

① 叶渭渠：《日本文学思潮史》，经济日报出版社1997年版，第551—552页。

蔽所"，在《致令人怀念年代的信》中，作者把死于非命的老师安排在象征着新生的场所——森林……

由此可见，在大江的文学世界里，"森林"意味着令人心向往之的充满生命意蕴的"理想国"、"乌托邦"，核时代的"隐蔽所"，对抗主流文化的"根据地"，摆脱生存困境、寻找自我和精神再生的力量之源，修炼灵魂的场所等。于是走向想象中的"森林"，就成了大江抵抗现实中"近乎疯狂般的蹂躏"和维系心中的小宇宙以摆脱危机的一种方式，表现出强烈的回归和寻根精神。

回归是大江作品中反复出现的主题。它既包括对自然、森林的回归，也包含着对传统和历史的认同。在《万延元年的足球队》中，鹰四和蜜三郎夫妇便是从森林峡谷山庄、从一百年前的历史传说中寻找认同的依据和新生活的源泉。主人公鹰四、蜜三郎夫妇不同程度地陷入了生存困境和精神危机，如果继续在东京生活下去，将会面临人格破裂和精神崩溃的危险。经过一段时间的故乡生活，他们终于超越了心灵地狱，摆脱了生存危机，走向新生，实现了"再生"。小说主人公的家族姓氏"根所"，系指某一土地上人的灵魂的根本所在。而灵魂问题也是人的存在问题，这表明大江已经深入到对人的内在精神的终极探索，凸显了他对人性的全面关照。

在《核时代的森林隐士》中，大江回归森林的思想表现得更加明确。其中有这样的诗句：

　　核炸弹、人造卫星播散/放射能之灰与无线电光线之毒/散布于每个城市，每个村庄/人群、家畜和栽培物饱受侵蚀时/森林中发生了令人惊奇的/生命更新。森林之力强悍/进入每个城市，每个村庄/衰弱相反就是森林的恢复。/只有放射能之灰与无线电光线之毒/成为树木之叶、地面之草与湿地之苔/吸收之"力"。/树木和草叶未被二氧化碳所杀/看吐出氧气来喽/要在核时代延续生命者/快将森林之力与自己同一化，逃出每个城市/每个村庄，隐遁森林哟！①

---

① ［日］大江健三郎：《核时代的森林隐士》，《大江健三郎作品精选集》，杨炳辰、王新新译，漓江出版社1999年版，第575—576页。

在作者笔下，森林显然具有某种治疗核灾难的神奇魔力。

《洪水涌上我的灵魂》以武藏野盆地和伊豆半岛的森林为活动背景，娓娓讲述了一个现代人与"树木之魂"、"鲸鱼之魂"进行情感交流的故事。主人公大木勇鱼因失望于社会现实，遂带着残疾儿"进"，执着于一种超越尘世肮脏的生活追求，他带着对人类明天的忧虑，在迷惘中思索，在困境中探寻。他自诩为"树木之魂"和"鲸鱼之魂"的代言人，一面通过与想象中的人类灵魂进行精神感应与交流，把自己的苦闷、悲哀和理想，寄托于一个冥冥中的世界；另一面力图唤醒动植物的灵感复苏，以自然界的力量来解救人类的灾难，寻求自己、也是人类的精神出路，带着寻觅世外桃源的梦想拯救现代人苦难的灵魂。

而后的长篇力作《燃烧的绿树》和《空翻》以森林为神圣的祭坛，对现代人的信仰、灵魂和精神进行拷问与拯救。《燃烧的绿树》写主人公回到四国森林峡谷村落后，获得了"燃烧的绿树洋溢着的灵魂的力量"，就进一步探索迄今为止他所面临和关注的种种社会问题和政治中有关灵魂的问题，试图在自己的乡土上寻回"灵魂的根本所在"。长篇巨著《空翻》将宗教团体的"再生"场所也安排于"森林"之中。

因此，这种向"森林"的回归，绝非文人骚客诗意的怀古幽思，而是现代人对苦闷孤独之境地的反抗，是拯救文化危机、获得新生之途的探索。

向森林、自然和交织着神话传说的历史传统回归是大江小说一贯的主题。由于深受日本民族"泛神论的自然观和日本式'部落'传统观念"的影响，使大江能够站在日本本土文化的基础上批判地吸收西方文化。西方近代文明的发展造成人与自然的对立关系。科学技术将自然当作征服、改造、利用、榨取的对象，导致现代人类与自然关系的崩溃。核危机、生存危机甚至个性危机也是其畸形发展的结果。从犹太一神教沿袭下来的基督教传统亦包含着对自然的蔑视。现代世界文明的危机主要来自西方文明的片面发展。从这个意义上说，大江小说中回归森林与认同历史，是对畸形文明的矫正，是人与自然、与传统恢复亲和关系的象征。

（四）战后再启蒙的升华：战斗的人道主义

在1994年的诺贝尔文学奖受奖演说中，大江健三郎特别提到自己

"把与米兰·昆德拉所说的'小说精神'相重复的欧洲精神,作为一个有生气的整体接受下来"①。然而,昆德拉的小说精神主要指对于存在的整体把握,强调的是包含怀疑性、模糊性的相对精神。但是,大江小说所体现出的鲜明态度已越出昆德拉对小说精神的界定。在这一点上,大江更多地受到萨特等人介入现实、干预生活以及为观念而战的精神的感染。从他受奖词中引用的名言"不抗议(战争)的人,则是同谋者"可以见出这种毫不含糊的战斗姿态。

在《什么是文学》中,萨特对文学的基本论述首先是从他的文学"介入"观开始的。他指出:"'介入'作家知道揭露就是变革,知道人们只有在计划引起变革时才能有所揭露。"② 萨特认为,人是被逼而自由的,人也是被逼而成为强者的。人生唯一的出路,就是行动,是介入,是通过行动来超越、来适应世界简单稳定的决定论,并且在世界的物质性中改造世界。如果说存在先于本质,那么行动和介入就使人能够创造自己真正的本质,只有行动,才能赋予人的一生以意义。

在这一点上,大江健三郎受萨特的影响至深。"作为一个专修法国文学的学生,我从萨特那里学到了参与社会。"③ "在我的作品中,想象力是最重要的,我认为萨特对此有非常深刻的理解,我从他那里接受了许多影响。什么是想象力呢?即将微小的个人与大社会、大世界联系起来,这是最为关键的。因此我思考广岛问题、核武器问题。同时,我也考虑自己的孩子。我的文学的重点,就是将这二者联系在一起,也就是说,我的文学始于存在主义。"④ 的确,大江健三郎很好地实行了萨特关于"介入文学"的主张,他强烈的社会参与意识使得他的文学创作超越了个人化的局限,体现出高度的使命感、责任感。大江在接受芥川奖时说:"毋庸置疑,我

---

① [日]大江健三郎:《我在暧昧的日本》,《大江健三郎作品集》附录,光明日报出版社1995年版。

② [法]萨特:《萨特文集》,施康强译,人民文学出版社2000年版,第210页。

③ [日]大江健三郎:《大江健三郎北京演讲二〇〇〇》,《中华读书报》,http://www.gmw.cn/gmw,2000-10-18。

④ [日]大江健三郎:《中日作家学者四人谈》,http://www.china.org.cn/dajing.2000-09-29。

是通过文学参与政治的,只有在这点上我才更清楚自己选择文学所要承担的责任。用想象力的语言在两个世界之间架起一座桥,使小说世界走向政治世界"。① 因而,在他的作品中,表达了作家对一系列社会和政治问题的思考与见解,如战争的责任、天皇制、日美安全条约等问题。在诺贝尔文学奖颁奖典礼上,大江健三郎作了一篇题为《我在暧昧的日本》的演讲。日本在亚洲发动战争,扮演了侵略者的角色,但自身又是这场战争的受害者,原子弹爆炸带来的伤害也许永远都无法消除。与日本现代文学中的那些自觉、诚实的作家一样大江健三郎也是一个背负着战争创伤,同时也渴望着新生的作家。这些作家对日本军队在亚洲的非人行为做了痛苦的反省,并以此为基础,从内心深处祈求和解。② 作为一个正直的作家,他希望在国际上重塑日本人的形象,即"正派的"、"宽容的"、"人道主义的"日本人形象。

　　萨特将存在主义概括为一种"人道主义",这种人道主义的重点在于揭示生活的荒诞性,指出世界荒诞性的一面,表现人物的自由选择,寄希望于他们自我发现、自我拯救的能力。萨特人道主义思想的核心观点是:存在先于本质、世界是荒诞的和自由选择论。这些在他的作品中主要表现为以人为中心,肯定对人的关心、对人类生存状态的关注,还有他鼓吹自由选择并采取行动,肯定人对自由的追求。萨特的这种人道主义首先重在暴露,暴露人类的生存困境,具体表现为对人在荒诞的现实社会中可悲无昧的生存状态和人类自身弱点的暴露,凸显文明社会中人类潜在的生存危机,具有人类生存的忧患意识。他还鼓吹人们面对种种生存困境,要勇敢地进行自由选择的行动,去创造自己和自己的价值,因此,面对绝望的处境,人应有寻找和选择出路的自由。但这种选择往往是人处在困境中被迫的选择,而他所要人们诉诸的行动也只能是徒劳无望。萨特似乎在向我们展示这样一个世界:人们已经面临绝望的生存边缘,没有退路,但是人仍有选择的权利和自由;人们要作出选择并付诸行动,做最后的挣扎。因

---

① [日]大江健三郎:《广岛札记》,日本岩波书店1965年版。
② [日]大江健三郎:《我在暧昧的日本》,《死者的奢华·附录》,光明日报出版社1995年版,第351页。

此，萨特的人道主义思想仍然以人为目的，能够激发人的生命意识，具有很大的积极意义，但多多少少带有某种悲观的情调。

大江选择接受萨特的存在主义，其主要原因是出于对日本战后文化的焦虑，他试图借助萨特的存在主义哲学来解答日本文化所面临的问题，探索日本的出路。在西方存在主义文学作品中，揭示并表现人的生存问题是一贯的主题。然而，人生的本质在哪里？又将如何走出绝望？在西方存在主义作品中是无法找到答案的。无论萨特的《恶心》，还是加缪的《局外人》。这些存在主义作品中的人物的生存与社会、自然、"他人"都是敌对的，一切都糟透了。他们被黑暗、忧郁和绝望控制着，虽然对命运有悲剧性的清醒，但对任何事情不抱有任何幻想和希望。所以，这些西方存在主义文学作品，不注重为人的生命存在在现实中找到终极的价值和意义。

而大江健三郎是一个现实感、时代感和责任感极强的作家，萨特存在主义中流于徒劳与虚无的自由选择，并不能满足他对当下现实世界以及生活于其中的人类命运的思考与探索，特别是残疾儿子出生后，他终于明白，存在主义哲学和文学并不能赋予自己把握现实和应对现实的能力，他决心重新构建自我，重新学习了文艺复兴时代的人道主义。最终凭借着长期居住在森林山谷的大自然生活体验所培育出来的丰富想象力，通过调查日本广岛、长崎遭原子弹爆炸所获得的悲惨体验，以及身历儿子天生残疾所承受的痛苦体验而产生的对生与死的关注和对生命的关爱，树立起一种"战斗的人道主义精神"。这种人道主义既是大江经过萨特存在主义的洗礼之后向文学传统的一种复归，更是对存在主义的一种超越。

大江早期的创作便对"二战"后人类生存状况和人的精神世界失落进行了思考和关注。后期的创作仍沿着这条线索，追求人存在的本质意义，体现了对人的终极关怀。《个人的体验》是大江众多作品中一部很具代表性的作品，在前面提到过，这部作品的出现，预示着大江与萨特存在主义的疏离。而这部作品的一种很重要的思想，就是带有人道主义精神的灵魂升华。面对残疾儿，是决心养育下去，还是当机立断，将其处理掉，以有利于自己今后旨在逃避现实生活的非洲之行，为此，鸟的内心充满着纷纭的矛盾。作品对此的描写也非常深刻。当鸟决定让孩子活下去时，火见子不得不承认：硬要养育一个只有植物机能的婴儿，这是鸟获得的人道主义思想。①

这不仅是对"鸟"的描写，其实也是作者内心的真实写照。

在《个人的体验》中，大江健三郎以个人的生活经验为基点，在同残疾儿的共同生活中，提出了共生这一母题。共生有两层含义：一层是获得新生，如作品中鸟的选择使自己和儿子获得了新生；另一层含义是人与人相互依偎着生存下去，这是共生的主要内容，大江健三郎和儿子大江光就是互相依偎着生存的范例。共生是人类最善良的理想之一，是深刻的人道主义情怀，自大江健三郎登上文坛以来，一直对人类的生存表现出热切的关注。因此，在面对残疾儿的问题上，也没有沉浸于自己的悲欢中，而将之上升为与人类共生的高度。他在《我文学的基本形式是呼唤》中指出："集于小的、局部的东西，而后推广于世界中去，我想所谓文学就是这样吧，小孩子所感到的痛苦和全世界所感到的痛苦或坏事是有联系的。"② 大江健三郎通过"残疾儿"这一主题把个人生活的小宇宙与世界这一大宇宙紧紧地联系在一起，从人的内心痛苦和个人体验出发，让小宇宙包容大宇宙。残疾儿代表着社会中的弱势群体，他们在成长过程中表现出的顽强意志是激发正常人生命活力的无形力量。无论是小说中，还是现实中，父亲与残疾儿在心理感情上的相互依存性，表现了残疾儿未受世俗文化浸染的灵魂内部，与生俱来的"人类最基本的美好品质"③，这种品质具有很强的净化和救赎作用。从再生走向共生体现了大江健三郎对人的本质的东方式彻悟：人经过自由选择获得的精神再生，可以算是走出困境的起点。也可以看出大江健三郎已经从寻求个人自立的战后民主主义走向了强调普遍文化关怀的积极人道主义。

发表于1965年的长篇随笔集《广岛札记》与《个人的体验》尽管题

---

① [日]大江健三郎：《个人的体验》，王琢译，中国文联出版公司1995年版，第199页。
② [日]大江健三郎：《我文学的基本形式是呼唤》，《文汇读书周报》1995年12月3日。
③ [日]大江健三郎：《大江健三郎自选随笔集》，王新新等译，光明日报出版社2000年版，第134页。

材不同，文学形式各异，但却是有着内在联系的两部作品。为了更为深刻地探明因原子弹爆炸所产生的后遗症，他在残疾儿出生的这一年夏天亲赴广岛考察，体味到了战争的残酷和核武器给人类带来的深重灾难，以及原子弹爆炸受害者们所体现出的顽强的生命意志。《广岛札记》的开头这样真实地记录了作者当时的感受：

> 像这样一本书，从个人的事写起，这似乎有些不妥。可是，这里所收集的关于广岛的所有随笔，无论是对我个人，还是对始终与我从事这项工作的编辑安江良介君，都是跟我们各自的内心深处息息相关的。因此，我想把1963年夏天我们两人初次一起旅行广岛时的个人经历写下来。就我而言，我的第一个儿子处于濒死状态，躺在玻璃箱里毫无康复的希望；而安江君，他也刚刚失去第一个女儿，并且我们两人共同的朋友，因整天潜心研究他的"依靠核武器的世界的最后的战争"的课题，被那恐怖的意象搞得精神崩溃，竟在巴黎自缢身亡。我们都已焦头烂额。但是，无论如何，我们还是向着盛夏的广岛出发了。像那样疲劳、困顿、沉闷、忧郁的旅行，我还没体验过。①

大江健三郎和安江良介君怀着同样的悲伤赴广岛考察，此时，又传来朋友因核战争恐惧症而死的噩耗，而他们赴广岛的目的又是核，要实地调查广岛原子弹爆炸的现状。可以说，此时的大江健三郎已陷入了家、国、天下的精神危机中，但是，他并没有让这种危机继续发展下去，而是在寻找克服危机的途径。

文坛一致公认，残疾儿的出生和广岛之行对大江健三郎的文学产生了决定性影响。其实，残疾儿的出生和广岛之行的联系纯粹是偶然的，可是在大江健三郎的作品中却构造了这种联系的必然性。大江健三郎通过《广岛札记》从个人生活的危机中走出来，开始关注核武器威胁下的国家、世界的危机。他说："我希望通过这份小说家的工作，能使那些用语言表达

---

① ［日］大江健三郎：《广岛札记》，光明日报出版社1995年版，第1页。

的人及其接受者从个人和时代的痛苦中恢复过来,并使他们各自心灵上的创伤得到医治。因而,我在文学上做了不懈的努力,力图医治和恢复这些痛苦和创伤。"①

《广岛札记》谴责了美国在第二次世界大战结束前,向广岛投掷原子弹给广岛人民带来的灾难,讴歌了那些本身就是受难者却还舍己救人的医务工作者和顽强地活下去的广岛人,表现了作者强烈的正义感。广岛之行使大江健三郎以广岛和那些真正的广岛人为"最基本最坚硬的锉刀",②呼唤世界各国放下核武器,为构筑人类的和平共同努力。大江健三郎在谴责美国向日本投放原子弹的同时,也意识到了日本在"二战"中所犯下的种种罪行。出于人道主义,他反对战争,反对军国主义,对核武器一直持否定态度,并通过文学作品始终与核武器展开正面斗争。

残疾儿的降生和广岛之行使大江健三郎形成了战斗的人道主义,表现了对普遍人性的关怀,成为大江健三郎以后创作的旗帜,指引着大江健三郎的创作方向。

而作者的这种人道主义思想还贯穿于其他很多作品之中。如《万延元年的足球队》、《洪水涌上我的灵魂》、《核时代的森林隐士》、《新人呵,醒来啊》等。这些作品,无不显示出大江对人类命运的密切关注,表现了大江深邃的思想和崇高的精神境界。

在获得诺贝尔奖之后,大江也以实践向人们表明,他仍在朝这个方向不断努力。在获奖之后五年中发表的两部长篇小说《燃烧的绿树》和《空翻》就是最好的例证。在这两部小说中,作者的笔触开始深入到人的内在灵魂,表现出对人的灵魂和精神的探索。正如大江所说的:"都是我对日本人的灵魂和日本人的精神问题进行思索的产物。"③ 在《燃烧的绿树》中,大江仍和以前的作品一样,致力于如何克服现实世界的危机,但处理方法有所不同。在这部小说中,他力图通过宗教这种普通人无法支配的力

---

① [日]大江健三郎:《个人的体验》,王中忱等译,光明日报出版社1995年版,第309页。
② [日]大江健三郎:《广岛札记》,刘光宇、李正伦等译,光明日报出版社1995年版,第140页。
③ [日]大江健三郎:《小说的方法》,王成等译,河北教育出版社2000年版,第297页。

量，达到人类的救济。也许面对20世纪末千变万化的形势，大江自己也感到茫然，找不到确切的解救的办法，而想通过神秘的宗教力量来实现自己的理想。而《空翻》看上去仍是一部以宗教为主题的小说，但最后得出的结论却是"无神"、"没有神的宗教"。师傅殉教之后，教会由新人阿基掌管，整个教会也就不再显得那么神秘了。他们仍继续着师傅的工作，但他们所做的事情与神已经没有任何关系了。阿基既没有说自己会信神，也没有说自己会站在反基督徒一方。木津临终前对育雄说："听不见神的声音，莫非仍旧真的不行吗？难道不是并不需要神的声音吗？人还是自由为好呢。""虽然听说'它'——是那么说的，但我要说——即便没有神，也照旧可以 rejoice 呢。"① 作品至此已向我们表明，神不能拯救人类，宗教不能拯救我们，只有自己才能自我拯救，进而拯救人类，因为人是自由的。这样，在《燃烧的绿树》中未能找到确切的解救办法的问题，在《空翻》中彻底地得到解决了。这也是大江对人的主体价值的最高肯定。因此可以说，《空翻》是一部探索人类灵魂终极问题的作品，最后的落脚点又回归到人，体现了对人的生存本质价值的终极关怀。

至此，我们看到，大江受到萨特"介入说"的深刻影响，像萨特人道主义揭露世界的丑陋和人类所面临的生存危机一样，也在创作中凸现人类的生存危机，在现实中不断地以实际行动呼吁人们做出反应。更难能可贵的是，他不仅暴露现代人的这种生存状态，而且还以各种方式致力于探索一条可以让人类走出困境的道路，试图引领人们走向希望的出口。尽管在大江的小说中，希望是微茫的，超越的根基也是脆弱的，但正如他在随笔《生的定义》中所指出的那样，战斗的人道主义属于确信自己的自由与宽容，虽对人类危机颇为悲观却勇敢前进的人。② 与微茫和脆弱共生，在悲观之中奋然前进，这就使得人在危机中缺乏根基、近乎荒谬的转变和超越别具意义。如鲁迅先生所言："绝望之为虚妄，正与希望相同。"③ 也正是如此，大江的人道主义思想就显得更加深刻，更加有意义。大江时刻都在

---

① [日]大江健三郎：《空翻》，杨伟译，译林出版社2001年版，第778页。
② [日]大江健三郎：《生的定义》，《广岛札记》，光明日报出版社1995年版，第300页。
③ 同上书，第312页。

关注着人，关注着社会，关注着整个人类世界，他追求的是人类生存状况的改善，世界的长久和平和人类生活的完美和谐。正如他在诺贝尔文学奖受奖词中所说："如果可以，将以自己的羸弱之身，在20世纪，于钝痛中接受那些在科学技术与交通的畸形发展中积累的被害者们的苦难。我还在考虑，作为一个置身于世界边缘的人，如何从自己的意愿出发展望世界，并对全体人类的医治与和解作出崇高的人文主义的贡献。"[1] 这就是大江人道主义思想的崇高和伟大之所在。他通过自己的创作实践，有力地回答了"作家何为"、"人类何为"的问题。

第二节　绝望中的抗争

大江健三郎与鲁迅有个共同的特点，那就是在面对绝望也绝不放弃希望。即便是被黑暗所包围，也要极力撕开一道口子，找寻那微弱的光明。不管面对的环境有多么恶劣，状况多么凶险，困难多么巨大，他们都表现出一种积极的姿态，以一种绝不屈服的精神投身到战斗中。一言概之，他们都是坚定的民主斗士，他们都致力于与绝望抗争，怀抱着梦想在微茫中寻求希望。

一　大江对鲁迅拒绝遗忘的孤独抗争的继承

大江健三郎跟鲁迅一样，都面临着民族的最大危机，鲁迅最为痛心的是国民的精神麻木，大江最为担忧的却是国民的躁动情绪。社会冷静的观察者与清醒的批判者，总是对自我的存在，对自我与他人、世界的关系，进行无情的追问，发出根本的质疑，露出全部的血肉，揭示血淋淋的真实，因而也就当然成为永远的孤独者。鲁迅是这样，大江健三郎也不例外。可以说，拒绝遗忘的孤独抗争是鲁迅留给大江最好的反抗姿态。当然，孤独地抗争展现给人们的也并非都是绝望。《个人的体验》的主人公思想几经斗争，决定承担养育白痴儿子的责任，隐隐传达了一种希望，而

---

[1] ［日］大江健三郎：《我在暧昧的日本》，《大江健三郎作品集·死者的奢华》附录，光明日报出版社1995年版，第360页。

且，大江健三郎与鲁迅一样，都把最终的希望寄托在了孩子身上。从鲁迅发出的"救救孩子"的呼声，到大江健三郎对"新人"的呼唤，这种希望从来就没有离开鲁迅和大江健三郎的视线。

　　黑格尔说："在一个深刻的灵魂里痛苦总不失为美。"①

　　当鲁迅从社会历史进程，从"类"的进化角度，开展其社会文明批判时，对人类无穷的未来，对人类认识和掌握世界的能力以及人类历史的自然更替，他从未抹杀过乐观的信念与美好的希望。②但鲁迅文化哲学的一个根本性的起点，又是对生命个体的思考。从本质上说，鲁迅是个地地道道的人道主义者。无论他的思想发生了什么转变，都没有放弃五四新文化运动中确立的基本立场和价值尺度。他绝不放弃改造国民性的启蒙立场，绝不因为阿Q已经参加革命就对他放弃批判而只去赞美和迎合。鲁迅曾受尼采"超人"思想的影响，但他没有全盘接受尼采的思想，而只是吸收尼采哲学中的一部分，用来服务于自己的斗争，如瞿秋白所说："尼采哲学在鲁迅身上反映着别一种社会关系。"因此，鲁迅与极端个人主义的尼采在本质上不同，他的思想不含任何利己主义的成分。他既强调人的个人意识的觉醒，又呼唤着社会群体的觉醒。在鲁迅看来，如果社会群体中的所有个性都达到觉醒的态度，那么这个社会群体的觉醒也就指日可待了。他向我们精辟地指出，个体解放孕育着新型的社会群体。然而，当鲁迅把个体当作一种独立的真实存在抽象出来思考个体生命意义时，他就无法摆脱人生的悲哀，死亡赋予生命的有限性，生命旅程的孤独感和惶惑，四处躲藏的危机感和绝望，面对有限的因而也是悲观的人生的反抗，通过独特的选择而赋予生命以意义……因此，鲁迅人生哲学的一系列范畴，如希望与绝望、生与死、反抗与选择、内心分裂与孤独……在思维逻辑方面都渊源于他的主体论哲学关于人的价值、人的自由、人的异化的思考。对于个体性的重视是鲁迅关于"人"的学说中更具特点的一面。从个体性出发，鲁迅把人的独自性、差异性作为人的价值准则，不屑于为人类提供某种统一的生活意义和价值标准，从而把赋予何种意义和选择何种价值的任务交给

---

① ［德］黑格尔：《美学》第三卷上册，商务印书馆1982年版，第390页。
② 鲁迅：《鲁迅全集》第1卷，人民文学出版社1981年版，第194页。

每个人自己去解决，把启发个人承担这一任务的自觉性，唤起个人的主观性和自觉性作为自己的文化哲学的根本任务。在沐浴了几千年封建文化思想的中国，国民从未争得过做人的"价格"，个性自由更无从谈起。因此，个体人对意义与价值的选择就意味着对儒学体系及其制度基础的否定。个体性、独自性作为人的最高价值标准，实际上也就意味着人在本质上是自由的存在，是不受束缚的主体。但事实是，人的实际生存状况恰恰是一种丧失个体性和自由本质的"异化"的存在。在当时的中国，个体早已失去自己的主观性与自由而成为一种"异化物"，成为一种在观念体系、群体社会中的沦落个体，是一种面临个体生命有限性（死亡）威胁的悲剧性存在。因此，当人摆脱了一切精神偶像而成为独特个体时，他的自由并不能引导他走向浪漫的世界，相反，他将为自己的自由而付出痛苦的代价。正如加缪对于尼采的"上帝死了"的理解：

> 自从人不再相信上帝的存在，也不再相信人可以长生不老的时刻起，"他就要为他生活着的一切负责，为生于痛苦并注定为生活而受苦的一切负责"。该由他，由他自己去建立秩序和制定律条。于是，被上帝弃绝的人的时代开始了，人开始不遗余力要证明自己的无罪，开始了无端的忧伤，"最痛苦的，最令人心碎的问题，内心常思考的是：何处我才能感到得其所呢？"①

从加缪的理解中可看出，个体的存在往往是跟忧郁、痛苦、绝望、畏惧、死亡等一系列不安宁的精神状态联系在一起的。但与加缪对人的自由和存在的意义的思考充满了令人心碎的痛苦和荒诞感相比，鲁迅更强调的是一种迎难而上、遇险前行的坚强意志，尽管在这其中也难脱苦闷和绝望。也正是如此，鲁迅能够把现实的不能接受的黑暗与个体生存的悲观交织起来，奠定了他反抗"绝望"的人生哲学。这种反抗不是对"希望"的肯定，而是个体的自由选择。在这里，鲁迅告诉了我们：个体是价值的创

---

① ［法］加缪：《尼采和虚无主义》，《文艺理论译丛》（3），中国文联出版公司1985年版，第424—425页。

造者，它赋予了"黑暗与虚无"的人生与世界以意义。

> 野蓟经了几乎致命的摧折，还要开一朵小花……草木在旱干的沙漠中间，拼命伸长他的根，吸取深地中的水泉，来造成碧绿的林莽，自然是为了自己的"生"的，然而使疲劳枯渴是旅人，一见就怡然觉得遇到了暂时息肩之所，这是如何的可以感激，而且可以悲哀的事？
> 我爱这些流血和隐痛的魂灵，因为他使得我觉得是在人间，是在人间活着。①

对那流血、粗暴、隐痛的灵魂怀着特殊的爱恋，表明鲁迅正是在人生的挣扎、奋斗、困扰、死亡的威胁、悲剧性状态中体会到了生命的存在和意义。

鲁迅非常推崇俄国小说家安德列耶夫，翻译了安德列耶夫的小说并在自己的创作中留下了著名的"安特莱夫式的阴冷"。②究其原因，就是安德列耶夫对"人生之谜"、"死亡之谜"和个体生存的恐怖、孤独、忧郁、厌闷、畏惧的追究深深地吸引了鲁迅。然而安德列耶夫小说虽然对死亡的奥秘进行了执着而痛苦的探索，但始终不得其解。

> 他（孤独个体）一降生便具有人的形体和名字，在各方面都跟已经生活在世间的其他人一样。而且他们的残酷命运将成为他的命运，他的残酷命运也将成为所有人的命运。他情不自禁地为世间所诱惑，要确定不移地走过人生的全部阶梯，从底层到顶端，又从顶端到底层。视力，他永远不会看见他那犹豫不决的脚所要踏上的下一级阶梯；限于知识，他永远不会知道，未来的一天，未来的一小时甚至一分钟会带给他什么。他在盲目无知的状态中为种种预感所苦，被希望和恐惧搅得激动不安，将要顺从地走完那铁定的循环。（《人的一生》）③

---

① 鲁迅：《鲁迅全集》第2卷，人民文学出版社1981年版，第224页。
② 鲁迅：《鲁迅全集》第6卷，人民文学出版社1981年版，第239页。
③ 《安德列耶夫小说戏剧选》，外国文学出版社1984年版，第443页。

然而与安德列耶夫沿着"死亡——永恒——伟大的神秘"这一轴心展开他对个体生存的思考不同，鲁迅关于个体生存的思索始终与中国实际的文化背景和社会生活紧密地联系在一起。然而，当鲁迅扫除一切旧偶像、旧礼教、旧习惯、旧风俗的时候，当鲁迅把人作为一种摆脱一切传统规范的个体的时候，他感到了一种自己面对自己的深刻痛苦。一方面，从旧的根深蒂固的法则中唤起人们的自觉宛若"叫起灵魂来目睹自己腐烂的尸骸"①，使人备感痛苦，"人生最痛苦的是梦醒了无路可以走。做梦的人是幸福的"②。摆脱了旧的规范的个人成了自由的人，但他也因此要由自己来承担自己的责任，这在四处都能碰到"鬼打墙"的中国，难以说清到底是幸福还是悲哀。而另一方面，当个体成为自己的法则之后，他就必须自己面对自己，自己判断自己，而不能把自己交给外在的"绝对者"——无论是上帝还是道德礼法。意识到了这一点，鲁迅的人生哲学中也就多了"自审"的精神。在这里，审判者不再是上帝或外在的道德法则，而是个体自身：

……有一游魂，化为长蛇，口有毒牙。不以啮人，自啮其身。终以殒颠。……

……离开！……③

我自己总觉得我的灵魂里有毒气和鬼气，我极憎恶他，想除去他，而不能。我虽竭力遮蔽着，总还恐怕传染给别人……④

但有时也想："报复，谁来裁判，怎能公平呢？"便又立刻自答："自己裁判，自己执行；既没有上帝来主持，人便不妨以目偿头，也不妨以头偿目。"⑤

---

① 鲁迅：《鲁迅全集》第1卷，人民文学出版社1981年版，第160页。
② 同上书，第159—160页。
③ 鲁迅：《鲁迅全集》第2卷，人民文学出版社1981年版，第202页。
④ 鲁迅：《鲁迅全集》第11卷，人民文学出版社1981年版，第431页。
⑤ 鲁迅：《鲁迅全集》第1卷，人民文学出版社1981年版，第223页。

这种"自审",实际上包含着深刻的社会文化内容:对于自己与自己批判的传统的历史联系的严峻自省。

黑格尔说:"……人格的伟大和刚强只有借矛盾对立的伟大和刚强才能衡量出来,心灵从这对立矛盾中挣扎出来,才使自己回到统一;环境的相互冲突愈多,愈艰巨,矛盾的破坏力愈大而心灵仍然坚持自己的性格,也就愈显示出立体性格的深厚和坚强。"①

19世纪80年代初,鲁迅来到世间。这期间,整个世界和中国,都处在纷扰、动荡和激变之中。鲁迅就是在这样的世道环境中,形成着自己的思想与性格。19世纪的最后20年,波涛滚滚的历史长河,开辟着新的道路,进入新的天地。世界在变,中国也在变。西方列强以洋枪大炮轰开了中国的大门,并向中国伸出了魔爪。不仅对中国进行血腥的掠夺,还把物质的鸦片和精神的鸦片(宗教与帝国主义文化)输入中国,麻痹、毒害着中国人的肉体和精神。中国社会也由此发生了一系列的动荡与变化:封建经济在解体,本国的资本主义的发展既受到刺激又受到排挤,大批的农民与手工业者破产,流入城市。一个封建社会,演变成一个半封建社会。在这20年中,侵华战争接连发生,不平等条约一个接着一个签订,成千上万的白银被运走,大片大片的土地被割让,"领事裁判权"和"租界"的出现,使中国的主权被任意践踏。一个独立的国家,变成了殖民地、半殖民地国家。在短时期内,中国发生了剧烈的变化。

英国的大炮破坏了中国皇帝的威权,迫使天朝帝国与地上的世界接触。与外界完全隔绝曾是保存旧中国的首要条件,而当这种隔绝状态在英国的努力之下被暴力所打破的时候,接踵而来的必然是解体的过程,正如小心保存在密封棺材里的木乃伊一接触新鲜空气必然要解体一样。②

马克思的论述非常深刻、形象而贴切地描述了中国的变化。鲁迅就是

---

① [德]黑格尔:《美学》第一卷,商务印书馆1979年版,第227—228页。
② [德]马克思:《中国革命和欧洲革命》,《马克思恩格斯全集》第九卷,第111—112页。

在感受这种历史波涛的震荡、经受时代风雨的吹拂中锻炼成长起来的。西方列强用军舰和大炮，轰开了停滞在中世纪的古老中国紧闭的大门。和西方列强的入侵同时进入中国古老大地的，还有西方的现代科学精神，西方的民主、自由、平等博爱的人道主义思想和西方人觉醒的人的意识……这对统治了中国几千年的根深蒂固的传统文化产生了极大的冲击。中国传统的儒家文化曾创造出了璀璨的文明，在许多方面都走在了西方的前面。然而这种文化发展到了近现代，已经成为禁锢人的思想发展、束缚民族社会发展的有害之物，对其进行变革已势在必行。人类文化学家卡西尔指出："作为一个整体的人类文化，可以称之为人不断自我解放的历程。"[①] 他也指出了文化发展的本质特点：

> 我们可以说它是稳定化和进化之间的一种张力，它是坚持固定不变的生活形式的倾向和打破这种僵化格式的倾向之间的一种张力。人被分裂成两种倾向，一种力图保存旧形式，而另一种则努力要产生新形式。在传统与改革、复制力与创造力之间存在着无休止的斗争。[②]

任何一种文化的变革，都取决于这种文化内部的稳定化和进化之间的矛盾斗争的结果。鲁迅向来以文化战士自任，在中国历史波涛震荡、中国社会风雨飘摇的时刻，他清醒地意识到，文化裂变和转型的时代已经到来，而文化选择也就成了横亘在中国优秀文化分子面前的一个无法回避的问题，这也是他所必须面对的一个问题。文化选择是文化处于裂变和转型时期独特的文化现象。这是一种困难的选择。对于开始从僵化的封建传统文化阴影中走出来、毫无疑问背着因袭的重担的中国知识分子来说，要做出选择，尤其困难。在很短的时间里，要准确地认识和理解突然呈现在眼前的各种西方文化思想体系，已经远非易事，而在传统文化中不自觉形成、自己很难意识到的心理方式和思维定式，也会妨碍你的认识和理解，使你的选择出现偏差……因此，我们可以这样说，文化裂变期中的文化选

---

① ［德］恩斯特·卡西尔：《人论》，上海译文出版社1985年版，第288页。
② 同上书，第283页。

择，是一个文化人的灵魂是否真诚、人格力量是否强大、文化洞察力是否深邃的试金石。鲁迅的伟大之处就在于，他不仅以天才的洞察力，对几千年中国传统封建文化作了最深刻、最犀利和最独特的解剖、反思和抨击，而且他还以独特的洞察力和感悟力，发现了几千年来封建传统文化严酷的精神奴役，积淀在每一个现代中国人的灵魂里，成为看不见摸不着却又无处不在的民族集体无意识，这是现代中国人创造现代文化的最大障碍。当历史的车轮进入20世纪，历史揭开了中华民族发展史上最深刻、最复杂、最悲壮、最有声色的篇章：几千年僵化不变的中国文化，终于发生了旷古未有的裂变和转型，中国人的生活方式，终于开始了现代化变革的历程。然而，我们民族因袭的历史负荷太过沉重，传统文化借尸还魂、改头换面的能力也太过强大，这就决定了创造现代人的文化的道路无比艰辛。但鲁迅就是鲁迅，他深邃的洞察力、强大的反省力使他能够清醒地认识传统，继而清醒地认识现实，从而举身家之全力，努力开辟出一条民族自我解放的新路来。也就是说，鲁迅对中国传统文化和现代中国的文化现实深刻独特的认识，是同对自我的无情剖析，即深刻的自省精神同步展开的。

而鲁迅的深刻之处就在于：他在"反传统"的过程中同时洞悉了自身的历史性，即自己是站在传统之中"反传统"。于是，在鲁迅"反传统"的过程中，始终贯穿着强烈的自省精神。也就是说，鲁迅用"自我否定"来解决"反传统"与主体的传统性之间的悖论关系，从而使"反传统"的最深刻的体现，或者说，与"传统"决裂的最终极的标志，不是他的犀利的社会文明批判，而是他对自己的自我审判，更确切地说，是对自身与无法摆脱、割舍不开的传统之间的联系的自省与否定。因此，越是对传统进行尖锐的、彻底的剖析与反叛，也就越是对自我进行痛楚的、毫不留情的解剖与否定：

别人我不论，若是自己，则曾经看过许多旧书，是的确的，为了教书，至今也还在看。因此耳濡目染，影响到所做的白话上，常不免流露出他的字句、体格来。但是自己却正苦于背了这些古老的鬼魂，

摆脱不开,时常感到一种使人气闷的沉重。就是思想上,也何尝不中些庄周、韩非的毒,时而很随便,时而很峻急……①

但我对人说话时,却总拣那光明些的说出,然而偶不留意,就露出阎王并不反对,而"小鬼"反不乐闻的话来。……就因为我的思想太黑暗……②

我自己总觉得我的灵魂里有毒气和鬼气,我极憎恶他,想除去他,而不能……③

这样,鲁迅以新的、现代的眼光观察传统文化与现实秩序,又把自己放入传统文化与现实秩序的范畴加以分析。把自我纳入到否定对象之中加以否定,是鲁迅"反传统"思想的最彻底的表现。也只有对自我进行无情的审判,才能表达对新的价值理想、新的世界与未来的忠诚。

作为深受晚清一代文化启蒙大师直接浸润与影响的五四一代启蒙主义者的杰出代表,鲁迅是满怀着对传统中国社会与文化彻底再造的整体性伟大理想来弃医从文、投身到新文学倡导与实践的,他将揭示民族精神病态和改造国民性工作坚持到了他目光所及的一切领域。但他对历史与现实的深邃的洞察力和穿透力使得他清醒地认识到这一道路的无比艰难。家庭的影响、时代的环境加之自身的性格因素,鲁迅的启蒙道路、民族精神的改造过程始终与孤独、忧郁、痛苦、绝望联系在一起。"狂人形象系列"可以说是倾注了作者最大激情、饱含了作者的忧愤、带着作者深沉的思考所塑造出来的民族脊梁精神的象征。

这些"狂人"虽然不能成为现代中国民族解放的中坚力量,但他们那种"偏和黑暗捣乱"、作"无望的战斗"的精神使人们永远注重对现实的改造而不满足于既定理想的现实。他们告诉我们,先觉者永远是孤独、痛

---

① 鲁迅:《鲁迅全集》第 1 卷,人民文学出版社 1981 年版,第 285 页。
② 鲁迅:《鲁迅全集》第 11 卷,人民文学出版社 1981 年版,第 80 页。
③ 同上书,第 431 页。

苦，富于忧患意识与死亡精神的，也告诉人们：即使失败，也永远向现实挑战。这也正是鲁迅的精神内涵所在，也是他人生哲学的核心内容。

作为一个启蒙者，鲁迅对于中国人的前途和命运的关注、担忧，使他自觉地以自己的生命承担了人所感受到的一切。他把他自己自觉地贡献在了由他所开创而为后人所践踏的联结现实与未来的历史桥梁上了。在鲁迅看来，历史所赋予他的神圣使命就是要使他不惜以自己的血肉之躯成为历史进步的一点代价和祭品。因为他明确地意识到，由于与群众的必然距离，作为一代文化启蒙的先驱，就不得不充当一个孤独的牺牲者和被弃者的角色。他自觉地担当起这一历史使命，却也不得不同时承受随之而来的巨大的孤独和痛苦。然而也正是这种孤独和痛苦，成就了他的伟大。

>我感到未尝经验的无聊……凡有一人的主张，得了赞和，是促其前进的，得了反对，是促其奋斗的，独有叫喊于生人中，而生人并无反应，既非赞同，也无反对，如置身毫无边际的荒原，无可措手的了，这是怎样的悲哀呵，我于是以我所感到者为寂寞。
>
>这寂寞又一天一天长大起来，如大毒蛇，缠住了我的灵魂了。
>
>然而我虽然自有无端的悲哀，却并也不愤懑，因为这经验使我反省，看见自己了：就是我绝不是一个振臂一呼应者云集的英雄。
>
>只是我自己的寂寞是不可不驱除的，因为这于我太痛苦。

这种感觉，一如18世纪法国伟大的启蒙思想家卢梭晚年的伤感："我活在地球上，恍如活在一个陌生的星球上，我可能是从我原来居住的星球坠落于此的。倘若我在自己周围认出了什么，那只有令人苦恼和痛心的一些事。当我把目光投向我接触到的身边之物时，总会发现某个东西令我义愤、轻蔑，使我悲哀、愁苦。"[①]

由于童年与青少年时期所经历的有关家庭和个人生活等的受挫与失败

---

① ［法］让-雅克·卢梭：《一个孤独的散步者的遐想》，张弛译，湖南人民出版社1985年版，第17页。

感，以及在日本求学期间感受到的沉重的挫折、失败和孤独的打击与包围，加之他对中国现实的清醒认识，使他产生了一种悲剧的人生观。因此，对于个体而言，鲁迅是持一种否定和悲观态度的，但个体的悲观并没有让鲁迅陷入对人类发展和社会进步的绝望中。实际上，他的悲剧人生观恰恰是建立在理性主义和乐观主义之上的，因为他看到，个体的悲剧命运不过是历史发展的一种必要的代价，自我毁灭的意识恰恰隐含了社会进步的内容。所以，当鲁迅在不断地谈论"绝望"、"虚无"、"黑暗"、"坟墓"的时候，他又会说到"希望"，说到"人道主义终当胜利"。当然，不可否定的是，鲁迅的灵魂一直都为一种绝望、幻灭和虚无所包围、所纠缠着。但要肯定的是，他同时也一直企图冲破和挣脱这种绝望、幻灭和虚无的包围与纠缠。他就像一匹"受伤的狼"，在深夜的旷野中嗥叫着，誓要发出振聋发聩的声响。

当鲁迅的这种满是孤独和绝望的呐喊出现在大江健三郎身上时，就转变为了对自我与文化的救赎。

（一）现代人类社会的真实写照：人生的荒诞，存在的虚无

自20世纪50年代以后，日本社会开始从战后的贫困和混乱中走出来，经济得到恢复和发展。但是，战争给人们的创伤还无法抹去，特别是处于美国的军事管制之下，人们深感日本的前途渺茫。而资本主义经济的发展，也使得社会对人的异化日益突出。异化现象的存在，不仅使个人内部出现剧烈的矛盾冲突和危机，也使人们感到好似整个社会、一切人都在与自己作对。人们在生活中感到身不由己，受到异己力量的支配。因此，这个时期的日本人，处于这种尴尬的境地，感到的是外部世界给人设置的种种障碍，及其对人的压抑和窒息。人们普遍感到无所适从，无法把握自己的命运，找不到生活的出路。正是面对这样一种社会现状，人们由此产生一种荒诞感、虚无感。大江这个时期的作品，主要表现的就是人们在这种封闭状态下恶心、孤独的荒诞生活，以及人们在荒诞世界中深深的徒劳感。

大江小说中所表现的"荒诞"，大致可分为两种状态：一种是表现战后青年人的精神危机，即虚无意识；另一种是表现战争所造成的人性的危

机,即人性的异化。

大江最初的两部作品《奇妙的工作》和《死者的奢华》可以明显看出受萨特《恶心》的影响。这两部作品十分相似。《奇妙的工作》讲述国立大学学生"我"和女大学生、私立大学学生三人应聘到附属医院打工,帮助屠夫宰杀150条实验用狗。宰到70只的时候,由于肉店老板和肉贩子倒卖狗肉的事情,杀狗的工作便被警察停止了。白忙活了一场,工钱没捞着,就连治疗被红毛狗咬伤的医药费都没有着落。小说描绘了主人公一次荒诞的工作经历,表现了处在荒诞世界中的人所感受到的恶心和孤独,以及人们行动的徒劳。《死者的奢华》叙述文学部法文系学生"我"和为堕胎打工挣钱的女学生应聘到附属医院帮忙搬运尸体,忙了一整天,工作快干完的时候,副教授告知由于事务室的失误,这些尸体搬放的位置给弄错了,要重新搬运装车运往火葬场,并且必须在第二天早晨前完成,以应付文省部的检查。先前的工作都白干了,还要连夜加班。工作能否完成还不知道,报酬怎么给也不得而知。整部小说充满了徒劳之感。这两部作品都向我们展示了一个荒谬的世界,着重表现了处在这荒谬世界中的人们的特异的心理体验。

这两部作品故事情节并不复杂,但都会让人产生一种异样的感受——恶心。都会使人感到一切都是徒劳的。作者细腻地描写了杀狗剥皮和抓捞、拖搬一具具皮肤滑腻的尸体的一个个细节和过程。不遗余力地渲染这种场景,就是迫使主人公及读者产生"恶心"的感觉。大江和萨特一样相信"恶心"能使人体验到自身的存在、体验到周围世界的荒诞。

大江作为一个学生作家,校园生活的单一限制了他的生活体验和视野。为了弥补这一缺憾,他将视野移到了自己曾经的经历中,移到了至今印象最深的自己的童年和少年时代的生活。因为那段生活是在残酷的战争中度过的,充满了血腥,不堪回首。在"二战"结束很多年后,大江回忆说:"战争年代,即使是孩子们也非常痛苦和恐怖。整天在恐慌中度日。"当大江以存在主义的理念重新加以审视,发现了那些生活经历恰好是表述存在主义理念的绝佳题材。于是,大江很快创作了《饲育》和《拔芽击仔》,这是描写战争年代人性异化的两部作品。

《饲育》① 讲述的是一个森林谷底村庄中的一位少年"我",从小在这优美宁静的环境中,过的是一种无忧无虑的生活。但是,自黑人兵出现以后,一切都发生了改变。黑人兵因乘坐的飞机在村庄附近坠毁,被村里的大人抓住,关押在"我们"住的仓库底下的地窖里。刚开始,黑人兵只不过是"我们"眼中的"牲畜"、"猎物","我们"对黑人兵既好奇又充满恐惧。但是不久之后,"我们"和黑人兵慢慢地亲近起来,黑人兵渐渐地融入到当地人的生活当中。但是,当黑人兵意识到自己即将要被押送到县里去的时候,他却把要向他发出警示的"我"当作挡箭牌,保护自己。父亲为解救"我",把"我"的左手掌和黑人兵的头颅一起打碎了。

　　小说主要描写战争中人的异化和人与人之间关系的异化,表现了人们在这种异化之下荒诞的生活和深深的徒劳感。黑人兵一进入村子便从人异化成了物。他被关在地窖里当作"牲口"来饲养,虽然后来人们对他不再恐惧,他渐渐地成为村里生活的一部分,但他充其量也只不过是人们眼中的"家畜"、"猎犬"。他像公山羊发情时的那般姿势以及跟公山羊的挑战、比试,更使"我们都把黑人兵当成了一匹珍贵的无与伦比的出色家畜,一头天才的动物"。然而,他又无法逃离地窖,逃离这个村子。在县里下达指标之前,他只能继续充当人们眼中的动物,等待命运的安排。在这个村子里,黑人兵只能是物,是与大人们敌对的、随时准备被宰杀的动物。而孩子们在成人的眼里就像猎犬和树木一样作为村里生活的一部分而存在。他们的处境并不比黑人兵优越多少,在大人的眼里,他们还不是完全的人。当少年被黑人兵当作挡箭牌保护自己以免受到大人们的伤害的时候,这些大人则好像把少年抛弃了一般,冲进地窖。大人们突然间也变成了凶狠的动物,令少年感到恶心:"父亲把装着山羊奶的水瓶放在我的唇边,尽管我早已饥肠难耐,却感到一阵恶心……而令我费解,感到奇怪,感到恶心的正是这些龇着牙,挥着砍刀向我扑上来的大人们"。小说着重表现了少年"我"在强大的成人世界中深感力量的渺小,以及无法把握自己命运的徒劳感。"我"很想能够和黑人兵友好相处,但是最终黑人兵还是无

---

　　① 本文所列举《饲育》例句均出自叶渭渠编《大江健三郎作品集·死者的奢华》,光明日报出版社1995年版。

法逃脱死亡的命运。"我"想极力拯救黑人兵,但是,在"我"向他发出警示的时候,他却没能听懂"我"的意思,"我"无法与他进行真正语言上的沟通。在他察觉自己将要被送往县里接受军事处罚、生命受到威胁的时候,却把"我"当作他保护自身的挡箭牌。处于黑人兵强壮的臂膀之下,"我"更感到无力和无助。"我朝后仰着头像一个任人宰割的小动物,从张开着的被扭歪的嘴里发出小动物般微弱的尖叫声。"而大人们更是不管"我"的死活,他们把"我"抛弃了。"他们仍砸着盖板,他们会眼看着我被黑人勒死而见死不救的。等他们打碎了盖板,大概只能看到我那被绞死了的黄鼠狼般的僵硬的四肢吧。我感到愤恨、绝望,就那么仰着头屈辱地呻吟着,流着泪听着门外的锤击声。"可见,少年在黑人士兵的威胁之下,是多么的孤立无援,而大人们的冷酷无情更令他深感绝望。小说正是通过少年的切身感受,揭示了在这异化的世界里,人与人之间关系的冷漠,表现了人们无法把握自身命运而产生的深深的徒劳和绝望。

《饲育》和《拔芽击仔》表现的是战时人性的异化,而《人羊》描绘了美国管制下的日本,人们备受屈辱,却又只能做无力反抗的懦夫,民族自尊受到极大压抑从而被异化的悲痛现实,表现出处于其中的人们无法把握自身命运的深深的徒劳之感。

萨特认为,外在世界是一种自在的存在。处在自在世界当中的万事万物都具有孤立性,相互之间都是分别的存在,没有任何外在的关系,也没有任何存在的理由和目的,它们只不过是一种偶然性的存在。因此,世界是荒谬的,人生是孤独的。处在世界当中的人,面临的是一种孤独无依的、令人绝望的境地。因为人生而被抛,被抛入世界的人面对的是一个充满偶然性的虚无的世界,人来到这个世界也是出于偶然,因而是荒谬的、毫无理由的,感到没有任何出路。而这种悲观的存在主义思想,正适合了大江对日本战后社会给人带来的普遍的消极情绪的表现。大江在 2000 年北京演讲中对此进行分析说:"学生时代我学习的是 20 世纪阴暗和悲观的文学","对于文学当时我是比较消极的,认为人际之间的关系比较阴暗"。[①] 因此,大江这个时期作

---

① [日]大江健三郎:《北京演讲 2000》,许金龙译,《中华读书报》2000 年 10 月 18 日。

品中的人物，面对社会对人的重重阻隔，人与人之间冷漠的关系，以及行动的徒劳等都明显地表现出了一种悲观虚无的消极情绪。

毫无疑问，大江文学中的"荒诞"意识是在萨特"荒诞"观念的启示下发生的，其中的借鉴和被借鉴关系，或者说师承，是相当明显的。但同时，大江对萨特荒诞意识的接受，是在既定的文化背景和社会背景下发生的，在价值趋向上有着迥异于萨特的特点。这种差异突出地表现在，大江式的荒诞是作为历史的、民族的寓言的荒诞，在时空意识上有着相当明确的针对性。这是一种具体的历史荒诞，是对日本社会现实不合理的现象的批判和否定。大江接受萨特荒诞意识的时候，非常自然地对荒诞意识进行了改造，将萨特笔下的人类抽象性，转化为日本社会现实的具体性。

（二）面对晦暗的呐喊：唤醒危机，反抗荒诞

意识不到危险，自然不会想到要去规避的。而并非所有的人都能意识到潜在的危险的存在。很多时候，人们对现实中的许多现象因为司空见惯已经习以为常了，因而对其中可能潜在的危险也失去了切实的感受。而大江健三郎是个使命感、责任感极强的作家，他以其敏锐的洞察力感知到了当代日本社会的荒诞性及其所蕴含着的深刻的危机，于是他以笔为矛进行了积极又极富意义的反抗。"大江健三郎是日本战后社会危机和文化危机的产儿，同时，他也是意欲打破这种危机，呼唤战后日本走向新生的启蒙者和批评者。"①

大江在发表于《群像》（1966年10月号）的随笔《杀狗歌》中提到，他在写作《奇妙的工作》以前曾写过一首同样题为《杀狗歌》的"诗一样的东西"②。其中，大江用黑体字引用了鲁迅《呐喊》中的一句话："发出饱含巨大希望的恐惧的悲鸣。"③ 黑古一夫对这一时期大江的读书情况进行了一番考证，认为帕斯卡尔的《冥想录》和E. A. 考恩的《强制收容所里的人类活动》对大江影响至深。《强制收容所里的人类活动》一书记述的是被关进集中营的人们逐渐失去对纳粹士兵的敌意和行动意志的实例和分

---

① 王新新：《大江健三郎早期文学的战后启蒙与文化批评》，《社会科学战线》2003年第6期。
② ［日］大江健三郎：《杀狗歌》，《群像》1966年10月号。
③ 大江虽标注出此句语出鲁迅《野草》，但实为《呐喊》所收《白光》中的一句。

析,而"我们日本学生"在大江的笔下,恰恰就显露出了在"监禁状态"中渐渐失去了敌意、失去了同外部抗争的意识的特征。[①] 将这些联系起来考虑,我们就会发现,大江之所以在《奇妙的工作》等作品中创造出一个"监禁状态",是因为他已经觉察出日本人在"监禁状态"中失去行动意志的苗头。众所周知,鲁迅曾在《呐喊》自序中提出"铁屋子"理论,大江是否受到鲁迅"铁屋子"理论的影响尚无法查证,但是从他引用《呐喊》这一点上,从《奇妙的工作》等文本自身的表述上,我们起码可以说,"监禁状态"中的人们同"铁屋子"里昏睡的人们一样,都需要有人来唤醒,于是我们似乎也可以说,同鲁迅要唤醒"铁屋子"里昏睡的人们一样,大江的真意也就在于要唤起"监禁状态"中的人们的"危险的感觉"。

在作品中,借助晦涩的情节、复杂的结构、纷繁的描写、形形色色的人物,大江健三郎描绘了当代社会中人们普遍的生存困境,顽强地探索人生存的本质意义。他通过存在主义的透镜观照人生,揭示其荒诞与悖谬(惶惑、焦虑、孤独、失落、痛苦以及无法逃脱的责任的折磨等),透露出强烈的生存危机意识。这些看起来与西方存在主义作品非常相似,然而,与萨特、加缪、卡夫卡相比,大江对世界荒谬性的理解不仅文化背景不同,而且历史背景与现实背景也有很大差异。西方的存在主义是工业化机器文明给人们带来物质挥霍后的人的自然属性的异化,他们更多的是反抗物化过程中人的堕落,人的异化尚有主动性和可选择性,而在大江那里则是战败后日本国人被工业化机器文明奴役下的整体牺牲,是人的自然属性被毁灭,人的异化带有更多的被动性和不可选择性。这种差异下的荒谬感有着本质的不同。萨特作品表现的是荒谬下的绝望,而大江的作品则是毁灭后的荒谬;西方的存在主义把荒谬作为前提,最终指向的是虚无和绝望,而大江则是把荒谬作为结果,最终要指向重建和再生。

大江健三郎在接受西方存在主义的同时,也发现了它的不足之处,因

---

① 最有代表性的表述是《奇妙的工作》。看着被饲养了一年的狗们在低矮的栅栏中业已失去敌意,"我"想:"我们也会变成这个样子的,我们这些完全失去敌意、有气无力、失去个性、暧昧的日本学生。"《别人的脚》的开头,也有"我们虽然身处不可思议的监禁状态中,却对出逃和外界信息丝毫不感兴趣。……我们就像是在一种强制收容所里,但我们却从未想过要在透明的黏液质墙壁上开出一道裂缝,逃跑出去"的表述。

而他开始转向从东方传统文化中寻找超越的阶梯,为人的终极价值重新下定义。大江健三郎希望"在个人的体验中,一个人渐渐地深入他体验的洞穴,最终也一定会走到能够展望人类普遍真实的出口"。① 于是大江健三郎的小说表现出另一种情景:《个人的体验》中,鸟在经历了焦虑、恐惧与逃避后,最终毕竟选择了义务与责任;《万延元年的足球队》中,蜜三郎经历过孤独、惶惑、失落之后,最终也承担起养育孩子的责任,选择了新的工作,开始了新的生活;《新人呵,醒来吧》里,父母艰难地启发、教育残疾儿,直到把儿子培养成为对社会有用之人。这三部作品是大江健三郎的成熟之作,它们的思想价值和艺术成就都超越了早期单纯模仿存在主义的作品。读者可以明确地感觉到,随着对人的生存状况探索的深入,大江健三郎在抗拒着极力表现荒诞情绪的欲望,奋力升华到超越生存困境的层面。因为他认为:"一个作家不应该回避他每天所生存的这个变化的空间……文学应该从人类的暗部去发现光明的一面……小说写到最后应该给人一种光明,让人更信赖人。"② 他执着地探索着实现再生的可能,告诉了人们他所理解的人生存的本质意义:要克服人生的各种障碍,直面惨淡人生,战胜痛苦和厄运。为此,他用富于哲理思辨的笔为人类描绘了改变这种状况的可能前景。

由此可见,大江健三郎与萨特、加缪等存在主义文学家一样,通过文学形象来探究在人类的存在中自由与责任的对立统一的关系、人与周围环境的关系等问题。作品人物都面临着现代人的精神危机:人与环境之间的陌生感、人与人之间的孤独感、人与自我的撕裂感。但西方存在主义作品中的人物就此沉沦,人们从他们身上看到的只是消极失落的精神世界,而大江健三郎作品里的人物却随着作品的不断成熟,逐渐走出了荒诞与虚无,走出了忧郁与彷徨。

(三) 面向荒诞的拯救:自我救赎,超越荒诞

从 20 世纪 50 年代成为一个学生作家开始,大江就在自己的创作中,

---

① [日] 大江健三郎:《个人的体验》,王中忱译,光明日报出版社 1995 年版,第 47 页。
② [日] 大江健三郎:《文学应该给人光明——大江健三郎与莫言对话录》,http://japan. people. com. cn. 2002 - 3 - 1。

把个人、民族和人类命运联系在一起，借助萨特的存在主义思想来思考和探究人的存在之本质。随着对人的生存状况探索的深入，大江在抗拒着极力表现荒诞情绪的欲望，奋力升华到超越荒诞的生存困境的层面，他执着地探索着实现人类自救的可能，他所理解的人生存的本质意义是：要克服人生的各种障碍，直面现实人生，战胜痛苦和厄运。大江在超越萨特的同时也找到了最适于自己表达的主题：边缘主题，即残疾儿主题。大江曾说过："自从自己的家庭出生了一个智力有障碍的孩子，和这个孩子共同生活，就成了我的小说世界的主线"，从此便开始"把和自己家里的残疾儿共同生活这样的事情作为所有小说的主题"。①

在大江的作品中，充溢着一种具有希望和积极姿态的"战斗的人道主义"，作为作家的这种哲学思想的体现，文本中很多人物在经过"炼狱"的煎熬之后，最终获得了新生。而他们获得新生的途径便是"个人自救"。

其实，大江创作初期的"自救"意识表现得并不明显。或者准确地说，没有清醒意识到和认真思考过。他在1966年的《对于作家本人，文学是什么》一文中说得明白："很显然，我在写这篇文章时，所谓的'个人自救'的小说或文学的功能性的命题已在我的文学中初见端倪，只是我处于某种不明朗的期望中试图抵触它，而现在我感到它更强烈、更贴近。"②那么，大江的"自救"意识到底在何处初见端倪的呢？可以说，《人羊》是这种意识的发端。但在《人羊》中，真正意义上的"自救"意识还没有形成，而是通过对"教员"这一形象的塑造对"他救"表现出质疑来表现出对"自救"的朦胧呼唤。"他救"并未使人摆脱困境，既然靠不了他人，那么最终就只能靠自己了。

在《我们的时代》、《性的人》等作品中，大江以"性"为小说的主要方法来暴露出生活在战后的日本青年的精神状况，试图表现出在自虐中的人性救赎。尽管这种方法一度受到质疑和指责，但大江的"自救"意识伴随着这种方法出现在读者的面前。

《性的人》中主人公J是一位同性恋者。J的前妻为此服药自杀而亡。

---

① ［日］大江健三郎：《致北京的年轻人》，王中忱译，《中国青年报》2000年第5期。
② ［日］大江健三郎：《对于作家本人，文学是什么》，《外国文学评论》1995年第1期。

他却没有阻止。前妻的死成了 J 内心永远无法卸去的十字架。于是，他在一次次的反社会的性冒险中渴望着惩罚。准确地说，J 的反社会的流氓行径来自于他的自我惩虐的动机。他者的惩罚是因为 J 的流氓般的性冒险，而对于 J 来说，则是一种缓解痛苦的方法，是一次赎罪的行为。"J 沉浸在无比幸福和恐惧交替荡漾不断高涨的波浪里，几只胳膊紧紧地抓住了 J。J 吓得流下眼泪。他觉得这泪水是对前妻那晚涟涟泪水的赎罪。"① J 的罪恶和人性在外界的惩罚中得到了宽恕和赎救。也就是说，这是 J 自己通过自虐的方式拯救了他自己。

然而，通过自虐的方式进行"自救"并不是大江"自救"意识的全部内涵。随着脑残疾儿子的降生，随着大江的广岛之行，大江赋予了"自救"意识以更为丰富的内涵，也找到了比"性"更为适合的表现社会、探索人生的方法。这在《个人的体验》中有着非常明显的体现。

小说中的"鸟"，为了摆脱家务缠身和残疾婴儿一度表现出困惑，但经过自省和斗争，最后鸟终于对生命存在有了真正的体验，以乐观的姿态直面现实存在的困境，并做出了积极的选择：正视怪物婴儿，承担责任。他救下了畸形儿，同时也使自己获得了新生，走出了困境。

"鸟"的再生之路完全不同于"J"等，他是靠艰难的心灵炼狱和顽强的意志最终战胜了自我，在其平凡的日常生活中重新找到了适合自己的生活目标，确立了理想。作者正是通过塑造鸟这一"模特儿"，给那些因在平凡琐碎的日常生活里找不到自己的理想而陷入孤独绝望之中的日本现代青年，开出一剂"依靠自我完善来拯救自我灵魂、治愈心灵创伤"的良药。

在这部作品中，大江从个人生活的体验出发，在同残疾儿生活的体验与思考中，提出了"共生"意念。所谓"共生"，一层含义是共获新生，正如《个人的体验》的结尾，鸟的选择，使自己与婴儿都获得了新生。另一层含义就是指人与人相互依偎生存下去，这是大江个人生活"共生"的主要内容。"一个头部存在医学上问题的婴儿出生在了我的家庭里，我感

---

① ［日］大江健三郎：《性的人》，光明日报出版社 1995 年版，第 84 页。

到非常苦恼，不知该如何调整自己，与那个孩子共同生活下去。首先，我不懈地进行医学上的努力救治那个孩子，接着在心理上也坚定了共同生活的意志，在实际行动上朝着那个方面开始前进。""我决心把和残疾儿光共命运的生活作为主题，鼓励他勇敢地与命运抗争，成为一个自强自立的人。"

此后的《广岛札记》秉承了这种思想，表现出强烈的"自救"精神。正如大江所说："我希望通过自己这份小说家的工作，能使那些用语言进行表达的人及其接受者，从个人和时代的痛苦中共同恢复过来，并使他们各自心灵上的创伤得到医治。……因而我在文学上做出了不懈的努力，力图医治和恢复这些痛苦和创伤"。[①] 大江认为，广岛是他思想"最基本、最坚硬的锉刀"，核武器是导致"人类悲惨的一幕"的祸源，是"残暴的罪恶之神和最为现代化的瘟疫"。原子弹爆炸的瞬间放射线损害细胞和遗传因子，从根本上使人变成"非人"，这正是"最黑暗、最可怕的世界末日的景象"。大江呼唤人类能像鸟一样恢复良知、爱心，重建人性，互相理解和合作，人与人之间共生下去，实现人类的自救。

《万延元年的足球队》以四国森林中的山村为背景，讲述了根所兄弟二人通过与不幸的命运抗争实现人的再生的主题。小说的主人公蜜三郎曾是大学讲师，现与人合作搞翻译。在现代生活的重压下，他迷惑、孤独、焦虑，陷入了精神危机之中，浑浑噩噩、苟且偷生。随着残疾儿的出生、友人怪异地自缢、妻子菜采子因生下残疾儿而陷入惊恐之中并沾上酒瘾，引发了蜜三郎对自身恶劣的生存际遇的痛苦思考。他想借助威士忌和沉睡来回避这使人沉沦迷离的生存状态，也想"摸索噩梦残破的意识"，"寻找一种热切的期待的感觉"，但期望对这生存有所改变的无助和徒劳枉然的结果，使他更深刻地感到了现实的困境。为了摆脱这种困境，他怀着对开始新生活的向往，与妻子、弟弟回到了四国森林山村——他心中的理想国。然而，在这里他只能眼睁睁地面对村民的尴尬处境：超级市场"天皇"经济意识带给"森林峡谷村庄"的冲击，以及在这种冲击下"理想

---

① [日]大江健三郎：《我在暧昧的日本》，《大江健三郎作品集》附录，光明日报出版社1995年版，第359页。

国"和村民的淳朴民性所发生的异化。当蜜三郎得知鹰四对自己的欺骗之后,发现自己目前的生活状况与来森林前的状况一样,依然没有得到改善,"理想国"破灭了,他再次陷入了孤独和焦虑的泥淖。鹰四的死触动了蜜三郎,让他看清了鹰四承受着内心的极度痛苦却还要奋力抗争的"生"的意义,相比自己的懦弱,他明白了一个道理:人生存的本质意义就是要克服人生的各种障碍,直面现实人生,战胜痛苦和厄运。于是,他决定抚养残疾儿子,等待并接纳鹰四的婴儿,参加新的工作,开始新的生活。

鹰四为了摆脱精神危机不断进行诡秘奋争,但由于不敢面对现实,最终无法走出心灵地狱。蜜三郎却是在从一个泥坑逃到另一个泥坑的过程中,在鹰四沉沦的身影上看到了他奋争的积极的生命价值,也看到了他逃避现实的灾难,理解了直面现实的意义,最终走出了精神危机,走向了新的生活。

在深入探讨人的存在问题的同时,大江在20世纪70年代创作的长篇小说《洪水涌上我的灵魂》中,也开始触及了人的灵魂问题,尤其20世纪80年代创作的系列短篇《新人呵,醒来吧》中,大江通过两个自称宇波君和稻田君的青年恶意拐走智障儿义幺又将其丢弃的故事,不仅看到这类对于"醒来吧"之呼唤无动于衷的"被禁锢的灵魂",其共生与再生的艰难性,而且也由此反观到一直与之"共生"的"那弱智的长子——他心里黑暗宇宙般辽远空阔的、我所无法知道的东西"①,"在这过程中,我发现,我心里有比光更阴暗更复杂的悲哀与苦痛"②。他开始注意到"自己内心里被神秘主义因素所吸引的部分"。③ 20世纪80年代末,大江索性以灵魂问题为主旨,投入了《燃烧的绿树》三部曲的创作。这是一部与其以往的小说创作有着明显不同的长篇巨著,其中最大的区别就在于它所关注的焦点,已经从人的存在转向了灵魂的拯救问题。所以大江称之为"最后的小说"。④

---

① [日]大江健三郎:《大江健三郎自选随笔集》,王新新等译,光明日报出版社2000年版,第39页。
② 同上书,第94页。
③ 同上书,第312页。
④ [日]大江健三郎:《小说的方法》,王成、王志庚等译,河北教育出版社2001年版,第236页。

至此，大江的"自救"意识转变为了一种"文化救赎"，亦即对灵魂问题的突出关注，表现出对人的生存本质价值的终极关怀。而在此后的《空翻》中，作者最终给人们展示了克服现实世界危机的途径，那就是通过人的自我拯救，进而拯救人类。

从《个人的体验》到"最后的小说"挂笔作《燃烧的绿树》，大江一直紧紧围绕着残疾人这一题材，通过"个人的体验"和"描绘现代人的苦恼和困惑"，从而达到拯世自救，或者警世醒世的目的。这种自我救赎，使得作品中的人物最终走出困境，超越了荒诞，走上了自由之路。也给现实中的人们展示了一条克服危机、走向光明和理想的途径。

二　以政治想象力对抗现实

大江健三郎曾说："我的文学是与日本人在过去50年中所走的路密切相关的，而我作为一个作家的立场一直是永远对我周围的环境持批判态度，但又把日本人民的各种扭曲作为我自身的扭曲来加以接受。"并认为，如果把自身与日本和日本人所处的环境割裂开来去考虑文学的发展和改进，是没有什么意义的。而要把文学与环境、社会、时代紧密结合，让文学充分反映出时代风貌，并随着时代的发展变化而不断改进，每个优秀的作家都有着自己独特的方法。在大江文学中，靠的就是想象力。

在大江健三郎的理论思考中，想象理论占有十分重要的位置。高桥英夫在《作为小说理论家的大江》一文中，高度评价了大江健三郎在想象理论上的建树："大江粘着性的思考，指向想象力，再指向结构。大江健三郎拒绝转换思考，拒绝改变路线。他永远不变地追求着人的活力。为了找到作为最激烈的矛盾焦点的存在——人，他号召人们：发挥对社会全体的想象力；他要求人们：张开能够渗透进社会内部最细微之处的眼睛。"

大江健三郎是个从森林里走来的作家，他创作的源泉，就是故乡四国的森林峡谷村庄。可以说，他是通过对故乡的深刻挖掘，创造出了自己的文学根据地，并且使之扩大化，进而同中心文化相抗衡。而在这其中，最主要的就是充分地发挥了想象力的作用。

正如王琢先生指出的那样："'作为小说理论家'的大江健三郎，在创作的不同阶段,先后接受了萨特存在主义、俄国形式主义、结构主义、文化人类学以及怪诞现实主义理论的影响。这些影响,最后都汇集到'想象力'这一文学创作的根本问题上。"[①] 正如大江本人在2001年的一次座谈中所说:"从置换历史上说来,我的根本方法是依靠想象力。我的大学毕业论文是《关于萨特的想象力》。……就是说,我认为,最初思考'想象力'这个问题,并把这个问题当作我整个文学生涯的理论中心是正确的。"作为一个小说家,大江健三郎以其丰厚的创作和理论实践,把想象力这一高置于哲学家和美学家殿堂上的供品,下放到创作技术的小说方法论的层面上,这本身是一种极其有意义的艺术尝试。

无可否认,大江健三郎在创作初期极力接受了以萨特为代表的西方存在主义的想象力,并以此作为表现社会的方法之一。然而,大江的想象力并不停滞于此,随着创作的不断进行,其想象力具有了更为丰富的内涵,即在大江健三郎的想象力中,既有西方存在主义的想象力的表现,也有日本式的想象力和传统的象征性表现,他将二者结合起来,并达到完美的统一。

他发挥想象力的时候总是强调这种想象力是抵抗"邪恶势力"的手段,因而他提倡的想象力主要是"政治的想象力",这是他发挥想象力的立足点。政治的想象力,不仅为想象力指定了方向,也大致规定了想象力发挥后所产生的形象的价值趋向,同时也决定了文学家"政治参与"的深度和广度。可以说,借助西方的想象力理论,大江健三郎拓展了想象力的内涵,也为他进一步发挥政治的想象力以批判和揭露日本的政治提供了契机,说得更明白一点,也就是为他在经验与记忆的形式上,充分认识广岛与未来的核战争、冲绳与未来的天皇制这两个作为历史记忆与经验的形象对于日本乃至人类的意义,找到了突破口,从而丰富了想象力理论,也为他通过文学参与政治找到了一条有效的途径。于是,他在创作中以理性的头脑思索对象,而不是以直觉反映现实,他的创作贯穿始终的是对理性的追求。他的创作不同于传统的现实主义,不注重再现生活,也不以复杂的

---

① 王琢:《想象力论——大江健三郎的小说方法》,上海文艺出版社2004年版,第6页。

情节取胜，也不注重人物典型的塑造，而以近似荒诞的情节，采用寓意、象征、隐喻的手法，哲理性的议论，给人理性的思考。在创作中一直试图把那近似于疯狂的东西明确地呼唤到自己的意识中，并把黑暗、混沌、悲惨的东西引到明处来，从而表达理性的追求。

于是，大江运用想象的语言，在文学与政治这两个既有联系又是不同质的两个世界之间架起一座桥，而这座桥，按大江的说法，是把桥墩深埋在人的本质性的实存之中，使小说世界走向政治世界。大江健三郎的想象理论，最大的意义就在于"政治参与"的实践品格。因此，在大江的文学创作中，翻卷着政治的波涛。他说："我的文学上最基本的风格，就是从个人的具体性出发，力图将它们与社会、国家和世界连接起来。""我毫不怀疑通过文章可以参与政治。就这一意义而言，我很清楚自己之所以选择文学的责任。"① 所以，在他的许多作品中，其创作意识与社会政治意识是紧密联系、有机统一的。由于作家对人类命运的关心，使他运用想象力把文学与政治不同质的两个世界联系起来。在《饲育》中，他描写了由于与外界联系隔绝，致使山村的孩子们把飞机视为"大鸟"，他们不知战争为何物。但是，战争毕竟存在，并且打破了山村的封闭和宁静。继黑人兵降临，又发生了政府要押解黑人兵离村，黑人兵拒捕，众人争夺等幕幕政治活剧。山村古老的田园牧歌生活与日本现实社会联系在一起了。

大江健三郎在《核时代的想象力》里这样说：

在小说里指向过去、未来、或者自己周围一切方向的想象力和在现实生活中指向历史、或者是在地理性扩张中被发挥的想象力功能是一样的。它们都是在指向未来的过程中被运用，这时的文学绝不是什么脱离现实的、无用的东西。

在大江健三郎看来，想象力是抵抗"邪恶势力"的手段。所以必须要

---

① ［日］大江健三郎：《我在暧昧的日本》，《大江健三郎作品集·死者的奢华》附录，光明日报出版社1995年版。

保持想象力的生命力，也就是要注意想象力的活性化。因此他非常重视想象力的训练。在《小说的方法》中，他这样写道：

> 具体从写小说的立场来看，创造位于边缘的日本人的模式，这是扩大我们小说世界的一个手段。引进真正具有异质文化特质的模式，这在为了唤起想象力的层面，或与之相应的文体层面上，都是扩大小说世界的方法。在小说全体层面上引进位于边缘的人的模式，这是使作者进行自我批评进而走向全体化的重大契机。
>
> 我国近现代文学，被作为日本文化一般倾向的中心指向性和单一化的势力所包围，没有突围的力量。站在这一历史的高度上，我们再做以下的思考也不是毫无意义的：把站在边缘一方的人，在附加了边缘性这一条件来说是被"陌生化"了的人，积极主动地创造出具有文学意义的模式，就是为了在批评的基础上超越我们文化的中心指向和单一化的大势所必须进行的想象力的训练。[①]

大江健三郎认为，要使得想象力保持长久的生命力，使之能真正发挥效用，那么还应该重视与"政治想象力"相对应的"民众共同的想象力"。"民众共同的想象力"是有日本民俗学创始人柳田国男提出的。他认为，以民间祭祀为主干的日本民间传说，凝聚着日本的"民众共同的想象力"。因此，不能把全国的"神社"都纳入到官方的管理体制当中。他还认为，民众通过民间传说等的传播，能够更加了解自己，从而有助于调动起自觉以及人格的重建，这样才能使一个以本土文化为主的新社会建立起来。在日本传统文化中，从明治维新以来的天皇制到日本战败后的象征天皇制，都对文化的制约和稳定起到了决定性的作用。这也造成了以天皇为核心的日本传统文化，抑或说是主流文化的绝对性和单一封闭性。这就使得新兴文化和外来文化被排斥在主流文化之外，不利于新社会的构建及新文化的发展。因此，在强调进行想象力的训练时，大江健三郎在指出日本传统文

---

① ［日］大江健三郎：《小说的方法》，王成、王志庚等译，河北教育出版社2001年版，第114—115页。

化的单一性和中心指向性的弊端的同时,特别言明,必须引进边缘的"民众共同想象力",以建构起一种"反结构—反中心"的语言"结构—形象"体系。因为相对于中心而言,边缘也是一种存在,边缘也有边缘的语言/文体,也有边缘的意象——能够唤起想象力的语言结构。而这种不同于中心主流话语的边缘模式,是扩大小说表现世界的方法,也是引导作者走向全体化的一个关键的契机。换言之,边缘,本来就是全体的一部分,它虽然不是现实世界的全体,但却好似这个全体所不可或缺的一部分。只有唤起"民众共同的想象力",才能为抵抗邪恶力量的"政治想象力"找到出路,进而使语言恢复其生产自身的能力,使形象朝着无限可能的多样性开放自己。唯有如此,才能打破天皇制的禁锢,实现活性化的想象力的训练。

如果说,《饲育》的切入点,是山村生活的宁静到宁静被打破,那么,《万延元年的足球队》的切入点,则是直接从政治——鹰四参加反对日美安全条约的斗争失败——切入,再到回归森林。而且,在这篇小说里,森林不是万世宁静、人人平等的乌托邦,而是一个充满暴力、通奸、乱伦和仇杀的孽海。其意图在于引导人们走出不安的森林,表现出作者对人类前途的焦虑。再者,《同时代的游戏》中的主人公"我",虽然生活在森林,但却参加了日本现代的反体制运动。而《洪水涌上我的灵魂》中,生活在乌托邦社会的主人公也参与了对日本当代社会的政治批评。最后,《燃烧的绿树》里生活在这片绿丛中的乡亲们同样抵抗着日本社会"近乎疯狂般的蹂躏"。这些作品都显示了作家对一系列社会和政治问题的思考,包括对战争、天皇制、日美安全条约的见解。关于文学与政治的关系,大江在获得诺贝尔文学奖后又作了进一步阐述:"所谓文学的责任,就是对20世纪所发生过的事和所做过的事进行总清算。关于奥斯威辛集中营、南京大屠杀、原子弹爆炸等对人类的文化和文明带来的影响,应给予明确的回答,并由此引导青年走向21世纪……"不过,大江不是使用政治概念的语言,而是将政治问题植入人性的深层,通过作家的想象世界,展示现代人的政治斗争。

大江的创作,深深浸润着日本的乡土、民族的思想感情和审美情趣。大江对日本人作为自然神信仰的树木和森林,以及日本传统文化结构的家庭与村落共同体情有独钟。大江健三郎在作品中常常将象征神的树木和森林看作是"接近圣洁的地理学上的故乡的媒介",并且作为与文学传统的想象力联系的媒介,以一种亲和的感情去捕捉它们。这也正是大江作品中所展现的回归与寻根精神。回归是大江作品中反复出现的主题。它既包括对自然、森林的回归,也包含着对传统和历史的认同,两者往往水乳交融。森林是大江自小迷恋的地方,也是他小说中主人公摆脱危机、寻求精神再生的场所。正如叶渭渠先生所说:"森林和山谷村落,始终是作为日本的心象风景而在作家的感觉世界中展现。"① 《万延元年的足球队》中,鹰四和蜜三郎夫妇便是从森林峡谷山庄,从一百年前的历史传说中寻找认同的依据和新生活的源泉。长篇小说《同时代的游戏》中,大江驰骋想象,在"村庄=国家=小宇宙"这个独特的虚构世界里,对人类文明的总体性进行了广阔宏伟的表现。向森林、自然和交织着神话传说的历史传统回归,是大江小说的一贯主题。其他作品如《饲育》、《感化院的少年》、《核时代的森林隐士》、《燃烧的绿树》等皆不例外。"日本民族'泛神论'的自然观和日本式'部落'的传统观念"② 对大江的影响颇深。他正是在日本本土文化的基础上批判地吸收西方文化的。于是我们看到,大江在他的作品里大量地导入日本传统文学的想象力(玄虚)和日本神话的象征性(幽玄),用虚构这一形式来表现和渲染潜于表层之下的"真实"。在这种非现实性的虚构中,融现实、神话为一体,以此来揭示某种带有普遍性的社会现象,并有意采用隐喻性或象征性的情感意向,超越具体时空界限,造成现实与幻想交融的情景,导致小说的艺术世界与客观现实的疏离,从而达到在"破碎的意向堆积"的上面重建某种理想或形式的整合。所以说,大江健三郎的创作立足于现实又超越现实,将现实与象征世界融为一体,从而创造出大江文学的独特性。

---

① 叶渭渠:《大江健三郎文学的独特魅力》,《大江健三郎最新作品集》代序,作家出版社1996年版。

② [日]松原新一等:《战后日本文学史·年表》,罗传开、柯森耀、周明等译,上海译文出版社1983年版,第355页。

第二章 文笔

大江健三郎与鲁迅的创作，都发生于民族文化处于危机的时刻，他们的创作，都出自于一个作家的"良心"和"使命感"，创作的旨归，都指向民族文化的现代革新，终极目的是国家民族的强大。相似的处境、相同的使命，使得大江健三郎和鲁迅在其创作中的文化批判和社会批判呈现出惊人的相似，这一点，在前面已有论述。而他们对创作技巧方法的探索，也走的是一条异曲同工的道路，即在坚持民族传统的基础上，多方吸收外来的有益因子，形成了独具特色的创作风格，创造了五彩斑斓的文学世界。在鲁迅的创作中，有中西的交融也有古今的结合。"拿来"彰显了鲁迅对传统和外来文化批判继承的态度，体现了他的气度、视野和眼光。而大江也十分注重从本民族的土壤中充分汲取营养，继承并大量使用了自《竹取物语》延续下来的象征性技法和日本文学传统中的图腾符号，同时，他大量借鉴外来文化，如萨特存在主义的人文理想、俄罗斯形式主义、巴赫金的荒诞现实主义等，在其创作中显现出一种"冲突·并存·融合"的开放性的文化模式。对于一生都在阅读鲁迅作品，一生都在极力向鲁迅靠近的大江健三郎来说，鲁迅大胆"拿来"的文化品格不可能不对他产生影响。事实上，正是鲁迅大胆"拿来"的文化品格浸润到大江的创作活动中，促进了大江文学的世界化。

第一节 大江健三郎对日本传统的继承及
对西方文学理念的消化

纵观大江健三郎的文学创作道路，不难发现，对鲁迅甚为推崇的大江健三郎，其文学创作，也走过了一条类似鲁迅的道路，即既有对民族传统的继承，也有对西方观念技巧的吸收。

鲁迅从小热爱民间艺术，纸画、图画书、化妆表演、民间戏曲等，他都有广泛的接触，并且十分热爱它们，受到它们的熏陶。他更是阅读并收集了大量的中国古小说和唐宋传奇，对于汉代石刻画像他也做过广泛深入的研究。所有这些，使他具有了丰富而深厚的中国民族传统艺术创作的素养。鲁迅终生对木刻艺术情有独钟，他倾心于木刻艺术所传达出来的那种"有力之美"，并将其贯彻到创作中。这种"有力之美"，契合了鲁迅内在的个性、气质，使得他的人格、个性和气质能够借助于木刻艺术的"有力之美"展示在其创作中，从而形成了一种独特的语言风格。例如《祝福》中对祥林嫂的肖像的刻画，《孔乙己》中对孔乙己描写，《阿Q正传》中对阿Q形象的塑造，无不展现出一种木刻之美。一个个形象，有棱有角，边际清晰。而鲁迅的情感，也就在这种具有"有力之美"的黑白木刻中得以表达。黑与白、明与暗、爱与憎、是与非，都如黑白木刻那样，在刀刻下的简洁中，构成鲜明的反差，让读者从中品味下笔时的感情力度。对民族传统艺术创作技法的继承，并不妨碍鲁迅对外来创作技巧的吸收和运用。他说过，他在五四时期创作小说，所凭的是对于百来篇外国小说的学习。鲁迅译介和研究外国文学，在他毕生文学活动中占据一个很重要的位置。据统计，鲁迅一共翻译、介绍了14个国家100多位作家的200多种作品，总字数超过250多万字。这些译著，类别多种多样。除长篇、短篇小说之外，还有诗歌、戏剧、童话和文艺理论著作等。鲁迅不辞劳苦地做这些工作，按照他的话来说，就是"以作借镜，其实也就是催进和鼓励着创作"。[①]因此，鲁迅主张多方面地吸吮异域的鲜美的果汁，来催促和鼓励创作。鲁迅热情地介绍了拜伦等"摩罗"诗人的浪漫主义作品，肯定了"摩罗"诗人的战斗精神并将之吸收为己所用。他还介绍了俄国、波兰和巴尔干诸国的现实主义文学作品，尤其重视俄国，把它看作中国新文学的"导师和朋友"，"从那里面，看见了被压迫者的善良的灵魂，的辛酸，的挣扎"。[②] 他也特别注

[①] 鲁迅：《鲁迅全集》第4卷，人民文学出版社1981年版，第553页。
[②] 同上书，第460页。

意介绍这些现实主义文学的艺术表现手法。他崇尚果戈理的"含泪的微笑"的讽刺手法,并学习果戈理的《狂人日记》的艺术形式写出了备受关注的同名小说《狂人日记》。他赞扬契诃夫短篇小说的简练、深刻;肯定法捷耶夫的《毁灭》所表现出的真实性,等等。所有这些,都为他选择现实主义的创作道路奠定了坚实的基础。即使是现代主义的一些创作手法,如象征主义、意识流等,他也择其有益成分进行吸收。例如象征主义的创作方法,鲁迅就认为可以在不抛弃我们民族传统的基础上加以借鉴和消融,从而使我们的新文学在艺术表现形式上显得丰富多彩。对于俄国象征主义作家安德烈夫,鲁迅虽然批评他"全然是一个绝望厌世的作家",说他的作品充满恐怖,含有浓重的神秘主义和悲观主义的思想倾向,但也说,"其文神秘幽深,自成一家"①,认为艺术上还是有可摄取的营养的。而且我们也看到,鲁迅的小说《药》就明显的受到了安德烈夫的影响,在小说的结尾也分明留着安德烈夫式的阴冷。之所以如此,是因为"安特莱夫的创作力,又都含着严肃的现实性以及深刻和纤细,使象征印象主义与写实主义相调和。俄国作家中,没有一个人能够如他的创作一般,消融了内面世界与外表之差,而显出灵肉一致的境地。他的著作虽然很有象征印象气息,而仍然不失其现实性的。"② 鲁迅肯定了安德烈夫的象征主义方法与现实主义方法的完美结合,指出其作品寓现实性于浓厚的象征气息之中,并将这种方法加以吸收运用。他的散文诗集《野草》,以及历史小说《故事新编》中的某些篇目,既有含蓄、深沉的象征手法构成的意境和形象,又有坚实、锋利的写实手法构成的对于现实世界的描写和批判。这种把现实主义和象征主义两种不同的创作方法,和谐地溶化、统一在文学创作中,可以说是鲁迅得益于包括安德烈夫在内的象征主义的营养,经过一番匠心运用,形成了自己独特的风格,也使得象征主义这朵外国的艺术之花开出了中国的颜色,获得了新的生命力。此外,鲁迅不仅对意识流理论进行介绍和传播,而且在创作中践行意识流手法,为中国现代文学的发展注入了新的活力。鲁迅在创造抒情小说的艺术形式的时候,就在自然主义

---

① 鲁迅:《鲁迅全集》第10卷,人民文学出版社1981年版,第159页。
② 同上书,第185页。

科学和理性的艺术模式里，创造性地吸收了意识流的结构艺术营养，创造出《狂人日记》和《伤逝》这两篇具有经典意味的抒情小说。《狂人日记》的艺术形式不言而喻当然是受了果戈理同名小说的启发，然而，《狂人日记》既带有意识流色彩，又是对中国现代铁屋子绝对理性的观照所创造出来的抒情调子，但却是鲁迅式的。《伤逝》的意识流意味更浓，然而《伤逝》的抒情调子，却是对铁屋子觉醒者的处境和命运的理性的感悟。一言以蔽之，鲁迅的小说，是在中外养分的共同滋养下成长的，他的小说作品有着中外艺术渊源。具体而言，他是以中国民间艺术为根底，又汲取了外国小说创造的营养，融会贯通、加工改造，从而创造出新的短篇小说形式来。对于前者，他并非无批判地继承，而是在叙事、结构、人物刻画等方面，取其所长，化而用之；对于外国小说，又只截取生活片段，在叙述中运用"呈现"的手法，这对中国传统来说，是完全新的手法。但却没有采用外国小说的长篇心理描写、说明和长篇对话这种艺术手法。

不仅在艺术表现手法上，在文章的立意、布局和行文上，鲁迅也提倡向外国的一些学术著作和文艺著作学习。"外国的平易地讲述学术艺术的书，往往夹杂些闲话或谈笑，使文章增添活气，使读者感到格外的兴趣，不易于疲倦。这些书虽然带有浓厚的理论色彩，却仿佛同朋友谈天似的，没有把文章写得深奥、艰涩。"① 而中国的有些译本，却将那些生动、活泼、充满活气的东西删去，"单留下艰难的讲学语，使它复近于教科书"。鲁迅对此极为不满，认为此种做法："正如折花者，除尽枝叶，单留花朵，折花固然是折花，然而花枝的活气却灭尽了。"② 鲁迅的杂文，好似锋利的"匕首"、"投枪"，针砭时弊，掷地有声，但却不是枯燥的说教，不是空洞的口号，而充满了"花枝的活气"。他的杂文，无所顾忌，纵意而谈，将自己"所遇到的，所想到的，所要说的，一任它怎样浅薄，怎样偏激，有时便都用笔写了下来"，"乐则大笑，悲则大叫，愤则大骂"。③ 这种特点，既继承和发扬了中国古代散文的优良传统，具有鲜明的民族特色，同时也

---

① 鲁迅：《鲁迅全集》第3卷，人民文学出版社1981年版，第15页。
② 同上书，第16页。
③ 同上书，第183页。

受到了外国散文，特别是英国随笔"essay"的影响。在鲁迅翻译的厨川白村的《出了象牙之塔》一书中，有专门讲述 essay 的章节。Essay 这种文体，反对做作，摆空架子，而要求"再随便些"，"再淳朴些，再天真些，率直些"，同鲁迅所主张的"有真意，去粉饰，少做作，勿卖弄"，① 反对虚伪，反对"瞒和骗"的文艺精神是一致的。精神上的相通决定了鲁迅对 essay 的接受。在中国古代散文的优秀传统和 essay 的共同作用下，鲁迅的杂文"生动，泼剌，有益，而且也能移人情"，并使得"中国的著作界热闹，活泼"起来。②

凡此种种，无不说明，鲁迅的文学创作，是中国古老的民族艺术的优良传统和外国文学创造经验的有益因子共同浇铸而盛开的一朵艺术奇葩。

无独有偶，大江健三郎的文学世界，也是在继承传统、融合西方的基础上建造出来的。大江健三郎说过，他是因萨特而从事文学的。徜徉于大江健三郎文学创作的长廊，我们也不难发现始终有强烈的存在主义相伴左右。然而，这种存在主义却不是萨特的翻版，而有着民族化的特色。大江健三郎虽然受到存在主义的影响，但他吸收存在主义的技巧多于理念，即使是吸收它的文学理念，也加以日本化了。比如，大江健三郎的小说既贯穿人文理想主义，致力于反映人类生存环境的改善的题材，又扎根于日本民族的思想感情、思考方式和审美情趣等，并且经常强调他写作是面对日本读者。大江健三郎在诺贝尔文学获奖答谢辞中说过："我先前对《源氏物语》不感兴趣。比起紫式部女士，我更对 S.O.L 拉格勒芙感到亲近，怀有敬意。但是，我必须再次感谢尼尔斯和他的朋友大雁，因为这只大雁使我重新发现了《源氏物语》。"③ 有研究者指出，大江健三郎学习西方文学技巧的同时，非常强调民族性在文学中的表现，其文体和语言都是纯粹日本式的；大江健三郎注重把现实引入小说，又致力于非现实的虚构，这种虚构并非作家的凭空想象，而是日本传统中的玄虚，是古老的神话传承。大江是一个从森林里走来的作家，他常把故乡称为"峡谷里的村庄"，将

---

① 鲁迅：《鲁迅全集》第 4 卷，人民文学出版社 1981 年版，第 619 页。
② 鲁迅：《鲁迅全集》第 6 卷，人民文学出版社 1981 年版，第 293 页。
③ 见大江健三郎于 1994 年 12 月 10 日在斯德哥尔摩颁奖仪式后晚宴上的致辞。

审美视野投向自己的出生地，挖掘属于自己的独特的艺术世界。他在《我的文学之路》中也谈到："四国森林是我创作的源泉"。而"森林—峡谷"也不断地出现在大江的文学中，成为解读其作品的一把钥匙。"森林—峡谷"成为大江对抗现实的混乱、黑暗及现代文明危机的一个"乐园"，如《饲育》中的小山村，它自然、古朴、美丽、神秘，但却蛮荒、闭塞、落后、恐怖，这是人类的故乡，是人类的精神支柱，但人类又绝不满足于这样的生存环境，而是不断地以此为出发地，向着"远方"（远方对大江来说是极为重要的主题），向着更大的世界去探索、去创造、去超越。在"森林—峡谷"中，大江构筑了一个"把现实和神话浓缩在一起的想象的世界"，将它与作者所处的东京那样繁荣、喧嚣、现代、文明，但又拥挤、窒息、丑恶的环境对照，对现有社会结构提出质疑，并用这两类人类生存的环境来代表或隐喻了原始与现代、乡村与城市、野蛮与文明、边缘与中心、下层社会与上层社会、东方文化与西方文化、南方经济与北方经济等的关系。

  大江的创作，深深浸润着日本的乡土、民族的思想感情和审美情趣。大江对日本人作为自然神信仰的树木和森林，以及日本传统文化结构的家庭与村落共同体情有独钟。大江健三郎在作品中常常将象征神的树木和森林看作"接近圣洁的地理学上的故乡的媒介"，并且作为与文学传统的想象力联系的媒介，以一种亲和的感情去捕捉它们。森林是大江自小迷恋的地方，也是他小说中主人公摆脱危机、寻求精神再生的场所。正如叶渭渠先生所说："森林和山谷村落，始终是作为日本的心象风景而在作家的感觉世界中展现。"① 在《万延元年的足球队》中，鹰四和蜜三郎夫妇便是从森林峡谷山庄，从一百年前的历史传说中寻找认同的依据和新生活的源泉。长篇小说《同时代的游戏》中，大江驰骋想象，在"村庄＝国家＝小宇宙"这个独特的虚构世界里，对人类文明的总体性进行了广阔宏伟的表现。向森林、自然和交织着神话传说的历史传统回归，是大江小说的一贯主题。其他作品如《饲育》、《感化院的少年》、《核时代的森林隐士》、

---

① 叶渭渠：《大江健三郎文学的独特魅力》，《大江健三郎最新作品集》代序，作家出版社1996年版。

《燃烧的绿树》等皆不例外。"日本民族'泛神论'的自然观和日本式'部落'的传统观念"①对大江的影响颇深。他正是在日本本土文化的基础上批判地吸收西方文化的。于是我们看到,大江在他的作品里大量地导入日本传统文学的想象力(玄虚)和日本神话的象征性(幽玄),用虚构这一形式来表现和渲染潜于表层之下的"真实"。在这种非现实性的虚构中,融现实、神话为一体,以此来揭示某种带有普遍性的社会现象,并有意采用隐喻性或象征性的情感意向,超越具体时空界限,造成现实与幻想交融的情景,导致小说的艺术世界与客观现实的疏离,从而达到在"破碎的意向堆积"的上面重建某种理想或形式的整合。所以可以这样说,大江健三郎的创作立足于现实又超越现实,将现实与象征世界融为一体,从而创造出大江文学的独特性。

大江从接受西方萨特存在主义的影响而开始文学创作,经过了对西方存在主义的接受、消化乃至超越的过程,最终又回复到了民族传统上。他将其文学日本化并取得了极大的成功,这在很大程度上是因为他采用独特的文体来构建作品。在他看来,新的文学的产生,就意味着新的文体的创造。江健三郎的创作既反对规范的古典文体,也反对个体主义的特异文体,而主张感觉与知性结合的"比喻·引用文体"。也就是说,比喻是感性的,引用是理性的,两者邂逅而形成大江文体的特质。在大江文学中,比喻文体的表现扮演着重要的暗喻、讽刺和批判的角色,同时成为发挥文学想象力的一只重要的翅膀。但比喻文体的表现,只能在容许的范围内,并不能无限制地扩大,相反它是受到引用文体的理智性的制约,使比喻文体的感觉性纯粹化和洗练化,以保持想象力的作用。借助于这种"比喻·引用文体",大江尽情地在"虚构与现实相重叠的世界"中驰骋,正如瑞典皇家学院对他的作品所作的描述:"创造一个想象的世界,把生活与想象浓缩成今日人类困境令人惊悚的形式。"②他这种借助虚构与幻想的表现

---

① [日]松原新一等:《战后日本文学史·年表》,罗传开、柯森耀、周明等译,上海译文出版社1983年版,第355页。

② 乔桑:《以理论和思想作为支柱,关心政治社会问题和人类命运——评大江健三郎作品》,《南京社会科学》1995年第2期。

手法，既深深地烙着东方传统的泛神论式的自然观和日本式"部落"的传统观念的印记，又带有浓郁的西方存在主义哲学、文学色彩。

在创作上，大江健三郎毫不掩饰自己和西方文学的渊源关系。这种关系首先表现在他早年就习学法语和法国文学，是在拉伯雷、巴尔扎克、雨果等作家的影响下开始写作的。他对萨特存在主义哲学特别感兴趣，曾经为此留学法国四年并以专论萨特的论文获博士学位。这种关系也表现在他的风格明显借鉴了西方文学。美国作家亨利·米勒曾这样评价大江健三郎："大江虽然是一个彻头彻尾的日本作家，但是通过对人物的希望和困惑的描写和撞制，我以为他达到了陀思妥耶夫斯基的水准。"另一个著名文化批评家弗·詹姆逊则说："大江健三郎和其他日本作家都不一样，最无日本传统的陈腐的民族主义气息，在某种意义上，他是日本的同时又是最美国化的小说家，是外向的，是不受构束的。"

大江在接受萨特存在主义、人文主义影响的同时，又将它融入日本传统美意识和自然观中。他强调民族性在文学中的表现，正如在诺贝尔奖的授奖词中表示的那样：他先前对日本古典名著《源氏物语》不感兴趣，现在要"重新发现《源氏物语》"。并在实践上以这种思想为根基，尽力运用日本传统文学的丰富想象力、日本古老的神话象征性以及日本式的文体，以保证吸收存在主义文学理念和技巧并加以日本化。大江文学的异彩，正是在和洋文学的相互交错中碰撞和融合而显现出来的。

第二节 大江健三郎与鲁迅创作的自传性

如果我们把目光集中在鲁迅与大江健三郎的小说创作上，就会惊异地发现，二者作品中的自传性是那样的相似。鲁迅笔下的觉醒者无不带有他的性格特征、气质禀赋。正如大江健三郎在2001年与中国学者的访谈中所说的那样："鲁迅的自我解剖意识缘自他的自我审视意识，不论在哪个年代，鲁迅都认为自己是一个不彻底、不完整的人，认为自己很软弱，所以他才要一点点地改造自己。鲁迅自己是一个知识分子，他在思考中国民众的弱点的同时，也将知识分子划归中国民众，并思考中国知识分子的弱点。胡适也是知识分子，林语堂也是知识分子，但是他们并不认为自己是民众的一员，是软弱的中国人，所以他们不像鲁迅那样不断地进行自我批判，把自己逼得无路可逃。鲁迅的自我剖析，就表现在他常常认为自己也是一个软弱的中国人，并对这样的自己加以批判。鲁迅曾说阿Q就是他自己，就是因为他看到了自己身上的阿Q式的因素，并要将其剔除。这一点让我十分敬佩。其实我身上也有旧日本人、不好的日本人的因素，我意识到了这一点，并想表现在自己的文学中，以警示自己。"鲁迅在创造觉醒者形象的时候，主要是以自己的生活经历和体验作为虚构的材料，因为鲁迅自己毫无疑问就是20世纪初现代中国铁屋子里的为数极少的觉醒者之一，而且当然是这些觉醒者中的出类拔萃者。因而在塑造觉醒者形象系列时，他自己的生活经历和体验无疑就是最好的材料。考察鲁迅笔下的觉醒者形象，我们可以得出这样的结论：觉醒者形象系列中的大部分成员，主要是以鲁迅自己为模特儿塑造出来的，他们的身上浸润着鲁迅自己的经历和体验，从而带上了浓厚的鲁迅的自传色彩。如《故乡》、《头发的故事》、《祝福》、《在酒楼上》和《孤独者》里的"我"，都是第一人称小说里的描述人，他们都是觉醒者，是觉醒者形象系列中的家族成员，同样也是鲁迅自己思想、情绪和性格的某一侧面的表现。周作人在《鲁迅小说里的人物》中，就为诸多觉醒者的塑造乃来自于鲁迅的经历及体验提供了较为翔实的材料佐证。关于《头发的故事》，周作人说："……故事的中心，讲清末民初的事，乃是鲁迅自己的经历，大抵都是事实……《头发的故事》的第三段关于女人剪发的问题……鲁迅在这里很替那剪了头发而吃苦受难的女子不平……'你们的嘴里既然并无毒牙，何以偏要在额上帖起'蝮蛇'两个大字，引乞丐来打杀？'这尼采式一句格言，是鲁迅平常所说的话，放在故事中的N先生口里做个结束……"[①] 而《在酒楼上》里的吕纬甫，周作人这样说："《在酒楼上》是写吕纬甫这个人的……所说的吕纬甫的两件事都是著者自己的……第一件是回乡来给小兄弟迁坟……乃是著者自己经历，所写的情形可能都是事实。所不同的只是死者的年龄以及坟的地

---

① 周遐寿：《鲁迅小说里的人物》，人民文学出版社1981年版，第20—23页。

位,都是小节,也是因了叙述的必要而加以变易的……吕纬甫所讲的第二件事是给旧日东邻船户长富的女儿顺姑送绒花去……剪绒花一节是小说化了的故事,但却是有事实根据的……"①关于《孤独者》中的魏连殳,周作人又说:"第一节里魏连殳的祖母之丧,说的全是著者自己的事情……这一段写得很好,也都是事实,后来鲁老太太曾说起过,虽然只是大概,但是那个大概却是与本文所写是一致的……本文里说到聚集来筹划丧事仪式的人,有族长、近房、祖母的母家的亲丁、闲人等。这些都是实有其人……"②《伤逝》里的主人公涓生和《幸福的家庭》里的主人公"他",也都不同程度地带有鲁迅的自传色彩。鲁迅最先为人们所熟悉的小说《狂人日记》中的狂人,实际也是以鲁迅自身为模特所创造的。据周作人的回忆,《狂人日记》中的狂人是有现实生活中的模特儿的,那是鲁迅一个患有迫害狂的表兄弟,鲁迅曾接待过他并进行了妥善处理。但这却不是《狂人日记》中狂人的主要模特,因为与这位表兄弟的接触并没有马上激发出鲁迅的创造灵感,最多只是给鲁迅日后创作《狂人日记》提供了某些描述迫害狂病症的依据。而鲁迅创作《狂人日记》的真正动因,是因为"偶阅《通鉴》,乃悟中国人尚是食人民族……此种发现,关系亦大,而知者尚寥寥也"③,也就是说,触发鲁迅创作狂人形象的灵感触发点,是鲁迅自己偶读《通鉴》时对中国传统封建文化的独特的感悟和发现。没有这样的感悟和发现,鲁迅不可能创作这篇小说,也不可能创造狂人这一形象。因此,狂人形象的首要模特肯定是读着《通鉴》突然发现"中国尚是食人民族"的鲁迅自己,而那位表兄弟只起了第二模特的作用。唯有如此,鲁迅笔下的狂人才会有"凡事总须研究,才会明白"的探索精神,才会从史书满纸"仁义道德"的字缝里看出满本写着"吃人"两字。也唯有如此,狂人身上才展示出鲁迅的性格、精神、思想和气质。如狂人在揭露人吃人的历史和现实时的执着,在劝转人们不要再吃人时表现出来的英勇和正气。狂人的进化论哲学观念,狂人"救救孩子"的呐喊,无一不是鲁迅性格禀赋的投影。尚

---

① 周遐寿:《鲁迅小说里的人物》,人民文学出版社1981年版,第104—112页。
② 同上书,第118—123页。
③ 同上书,第6页。

有其他材料，在此不一一列举。凡此种种，足以说明，鲁迅笔下的觉醒者系列形象，正是以他自己为模特儿所塑造的。

而大江健三郎作品中诸多人物的生活，根本就是他生活的翻版，《个人的体验》中的鸟，《万延元年的足球队》中的蜜三郎面对残疾儿的苦恼、惶惑，正是生活中大江健三郎面对出生的脑残疾儿的心理体验。面对突然降临的残疾儿子，初为人父的大江健三郎有过动摇、痛苦、颓废，甚至绝望，也想过放弃。然而，正是这种绝望的困境，使大江健三郎明白了那些在存在主义的影响下，在内心里积累起来作意识的精神训练，实际上没有太大的用处。他因此也获得了一次摆脱存在主义樊篱的机缘，开始用自己的心灵直接体验生命存在的本质和生存的价值。而大江最终接受现实选择与残疾儿共生，也使得他笔下的人物在经过精神的炼狱之后获得再生，完成了自我的选择。大江曾说过："自从自己的家庭出生了一个智力有障碍的孩子，和这个孩子共同生活，就成了我的小说世界的主线"，从此便开始"把和自己家里的残疾儿共同生活这样的事情作为所有小说的主题"。[①]《个人的体验》中，鸟在经历了焦虑、恐惧与逃避后，最终选择了义务与责任。小说中的鸟，为了摆脱缠身的家务和残疾婴儿表现了他的困惑，最后鸟经过自省和斗争，终于对生命存在有了真正的体验，以乐观的姿态直面现实中的存在困境，并做出了积极的选择：正视怪物婴儿，承担责任。他救下了畸形儿，同时也使自己获得了新生，走出了困境。在这部作品中，大江从个人生活的体验出发，在同残疾儿生活的体验与思考中，提出了"共生"意念。所谓"共生"，一层含义是共获新生，正如《个人的体验》结尾，鸟的选择，使自己与婴儿都获得了新生。另一层含义就是指人与人相互依偎生存下去，这是大江个人生活"共生"的主要内容。"一个头部存在医学上问题的婴儿出生在了我的家庭里，我感到非常苦恼，不知该如何调整自己，与那个孩子共同生活下去。首先，我不懈地进行医学上的努力救治那个孩子，接着在心理上也坚定了共同生活的意志，在实际行动上朝着那个方向开始前进。""我决心把和残疾儿光共命运的生活作为主题，鼓励他勇敢地与命运抗争，成为一个自强自立的

---

① ［日］大江健三郎：《致北京的年轻人》，王中忱译，《中国青年报》2000年9月28日第5版。

人。"《万延元年的足球队》中,蜜三郎经历过孤独、惶惑、失落之后,最终也承担起养育孩子的责任,选择了新的工作,开始了新的生活;《新人呵,醒来吧》里,父母艰难地启发、教育残疾儿,直到把儿子培养成对社会有用之人。小说中,大江通过两个叫宇波君和稻田君的青年恶意拐走智障儿义幺又将其丢弃的故事,不仅看到这类对于"醒来吧"之呼唤无动于衷的"被禁锢的灵魂",其共生与再生的艰难性,而且也由此反观到一直与之"共生"的"那弱智的长子——他心里黑暗宇宙般辽远空阔的、我所无法知道的东西"。① "在这过程中,我发现,我心里有比光更阴暗更复杂的悲哀与苦痛。"② 他开始注意到"自己内心里被神秘主义因素所吸引的部分"。③ 大江健三郎通过"残疾儿"这一主题把个人生活的小宇宙与世界这一大宇宙紧紧地联系在一起,从人的内心痛苦和个人体验出发,让小宇宙包容大宇宙。他认为残疾儿未受世俗文化浸染的灵魂内部,与生俱来的"人类最基本的美好品质"④,这种品质具有很强的净化和救赎作用。大江呼唤人类能像鸟一样恢复良知、爱心,重建人性,互相理解和合作,人与人之间共生下去,实现人类的自救。有人说,没有脑残疾儿大江光,就没有大江文学,大江健三郎对此并不否认。的确,脑障碍残疾儿的诞生,对于作为父亲的大江健三郎来说,无疑是一场灾难,而对于作为作家的大江健三郎来说,却意外地获得了一次独特的个人体验,成为他人生经历中一笔宝贵的财富。残疾儿子的降生使大江幸会了能够牵动他感觉系统的"客观关联物",使他那由哲学意识支配的审美经验里又融入了一种可以谛视人类"生与死"的崭新的"个人体验",并将这种体验加以延伸,括及原子弹爆炸致残者,发掘出一种人类的"宏大共生感"。正如他自己所说:"我的文学上最基本的风格,就是从个人的具体性出发,力图将它们与社会、国家和世界连接起来。"⑤

---

① [日]大江健三郎:《大江健三郎自选随笔集》,王新新等译,光明日报出版社2000年版,第39页。
② 同上书,第94页。
③ 同上书,第312页。
④ 同上书,第134页。
⑤ [日]大江健三郎:《我在暧昧的日本》,《大江健三郎作品集·死者的奢华》附录,光明日报出版社1995年版,第345页。

此外，鲁迅主张先改造自身从而实现社会的改造，与大江健三郎意图通过个人的自救来达到人类整体救赎的精神追求是一致的，都是主张由个体出发力争实现整体的改变。正如前面所提到的，大江文学中的文化批判及启蒙，与鲁迅的"立人"思想如出一辙。

当然，由于所处的时代节点与社会环境不同，从现实需要出发，在具体的创作中，在文学体裁的选择及艺术表现手法的运用上，大江健三郎与鲁迅又存在着明显的不同。鲁迅的文学世界，是散文诗、短篇小说与杂文的栖息地。而大江健三郎的艺术殿堂，是长篇小说与随笔自由驰骋的天空。不同的文学体裁的选择、不同的艺术表现手法的运用，使得鲁迅和大江健三郎的文学创作呈现出不同的风格。

第三节 大江的艺术殿堂：小说与随笔驰骋的天空

大江自1958年以职业作家身份登上日本文坛至2009年，先后发表了76部小说（包括单行本在内）、40多篇评论和随笔、32卷个人作品集、16部选集、18部合著著作和3部共编著作等，一生获奖无数，是日本文坛的常青藤。大江说："小说和随笔是我文学生活中的车之两轮。"[①] 可见，除了小说创作以外，随笔也占据了大江文学生活的半壁江山。

一 大江的小说世界：政治批判与文化启蒙的主场

大江健三郎是日本当代著名作家，他于1994年获得诺贝尔文学奖，是继川端康成之后日本第二位获此殊荣的作家。

他在大学期间发表了《奇妙的工作》，以学生作家身份登上文坛。而后发表了《死者的奢华》（1957）、《别人的脚》（1957）、《饲育》（1958）、《人羊》（1958）、《鸠》（1958）、《拔芽击仔》（1958）等，描写了在封闭状态下生活的青年的虚无感，在"二战"后一代中得到了强烈的共鸣。这个时期的作品大体上以"监禁状态"为主题，鲜明地刻画了"二战"后日本青

[①] [日]大江健三郎：《大江健三郎自选随笔集》自序，王新新等译，光明日报出版社2000年版。

年、山村、森林等形象。"监禁状态"反映了战后日本在美国支配下的现实状况以及在这样的社会背景下生活着的日本人的不自由的感觉和精神状态。以《奇妙的工作》为例，主要讲述了"我"这个大学生做"杀狗"这样奇妙的兼职。不仅被狗咬，甚至还没有得到工资，表现了人的行为的徒劳感。被养惯了的狗，对人没有反抗意识，稀里糊涂地就被人杀死了，这使"我"联想到了"我们日本学生"，表现了战后一代的封闭、徒劳的心象。

1959年发表了新作长篇小说《我们的时代》，随后发表了《迟到的青年》(1960)、《十七岁》(1961)、《政治少年之死》(1961)、《呐喊》(1962)、《日常生活的冒险》(1963)、《性的人间》(1963)等。"政治"与"性"成为这一阶段作品的主题。但是这里的"性"，不是单纯的官能描写，而是作为表现方式的一种尝试，常与"人的存在"和"社会政治"相关联。处于"监禁状态"的人们为了证明自己的存在而沉溺于"性"。另外通过"性"的从属地位，采用对比法表现天皇制的绝对、暴力、排他的性质。

1963年，患有先天智障的长男光的诞生以及对原子弹爆炸受灾地广岛的访问，改变了大江健三郎的人生和文学。他开始致力于创作激励人、给人勇气的文学。在《个人的体验》(1964)中表达了"与弱者共生"的主题，在《广岛札记》(1964)中表达了"反核非核"的精神。

1967年发表的《万延元年的足球队》是大江健三郎初期创作的巅峰之作。居住在东京的翻译家根所蜜三郎与从美国归来的弟弟鹰四，怀抱着各自的不幸，为了重寻生命的意义，回到了位于四国森林深处的家乡。鹰四卷入性犯罪后自杀。鹰四的死触动了始终以旁观者身份冷眼看待这一切的蜜三郎，使他由此得到了寻求再生的动力。1960年日本的安保斗争，是一场反映了在美国的军政化统治下日本人民渴望获得独立的群众运动。在安保斗争中受到创伤的鹰四们的个人的不幸植根于那个时代的不幸，由此批判了时代的"监禁状态"。通过描写处于边缘地带的四国森林深处的小村子的丰富、多样、自由，反衬出天皇制的绝对与闭锁。

《广岛札记》之后，"核武器"与"智障儿"成为大江健三郎中后期文学创作的主题。代表作有《核时代的森林隐士》(1968)、《冲绳札记》(1969)、《洪水涌上我的灵魂》(1973)、《替补跑垒员调查书》(1976)、《新人呵,醒来吧》(1983)等。

继《万延元年的足球队》之后,通过植物、树木、森林等自然形象,创作了许多表现追求人的再生和拯救的作品。代表作有《核时代的森林隐士》(1968)、《同时代游戏》(1979)、《聪明的雨树》(1980)、《听雨树的女人们》(1981)、《M/T与森林里奇异的故事》(1985)、《给让人怀念的年龄的信》(1987)、《燃烧的绿树》三部曲(1993—1995)等。

以《燃烧的绿树》三部曲为转折点,"灵魂"主题开始成为大江健三郎文学创作的主题。1999年发表的《空翻》,为人们提供了"建筑灵魂的场所"。进入2000年后,大江健三郎主要发表了《被偷换的孩子》(2000)、《愁容童子》(2002)、《别了,我的书!》(2005)三部作品,还有《二百年的孩子》(2003)等。

众所周知,大江因萨特而从事文学,他最先奉献给文坛的,是模仿萨特而创作的存在主义小说。小说可以说是大江实现"介入文学"观的最重要的媒介,他用文学形象来阐释其对人生价值、生存处境及终极意义的思考,通过"边缘人"的塑造来对抗现实、抒发理想,通过对"新人"的呼唤来叩问人类灵魂、憧憬未来的美好。

"小说家总是想远离政治,但小说却自己逼近了政治。小说家总是想关心'人的命运',却忘了关心自己的命运。这就是他们的悲剧所在。"① 政治和文学的关系,是世界文学范围内的一个问题。大江先生鲜明的政治态度,斗士般的批判精神以及他对社会和政治问题的敏感和关注是有目共睹的。

早在1958年,当他的小说《饲育》获得芥川文学奖时,他就在报刊上公开表示:"我丝毫也不怀疑作家可以通过文学参与政治。就这个意义上来说,我对自己选择文学的责任是一清二楚的。"大江健三郎对政治的关心不仅表现在初期的一些作品中,如《饲育》、《人羊》、《先看后跳》、《出其不意变成哑巴》等,即便到了后期,创作中也带有强烈的意识形态色彩。且不

---

① 莫言:《大江健三郎先生给我们的启示——在大江文学研讨会上的发言》,《西部华语文学》2007年第9期。

说长篇随笔《广岛札记》对美国投掷原子弹所带来的毁灭性灾难的谴责，在《洪水涌上我的灵魂》和《替补跑垒员调查书》等长篇小说中更是采用荒诞的手法渲染人们在核武器发展、公害严重时代的忧患意识，通过历史与现实的逆向对比，刻画人们灵魂的震撼。就是到了《燃烧的绿树》、《愁容童子》、《空翻》乃至《别了，我的书！》等作品中，大江健三郎借文学参与政治的思维与热情依然没有改变。可以说，政治的主题在大江健三郎的创作中是一以贯之的，只不过表现得或隐或现，或明或暗。

然而，文学与政治既有联系，又是不同质的两个世界，该如何把这二者联系在一起？对于西方存在主义的接受，使得大江健三郎看到了想象在文学中的巨大张力，所以他主张运用想象力的语言在两个世界之间架起一座桥，而这座桥是把桥墩深埋在人的本质性的实存之中，使小说世界走向政治世界。比如，他创作的《我们的时代》、《性的人》、《个人的体验》，就是通过性的形象或想象力的语言对现实的再创造，显示了作家对一系列社会和政治问题的思考，表达了对战争问题，以及天皇制、日美安全条约等体制问题的见解。再如，反核问题，是一个世界性的政治问题，但大江没有使用政治概念的语言，而是将这个问题植入人性的深层，并使用想象力的语言表现出来。《摆脱危机者的调查书》、《青年的污名》就是通过作家的想象世界，展现现代人在政治争斗、右翼噪动和核劫持的面前对人性的呼唤。他在《状况与文学的想象力》一文中说明，这是他"对周围现状的认识，并反复发挥自己文学创作的想象力"。也就是说，大江在想象力的世界里，表述了自己对现实的看法并实现了他的文学主张。

（一）唤起危险的感觉

大江健三郎危机意识的体现，是由对被监禁状态的思考开始的。大江曾在《死者的奢华》出版后记中说过："思考被监禁的状态！被围困在墙壁内的生存状态是我一贯的主题。"为什么大江要思考被监禁的状态呢？难道日本真的处于这种状态中了吗？

"二战"之后，日本持续着开国一百多年来的现代化进程，却由于战争而把自身置于一种暧昧的境地中。"日本的现代化，被定义为一味地向西欧模仿"，然而，日本却位于亚洲，日本人也在坚定、持续地守护着传统文化。暧昧的进程使得日本在亚洲扮演了侵略者的角色。而面向西欧全方位开放的现代日本文化,却并没有因此而得到西欧的理解,或者至少可以说,理解被滞后了,留下了阴暗的一面。"在亚洲,不仅在政治方面,就是在社会和文化方面,日本也越发处于孤立的境地。"① 也就是说,在文化上,在东方儒佛长期浸润下的日本传统文化与欧美强大的工业文明之间存在着巨大的冲突,由于这种冲突,日本想摆脱固有的传统却不能为新文化所接受,反过来又失去了旧文化的接受氛围,这就是大江所谓的"将国人和国家撕裂开来的锐利而强大"的"暧昧"。面对国家这种存在共同体的孤立状态,渺小的个人努力寻求解救之道却不得其法,想摆脱它却又因生活于其中与其有着千丝万缕的联系而不能。"民主"在宪法条文的规定下实现了,这对于那些在战争中努力寻求"自由"的人们来说无异于是干燥的荒漠中出现的一泓清泉,就像是从被窒息的状况下解救出来一样,然而就在获得"自由"的瞬间,他们却又产生了一种"梦醒了无处可去"的无所适从感。面对向往已久的"民主",年轻人本应鼓足勇气,建设充满希望的新日本,可现实却是他们是那样的无为及毫无生气。就像那些"被喂养了将近一年的时间,已经渐渐丧失了产生敌意的习惯"(《奇妙的工作》)的被圈在栅栏里面被老老实实地拴在木桩上的狗。《奇妙的工作》发表在《东京大学新闻》(1957)上,被荒正人推荐为"月节奖"作品,平野谦则在《每日新闻》文艺评论栏中著文,称之为"具有现代意义的艺术作品"。在这篇小说里,作者通过主人公"我"的心理活动,对当时青年学生的特点作了如下概括:"我们这些彼此相似、缺乏个性的日本学生被拴在了一起,完全丧失敌意,显得有气无力。我对政治不太感兴趣。对我来说,那些热衷于包括政治在内所有事情的人,不是过分年轻,就是过于老成。我今年20岁。在这个奇妙的年龄,我也觉得太累了。"这个有气无力而又疲惫不堪的青年,杀了一天狗所得的报酬只是被狗咬的一个伤口,而且还有可能被警察传去作证。这种"徒劳"乃是当时青年陷入阴暗环境的形象体现。

---

① [日]大江健三郎:《我在暧昧的日本》,《大江健三郎作品集·死者的奢华》,光明日报出版社1995年版,第351页。

在这里，大江健三郎通过"我"的印象和内心感觉，将"我们"乃至"我们日本学生"的形象与安心待宰的狗们联系在一起。看着那些了无生气甚至丧失了敌意的狗群，"我"已经意识到：

> 也许我们也会变成那个样子的罢。完全失去了敌意、有气无力地拴在那里、一个模子出来缺乏个性的、暧昧的我们。我们日本学生。

由此，"狗"作为"日本学生"的暗喻，让人感受到了那个时代的人们，特别是年轻一代人们存在的状态。"它们极其相像，于是我在想它们哪点像，是因为劣种而变得瘦弱这一点吗？还是因拴在桩子上而丧失狗性这一点？我想我们自己说不定也会被拴在桩子上弄成这样哪！我们这些丧失个性，彼此相似的日本学生！"① 大江的作品中经常出现"我"、"我们"、"我们日本学生"等词汇，把"我"联系到"我们"、"日本学生"乃至"我们日本人"上，主人公往往以自己的名义来代替一代人或一个民族的人来发言。大江就是通过这种方式，从个别上升到一般，从个人上升到社会，进而将个人的问题作为社会的问题来把握。在这里，作者由狗的无个性联想到了日本学生的无差别，进而让读者联想到整个时代、整个民族的人都是这样无个性的。狗被围在栅栏里，渐渐丧失了敌意，人不也一样吗？人亦即"50年代的日本青年"不也是被监禁在"围墙"中平稳地生活，渐渐丧失敌意吗？而且大江意识到这种"监禁状态""不像萨特在《墙壁》中描写的那样只会带来死亡和恐怖，而是即使被关在里面也不会觉得特别痛苦的'暧昧而执拗的墙壁。'就是说大江的'监禁状态'是一种可以使监禁在里面的人渐渐丧失'被监禁'意识的暧昧状态"。②

与《奇妙的工作》相似，稍后问世的《死者的奢华》将那个时代里年轻一代所处的监禁状态再次小说化。作品中主人公"我"和一个怀有身孕

---

① [日] 大江健三郎：《大江健三郎作品集——奇妙的工作》，光明日报出版社1995年版，第3页。

② 王新新：《唤起危险的感觉——试论大江健三郎早期文学中战后再启蒙意识》，《解放军艺术学院学报》2005年第4期。

的女学生，为了挣钱来到一家医院打零工，任务是在一天之内将浸泡在旧水池里的30多具尸体转移到隔壁屋里新砌的水池中去。但由于院方的失误，"我们"辛辛苦苦忙了一整天，到头来却是徒劳。正是这种徒劳，使参加这些工作的年轻人感到了生的无意义。的确，在作品中，作为"物"的尸体与活着的人——也就是搬运尸体的"我们"相比，在作家眼中更具有实在感。主人公"我"没有人生的目标，昏昏沉沉，耽于幻想；女大学生"皮肤焦黄，脸上注意力松弛，一副劳累不堪的样子"；矮小的管理员也是满脸倦容，像被追杀的小动物一样，充满绝望。而"物"却比"人"更实实在在地存在着："他们被淡褐色的柔软的皮肤包裹着，具有一种固执的、难以接近的孤独感，各自向着自身的内部凝缩，死者用低沉的声音低声耳语着，诸多的声音交织在一起令人难以分辨。"① 活着的人看不到希望，不能正常交流，别人成了"我"的地狱，"我"的存在也妨碍了他人的自由；相反，"与活着的人对话发生困难时，与死者的对话却可以随心所欲，无拘无束，这种心心相通，心领神会是一种并非诉诸语言的真正的情感交流"。② "我"发现，这些死者给人一种独立的整体感，这让"我"感到亲切。在作家的眼里，这是一个彻底荒诞的世界。在这里，人被"物"所排斥，沦为"物"的附庸，人不再是"宇宙的精灵，万物的灵长"，人被彻底异化。

两部作品的主人公都是城市大学的学生，为了各自的生存都在业余时间从事人们一般不愿意从事的工作。前者是协助屠杀已无试验价值的狗，后者是搬运用于已无解剖价值的尸体。尽管小说的主人公都付出了很大的努力，但是却因为中间人的阴谋、管理部门的失误使他们的劳动成了无效的劳动。他们没有获得应得的报酬，使参加这种徒劳工作的年轻人都感到疲劳、倦怠，这种倦怠不是因为体力的不足，而是因为他们对生的厌倦所致，是因为生的无意义所致。小说中他们劳作的场所也确确实实是"被监禁的状态"、"被封闭的状态"。前者是关狗的地方，大学生看到的是失去了狂猛的天性、没有了个性、丧失了敌意的狗，同时在狗的身上也

---

① ［日］大江健三郎：《死者的奢华》，光明日报出版社1995年版，第15页。
② 孙树林：《大江健三郎及其早期作品》，《日语学习与研究》1993年2月。

看到了与狗相似的自己，对包括政治的一切丧失了兴趣。无论狗还是人，都失去了他们的本性，存放尸体的地下室里，作者再次为读者描写了"每个都十分相似、引不起人们兴趣、没有个性"的、死后准备用于解剖的尸体——"物体"的人。而活着的人则是制作得十分精巧的完整的"物体"。这些活着的"物体"也同物体化的尸体一样，没有个性，没有思想，仅仅是为了存在而存在。无论是被屠宰的"狗"，还是被泡在药水池里的死尸，都被监禁着或封闭着。也许它们曾经有过不同的过去，但是现在千人一面，丧失了个性，仅仅是像它们的同类那样活着。在大江健三郎的笔下，它们的存在实际上就是当时的青年存在的象征。

但我们应该注意的是，在大江健三郎那里，"监禁状态"不仅指自由被剥夺、被禁锢、被封闭，还有着更复杂的含义。简而言之，这种"监禁状态"除了带有封闭和无法逃脱的寓意，还像渡边广士指出的那样，有时会成为安全而舒适的"受保护的内部世界"。① 就像鲁迅《呐喊》中昏睡于"铁屋子"里的芸芸众生，非但没有丝毫的不适，反而感到那样的怡然自得，欣欣然陶醉于其中。就像《别人的脚》，如果说，"监禁状态"在《死者的奢华》中被描述为一种断绝感和疏离感，那么在《别人的脚》里面，这种隔绝感又给主人公带来一种满足感：

我们在厚厚的黏液质墙壁里面沉静地活着。我们的生活与外部完全隔绝，就像身处奇妙的监禁状态，但是我们绝不会设法逃走，也丝毫不热衷于探听外部的消息。可以说，我们没有所谓的外界。在墙壁里面，我们过着充实快乐、朝气蓬勃的生活。

我并没有触碰那厚厚的墙壁，但是那墙还是关得紧紧的，监禁着我。这是真的。我们好似待在一个强制收容所里，但我们绝不会在黏液质的透明墙壁上划开深深的裂缝逃出。

目睹并亲身经历了日本青年一代颓废的精神状态，大江深深感到了一

---

① ［日］渡边广士：《大江健三郎》，审美社1977年版，第35页。

种危机，可是由于自己也身在其中所以无法摆脱它。为了让自己渡过那段艰苦的时期，大江选择了在语言文字的世界里发现自我，试图找出一条走出困境的路："我本身比较幼稚，是个受到挫折后似乎立刻就要倒下的愣头青，而写作则使得那种表现及其表现者我本身都坚强起来。倘若不写小说的话，我觉得自己会在心理上陷入危险状态……我因为写作小说而得以存活至今，现在我就是这么考虑的。"[①] 另一方面，个人的这种危机意识在某种程度上指导了他的创作行动。面对这一切产生的危机意识对一个以写作谋生的知识分子来说，最有效的方法莫过于诉诸文字了。在这种危机意识指导下创作的小说，《奇妙的工作》、《死者的奢华》、《人羊》、《性的人》、《我们的时代》等都成为经过时间检验的、得到全世界人们广泛好评的优秀作品。

我们看到，在后来的创作中，大江健三郎跳出学生生活的圈子，把目光对准了更为广阔的地方，因此对"监禁状态"的思考也升华到了另一个层面、另一种高度，那种唤醒危机的意识更为明显和清晰，而政治批判的意识也更为明晰了。如《饲育》、《拔芽击仔》、《人羊》等。

《饲育》被认为是大江健三郎创作中具有特殊意义的一篇作品，因为它的出现表明大江健三郎的创作已经转向学生生活以外的领域，转向了对更为广阔的社会人生的思考；也从另外的视角和切入点，描绘了当时民众所处的"监禁状态"，以期唤醒民众内在的危机意识，从而达到思想上的启蒙和文化上的批评。

中篇小说《饲育》发表于1958年1月，小说以作者出生的偏僻的山村为场景，描述了被占领下的封闭状态。小说写的是第二次世界大战即将结束时偏僻乡村的孩子及村人与一个跳伞落入村人手里的黑人俘虏的故事，是偏僻乡村的人们曾经有过的、至今仍然可能出现的生存现实。黑人俘虏被监禁在地下仓房里。而村人们则生活在远离外界的封闭的状态中。在孩子们的眼里，黑人俘虏是来自外界的新鲜的刺激，是可以给他们带来期待，满足他们好奇的"动物"，这个动物"像人一样"，很老实，也很有

---

① [日]大江健三郎著，尾崎真理子整理：《大江健三郎口述自传》，许金龙译，新世界出版社2008年版，第48页。

"天才",有时甚至能够像他们的家人一样与他们友好相处,但是孩子们还是认为他是"动物",觉得他可能也会十分狂暴,是一个未知的存在,但孩子们仍希望他能长久地存在下去。而村人却觉得黑人俘虏是他们的敌人,是打破他们生存共同体平静的外部的入侵者,是未知的、具有破坏力的,是麻烦的、难以处理的,是狂暴的、会伤害他们的孩子的人。为此,他们在最后判断黑人俘虏可能会伤及自己的孩子时,只能把这个无意伤害孩子的黑人俘虏杀死了。作者既向读者"展示了自然的秀美,也暴露了隐于其中的野性的凶暴",同时还告诉读者这种"善良和残忍是相通的"。在这个中篇里,作者写了儿童和他们视野里的成年人,以及黑人俘虏,也写了城市与乡村的对比鲜明的文明,写了村落的那种群体的、盲动的、狂暴的力量,还写了似乎远在天边、但近在咫尺的"战争"。从表面上看,这是一个讲述偏僻乡村孩子们的故事,但是小说的立意却是十分深刻的,作者既表达了对于田园牧歌式的乡村传统的留恋,也表达了对于村落的盲动、狂暴、封闭的忧虑,同时对于人与人的难以相互理解表示了极大的悲哀。

《拔芽击仔》是大江健三郎的第一部长篇小说,于1958年6月由《群像》杂志发表。也是一篇战争背景的小说。故事是在太平洋战争末期,15名不满15岁的感化院的少年被集体疏散到偏僻的山村,这群人中有被家庭抛弃的少女、朝鲜少年、逃跑未遂的预科少年兵等。只有1人例外,他就是小说主人公"我"的弟弟,他并不是感化院的人,这个纯洁得如同一张白纸的少年,是父亲委托感化院带他一起疏散的。感化院的监管带领这群少年流浪般地步行三周,到达了目的地,即这个偏僻的山村。村里人怪物般地、敌国俘虏般地看待他们。不久,村里闹起瘟疫,村民们四处逃散了。此时监管员也离村返回感化院去带领第二批疏散人员。留在村里的少年们与外界隔绝,像是生活在孤岛上,他们团结友爱,成功地进行了狩猎,举行优美的原始祭祀,建设着团结友爱的"自由王国"。但是,不祥之兆也随之而来,少女染上疫病死去,弟弟失踪。村里人回来后,举行了血祭,逃跑未遂的少年兵成了血祭的牺牲品,他被人用竹枪刺破肚子,被押走了。少年们复又回到了厚厚的世俗的墙壁之中。村长说:"你们这帮家伙,乘小时,就该掐死。俺们农民知道,坏苗子一长出来,就要薅掉。"主人公"我"虽然失去了亲爱的少女和弟弟,但他不再屈服,要向那世俗的墙壁再一次发起冲击。他同作者在此前的一系列中、短篇小说中所塑造的人物一样,虽然也属于弱者,但他已经不是一个忍受失败的弱者,而是用自己的力量,为获得自由而斗争。作者于此指出了摆脱"墙中人"地位的可能性。这一点正是作者在创作主题上的一个突破,因此《拔芽击仔》是他创作道路上的转折点。

《人羊》描写美军占领时期,一群醉酒的美国士兵在公交车上肆意调戏日本妇女,强迫包括"我"在内的几个日本男人脱掉裤子,双手触地,露出白花花的屁股,一边打拍子似的拍打他们的屁股,一边高声笑。被欺凌的人没有反抗,"看客"们捂住发红的脸转向一边,有的还发出笑声,没有人施以援手,他们都是一群任人宰割的羊。《人羊》将当时的社会现实直接展现出来。"二战"中,日本扮演了侵略者的角色,给亚洲人民带来了深重的灾难,而由一个称霸世界的军事大帝国一下沦为了"殖民地",让众多接受了军国主义教育的日本年轻人彻底失去了信仰。被占领后国民任人欺凌的现实也是不可避免的。在这里,"人羊"象征了"战败的日本",美国人对"我"做出了伤天害理的事,"我"却像羊一样默默忍受,毫无反抗。国家战败了,国民随之失去了自由,一切都听凭强大的美国的意志行事。在这个被剥夺了"自由"的社会中生活,人们越来越感觉到强烈的闭塞感。在批判美国的同时,大江也为国民的"羊"的行为感到困惑不解:难道我们一个战败国连反抗的勇气都没有了吗?大江在以一个启蒙者的身份"哀其不幸,怒其不争"的同时,更以一个人道主义者的身份深深关注着国民,关注着日本的未来。

可以说,以表现"监禁状态"下的危险来唤起人们的警醒为基点,大江笔下的危机意识在不断地延伸,从个人危机到社会危机及至人类危机,在其小说创作中,得以全面、细致地揭示出来。然而,大江不仅是为了揭示而揭示,揭示的目的是引起人们的重视,引导人们去正视危机并为寻求解决危机之路而共同努力,亦即通过思想上的启蒙和文化上的批评来解决现实问题,找到正确的文化发展道路。

(二) 反战思想与和平意识

大江健三郎对第二次世界大战只有儿时的记忆，因为日本战败投降时，他只有 10 岁。他与战争的关系，主要表现在他对那场战争的认识上。因此，日本文学界把他称作"'新'战后派"。他在创作中对天皇制的批判，对日本军国主义的批判，都是他反战思想的具体表现。而蕴藏于反战思想之后更深层的东西，则是他对和平的不懈追求。"贯穿他整个创作的是对人类最基本问题——对追求和平、和谐世界的关心与执着。"①

1. 天皇制批判

众所周知，日本的资产阶级革命不彻底，残存的封建主义仍根深蒂固。这集中反映在天皇制绝对主义这个更根本的问题上。因此，无论是在明治维新的近代，还是"二战"后的现代，日本文学界都重复着启蒙之歌的命题。就"二战"后来说，从 1945 年 8 月 15 日以后的社会转型混沌期，到 1946 年兴起的、以反对绝对主义天皇制和确立近代自我为开端，迈出了战后文学启蒙运动的第一步。战后文学的主流就充满了批判精神，这场战后启蒙运动于 1950 年随着战后文学终结而基本告一段落。但是，这并不意味着上述战后启蒙的两大任务：反对绝对主义天皇制和确立近代自我已大功告成。战后，随着经济的复苏，国家主义风潮已经伴着暴力卷土重来。最明显的例子，就是日本战败后，被远东国际军事法庭判为 A 级战犯的岸信介，在 1957 年 2 月接手了内阁。他曾经是签署开战诏书的内阁成员之一，然而不到 10 年时间，他居然成为内阁总理大臣，掌握着国家的最高权力。容许一个战犯掌政，这其中虽然有着自民党内部的派系关系，以及当时国际形势下微妙的日美关系等原因，但是从根本上讲，这反映了日本国民的政治感、道德感和正义感的贫乏。国民的政治感、道德感、正义感的贫乏不仅妨害了日本的民主化，同时也势必对战争中受到侵略的国家表现出一副不负责任、不思反省的态度。在这样的文化大背景下，一向以"战后文学继承人"自居的大江健三郎，极力揭示天皇制的实质及其对现代日本人的思想禁锢，以及主张主体的自我觉醒，并通过其文

---

① 孟庆枢：《二十世纪日本文学批评》，吉林人民出版社 2009 年版，第 345 页。

学创作，对天皇制发起了挑战。

以暗杀社会党委员长浅沼稻次郎的右翼少年山口二矢为模特儿的《十七岁》及其第二部《政治少年之死》，分别发表于《文学界》1961年1、2月号，小说描写的是一个平凡少年接近右翼并走上右翼极端的过程。在大江看来，天皇制及其影子的根深蒂固就是日本当时的现实，大江所要表现的，是在背后支撑右翼的天皇制。小说中在主人公"我"和"姐姐"之间的一场争论中，通过当时社会状况的代言人"姐姐"的逻辑，展现出，"日本大多数人"都被"会繁荣日本经济"这片叶子遮住了耳目，看不到保守党、美国、天皇制三位一体的现行国家政治体制衍生出了扭曲的战后价值体系这一深刻现实。而这种扭曲的价值体系，恰恰是"我"成为右翼分子的精神土壤。

近代天皇制是绝对天皇制，它首先是作为政治机构出现并统治民众，同时，它还被当作了获取国家独立的强有力能源，所以，天皇制一贯是与国家主义联系在一起的。战后，近代天皇制以现代象征天皇制的形式继续存在，但由于绝对天皇制是在外力作用下解体的，所以，尽管战后人们接受了民主主义教育，却并不意味着长久以来蓄积在头脑里的天皇崇拜思想会一举烟消云散。以"尊皇"为第一要义的右翼团体"大日本爱国党"党员山口二矢暗杀浅沼委员长的事件，就足以显示出天皇崇拜思想的根深蒂固和象征天皇制的隐蔽性。

大江在谈及这两部作品时曾说："我是从描写日本右翼政治少年的心理和行动这个很现实的目的出发的"，① 然而此后他又说："我并不是为了直接研究日本右翼。更本质地讲，它拓宽了我对根深蒂固普遍存在于我们的外部和内部的天皇制及其影子的印象"。② 这看起来互相矛盾的两种言说，却正是大江健三郎对日本社会普遍的崇皇思想的最清醒、最真切的认识。

---

① ［日］大江健三郎：《自撰年谱：昭和文学全集》，《开高健·大江健三郎集》，东京角川书店1963年版。

② ［日］大江健三郎：《作家能够反对政治吗》，《大江健三郎全作品3〈卷末论文〉》，东京新潮社1966年版。

故事的讲述者"我"是一个普通中等家庭的 17 岁的高中生，一个偶然的机会，"我"的同学邀"我"为在站前广场演说的右翼当"托儿"，皇道派首领的狂热演说使"我"第一次找到了自己。以此为契机，"我"加入了右翼团体，学习爱国主义和崇拜天皇的思想。不久，"我"就参加了袭击左翼游行队伍的暴力活动，对左翼学生大打出手，并从中获得了相当的快感。然而，促使"我"加入右翼的根本动机，与其说是对暴力的憧憬，还不如说是要获得对他者的优越感。战后进入日本人思想结构中的民主主义思想和理念，现实中并没有真正成为日本人思想行动的原动力。1960 年以前的超国家主义，在"我"实施恐怖活动成功的一瞬之间被具体化，并得以显现。大江正是通过这一角度，揭示了天皇制支撑下的超国家主义对人们的迷惑。由此，我们不难发现，大江对战后天皇制与民主主义的并存是心存疑念的，对战后民主主义无法真正进入日本人头脑中去的现状也万分忧虑。所以，与其说这两部作品是大江对天皇制本身的否定，莫如说是他对民主主义思想尚未完全得以贯彻的战后日本现状的忧虑和批判，也是对日本人身处危险境地却又浑然不知的状况敲起的警钟。天皇制的危害，敏锐的大江看到了，他要通过自己的文学告诉人们这一切，唤起人们对国家主义的警惕。

在这些作品中，大江除了表现出对民主主义思想的精神坚守，还有对日本独特的民主主义体制的深切质疑和忧虑，并且昭示了允许天皇制存续的日本民主主义的脆弱和天皇制自身所蕴含的暴力因素。

在《迟到的青年》（1962）这部长篇小说中，大江描写了一位受天皇主义教育的少年的成长经过。这位少年在幼年时，父亲常给他灌输军国主义思想，并教育他好好锻炼身体，长大后好去当兵。少年听了父亲的话后平时走路改为跑步，打扫教室时总是搬动重的桌椅。而指望少年去当兵的父亲去世后，日本战败的消息传到村子，少年死也不信。他还认为："哪是战败，简直是瞎说！还说天皇陛下播放了战败宣言，尽是胡说八道。"少年执迷不悟，还天真地想："只要天皇活下去，自己宁肯去死也无所谓。"这个少年的行为实际上是出于对天皇恐惧心理的一种反应。大江健三郎通过描写这位少年的成长，表现了日本战后初期丧失绝对的天皇伦理道德观后所产生的思想混乱。

　　距《十七岁》、《政治少年之死》约10年以后，大江健三郎又发表了同是以天皇制为主题的《我自拭泪之日》（1972）、《月亮男子》（1972）。虽然黑古一夫认为，20世纪70年代初的这两部小说没有充分实现对以温存方式存在的象征天皇制的攻击，但是，从以小说正面与天皇制交锋这点来看，它们是《十七岁》、《政治少年之死》的延伸。自1976年的《替补跑垒员调查书》时起，大江健三郎意识到象征天皇制的问题也是国家的问题，并开始从国家的角度审视天皇制的问题。在《替补跑垒员调查书》中，天皇制是作为与国家统治形态不可分割的意识形态出现的，这使得天皇制的主题与长篇小说《洪水涌上我的灵魂》（1973）以后渐次明显的"反国家"的可能性得以结合在一起。《同时代的游戏》（1979）可谓这种结合的丰硕成果。在这部作品中，大江健三郎设置出"双重户籍"制度，以此与以天皇为顶点的大日本帝国抗衡，与前来镇压国家叛逆者的皇军作战。这些作品的问世都证明，即便是在《十七岁》、《政治少年之死》受到不公的待遇以后，大江健三郎也依然无法放弃对日本人到底应该怎样对待天皇制这一问题的思考。

　　一般认为，《别了，我的书！》表现了反对"天皇制"的思想，是对日本现实进行的深刻理性批判，具有鲜明的国民反省意识。小说的主人公古义人是曾经获得过国际大奖的作家，椿繁则是美国一所大学的教授、建筑学家。两人为了对抗世界规模的巨大暴力，组成"奇怪的二人组"，策划"老人之愚行"：首先炸掉东京的最高大楼"六本木"，并把它录成影像，然后以网络的形式向全世界传播。作品中"奇怪的二人组"策划的"愚行"，其宗旨在于"矫枉过正"，暴露时代的潜在危机。大江先生以与时代同呼吸共命运的危机意识把握时代的脉搏，以带有"煽动性"的"愚行"对抗世界规模的暴力行径，向人们发出警示信号。

　　"天皇制"可以说是战后日本文学在主题上的一个空白。因为属于意识形态上的禁忌，所以也就成为日本战后文学表现领域里不可逾越的"雷区"。这种状况本身就正好说明了日本战后民主主义的脆弱及日本战后文学的脆弱。在这样的时代风潮之下，大江健三郎以《十七岁》、《政治少年之死》以及其后的若干作品，对这种现状提出了异议。这一方面可以说是大江健三郎对战后文学空白领域的大胆挑战，另一方面也可以说是一个作家意欲摆脱一切禁忌、寻求创作自由的决心。大江健三郎将同时代的历史作为与自己的作品共生共存的事物来看待，并以自己崭新、独特的文学方式加以表现。从这一点上讲，在天皇制禁忌依然根深蒂固的今天，大江健三郎的努力实属难能可贵。

2. 反核非核思想及"乌托邦"的构建

毕竟是生活于战争结束之后，大江健三郎对战争的反对，不同于那些有着直接战争体验的作家，他反战的切入点，主要在于对引起战争的内在因素的探索和揭露上，在批判中表达其追求和平的人类普遍理想。而在其和平理想的表达中，最明显的，莫过于在创作中所表现的反核非核思想以及对人类的避难所"乌托邦"的寻求和建造上。

大江自20世纪60年代初至今一直把核问题和人类和平作为创作主题。他自1963年去广岛调查，发表《广岛札记》之后，先后发表了《核时代的想象力》、《核时代的理想之国》等作品，并在日本国内外多次演讲呼吁人类应超越种族、肤色、国界及文化信仰的差异，共同创造和平的未来。

在1963年之后大江的小说创作中，挥之不去的是恐怖的核阴影。《个人的体验》中，作者借火见子之口担忧鸟的畸婴"大概是被核污染的雨影响的吧"，担心"也许会爆发彻底毁灭世界的核战争"[①]，小说还提到苏联的核试验。而《摆脱危机者的调查书》、《核时代的森林隐士》则用科幻的形式，直接描写了未来的核战争，给世人展示了如果不约束、不停止核备战，那么这就是未来的黑色启示录。直到后期的《别了，我的书!》中，作品的主人公长江古义人还为多年奔赴的核废除无一丝迹象而失声痛哭。

长篇小说《摆脱危机者的调查书》，是展示核威胁造成的社会政治动荡以及人们的心理恐慌的典型作品。政治经济集团的纷争由于核武器的存在或可能存在而剧烈升级，因而变成人类性质的危机。核武器能造成新的权力结构。掌握核武器的人，可以以全体人民为人质，摧垮民主政治，获

---

① [日] 大江健三郎：《个人的体验》，王中忱译，光明日报出版社1995年版，第47页。

得天皇般的极权地位。小说中的大资本家便是为了达到这一目的不惜巨款赞助民间集团秘密制造原子弹，进行大规模的恐吓活动。

但是大江对核问题的把握有自己独特的视角。大江文学一贯将"残疾儿"与"核"联系起来进行叙事，正是想通过将有着最强破坏力的"核"与最弱的"残疾儿"进行对比，来揭示世界处处充满着对人类不友善的扭曲的现实存在。在1983年创作的作品集《新人呵，醒来吧》中，大江运用隐喻的手法，将布莱克的长诗与现实世界的局势相联系起来。作品中大江对"残疾儿"与"核"问题作了如下的认识：

> 残疾儿没有能力和制造核武器使用核武器的人平起平坐，显而易见残疾儿的双手也不会沾染核武器。可是，一旦他们生活的都市遭到核武器袭击的话，他们却会最容易被核辐射打垮。所以他们有反对核武器的正当权利。……
>
> 如果有一天这些话作为口头禅从义么的嘴里说出来的话，他的内心还能再次转变回原来阳光的心境吗？那时作为父亲的我，也会被核武器的局势所打败而萎靡不振吧？我想到了这些事情，并讲了出来。所以我力图说服女教师，我们要给残疾儿展现悲惨的现实，并要考虑设定一种装置，得以把他们由此受到的冲击向理想的方面转化。①

他以一个完全没有能力与"核"相对抗的残疾儿的角度，来抨击有着巨大的破坏力的"核"给人类当下的生活和未来带来的阻力与障碍。

核危机与反核是大江小说中反复出现的主题，或直接表现，或间接涉及。作品对于人类近乎末世预言般的描写并非故意耸人听闻。核武器对人类的威胁，至今仍在增长。《摆脱危机者的调查书》中所描绘的巨大危险依然存在。自写《广岛札记》到现在，大江健三郎一直在以各种形式进行反对核威胁的斗争。在日本战后作家中，写过反对核武器和核威胁作品的人固然为数不少，但像他这样持之以恒地进行反对核威胁斗争的人却屈指

---

① ［日］大江健三郎：《新人呵，醒来吧》，讲谈社文库1995年版，第183页。

可数了。

　　一直以来，日本政治家们一面在倡导"无核化三原则"，另一面却在美国的核保护伞的荫庇下幻想着未来的和平。面对国家这样危险的核状况认识，大江毅然加入了"九条会"来呼吁真正的"和平"。作为一个有良心和责任感的作家，他始终将自己定位为一个"社会参与型"的作家。在面临世界可能会因此而走向终结的令人绝望的核局势时，大江始终在自己的文学中发出抗议的声音与信息，并力求探索人类能够与此危险局势相抗衡的方法。这种方法，在大江的创作中，就是"核时代的乌托邦"。"核时代的乌托邦"，这个说法是大江健三郎给他的友人堀田善卫的信件[①]的题目。一般而言，私人信件是不需要题名的，可以推测，这封信显然不是仅向堀田善卫一个人倾诉的，而是写给生活在核时代的所有的人。在信中，大江明确地表示出，处于核时代，乌托邦在这个世界上已经不存在了，已经不可能有逃离核威胁的自由场所——这是我们所有人生活的时代背景。那么要在如此险恶的时代中继续生存下去，只有衔着希望的种子。而这种希望的种子，直接来源于他与脑残疾的儿子大江光的共同生活。大江将自己身患残疾的长子这一"个人"生活的危机与"核问题"这一"全人类"共同面临的生存危机联系起来，通过"核时代残疾儿如何生存"这一想象力的深入发展，揭露出核时代人类生存状况的严峻。在对核状况加以认识的同时，大江又通过想象力，创作出乌托邦——理想国的形象。早在1966年，他就在一篇题为《乌托邦的想象力》的文章里，第一次提出了自己关于乌托邦的设想。其后，他经常不断地在自己的小说随笔和谈话里进一步具体细致地描述乌托邦的内容。

　　《同时代的游戏》可以说是他所写的一部有代表性的乌托邦小说。这部长篇是经过作者周密设计和考虑之后写成的，是他的重要创作成果之一。全书由六封信组成，其中三个不同时间、层次的事件交织在一起，共同在一个平面上展开，即几百年前山村的建立过程，昭和初年村民和大日本帝国军队的50天战争，"我"所参加的现代反体制运动。六封信中，最

---

① [日]堀田善卫：《历史的长影》，筑摩书房1986年版。

令人感到兴味的是第四封信,即"武功赫赫的 50 天战争"。这封信生动地描述了武装精良的大日本帝国正规军与普通村民百姓的斗争过程,刻画了敢于与强权作斗争的不屈不挠的英雄形象。在这些英雄形象身上寄托了作者的希望和理想。在日本历史上当然不存在这样一场战争,它完全是作者头脑中的产物。作者借此表现自己的乌托邦理想:"这场战争是以非常喜剧性的方式进行的,但它也是这部小说最富于悲剧性的地方,我认为森林是无限的。在这种无限的森林之中不能生存下去的村里孩子们,被徐福式的真正领导者所指引,创立别的共和国,这是我的梦想。我认为这部小说的基本主题就是表现这种方向。"

1986 年作者又出版了一部具有浓厚乌托邦色彩的长篇小说《致令人怀念年代的信》。"我"是作家,住在城市;"义兄"是"我"小学时代的老师,住在森林。"义兄"在森林里创建了一个根据地(即公社),但后来由于一个突发事件而瓦解。这说明根据地虽是为人们所欢迎的,但毕竟不能长久,是理想化的和非现实的。作者曾在该书出版后不久说过:"如今要是具体地考虑到应有的未来,那么出现的仍然是'公社'。一个集体的成员,彼此大体了解在做什么,但却不大加以限制。这种'公社'里才有所谓'美好的村庄'。我觉得大家在那里生活,岂不是最好的吗?"这或许就是作者心目中乌托邦的情景吧。可惜的是,"义兄"的根据地垮台了。从这里我们不难看出,作者既希望出现这种根据地,又对它的出现持悲观态度。但悲观不等于绝望,大江健三郎始终没有放弃希望。

大江在对话录《寻找乌托邦,寻找物语》(1984)里说,自己所谓的乌托邦存在于"森林和山谷"。不过他又加以解释道,这个"森林和山谷""虽与实际存在的东西相似,但又似是而非"。可见,大江将"根据地"的地点锁定在四国的"森林峡谷村庄"。也就是说,大江笔下的"乌托邦"就是以大江故乡四国的森林、峡谷、村庄为场所的具有与以东京为中心的主流文化迥然不同却又充满鲜活生命力的边缘文化特色的区域性场所,是边缘人群对抗中心的领地,更是危机世界中人们灵魂的栖息地。

大江有很深的故乡情结,故乡的森林峡谷、自然风光、从祖母处听到的神话传说故事等对大江产生了深远的影响,大江此后的几乎每一部作品都与"森林峡谷"这一意象发生着联系。在这些作品中,森林峡谷不仅是"乌托邦"建立的场所,更是"乌托邦"本身。早在大江创作初期的小说《饲育》这部作品中,就出现了"乌托邦"影子。作品中,"森林峡谷"成为被俘虏的美国黑人大兵与村庄里的孩子之间自由玩耍的空间。在黑人大兵到来之前,森林中的村庄就是孩子们眼中的世外桃源,没有烧杀抢掠,没有战火纷飞,偶尔飞过森林上空的飞机在孩子们的眼中不过是一只大鸟而已。黑人的到来引起了孩子们短暂的惊慌,但当与黑人相处日久而黑人又暂时没有被任何外力所强迫时,他很快就融入了孩子们的"乌托邦"中。孩子们一开始轮流照看黑人,随后打开了他的镣铐,并带他去洗澡,当孩子们看到黑人"那英雄般威风凛凛,粗大壮实得令人难以置信的极美的生殖器"(《饲育》),听到黑人嘴里哼哼着听不懂的思乡之歌时,才发现"这家伙,和人一样呢"。在这里,作家以人道主义的情怀构建了一个暂时没有被战争异化的美好的"乌托邦",寄予了作家美好希望的主人公"我"和黑人在"乌托邦"里幸福地生活了一个夏天。而后来黑人以及"我"的童真的被扼杀说明了战争条件下"乌托邦"思想的不成熟,但我们却也可以从中感受到大江对那样一个田园牧歌式的理想社会的向往。

《饲育》之后的作品中,大江一直在致力于这样一个理想社会的建立。早期创作的小说《拔芽击仔》中,传染病的流行意外地让森林中的村庄暂时成为一群被隔离的问题少年们以及被遗弃的少女和朝鲜族少年的天堂。他们随意地选择房屋,村民们遗留下来的东西成为少年们肆意挥霍的对象。没有约束的他们整日围在操场上点燃的篝火旁享受属于他们自己的冬日狂欢。《万延元年的足球队》中,森林峡谷仁慈地接受了现实中不断碰壁、处于极度自我焦虑状态的人们,成就了他们未曾实现的梦想,治愈了他们心灵的创伤,让他们积极地投入到正常生活的轨道中去。在《同时代的游戏》中,"乌托邦"更是以"村庄=国家=小宇宙"的具体形式出现,百年前,"破坏人"带领着一群村庄的原始创建者们翻山越岭,来到了森林峡谷,建立了远离天皇文化中心的村庄。为了维持一个不同于"天皇国家",即"现代日本"的世界,村庄的人偷偷实行了双重户籍制度,即为了免除兵役而实行的两个人报一个户口的制度。当秘密败露之后,村民们打起了"不顺国神、不逞日人"的口号与前来寻衅的天皇军队展开了一场充满创意的战斗。《燃烧的绿树》三部曲中，作者将探寻"乌托邦"的触角伸到了森林峡谷中具有宗教性质的秘密团体中去。在这个远离外界的环境中，人们被"义哥"神秘的治愈能力所吸引，纷纷来到这里，当人数达到一定数量时，便盖起了教堂，制订了祈祷词，成为一个新兴的宗教组织。在这里，每个人都是平等的，大家相亲相爱，和睦共处。这样一个"教团形式的乌托邦"也成为大江探索路上的重要斩获。《空翻》延续了《燃烧的绿树》探索"乌托邦"的老路，曾宣布弃教的"师傅"重新组织了教团，为了不让教团走上原先的老路，师傅投火涅槃，将教会留给了年轻人，组成了"新人教会"，彻底成为一个"拯救灵魂的场所"。同样是以"森林中的宗教团体"的形式探索"乌托邦"实现的可能性的作品，《空翻》和之前的《燃烧的绿树》又有何不同呢？最大的不同就在于，《空翻》中，"乌托邦"的理想社会终于成为可能，而此前的所有探索都是以"败北主义"而结尾的。可以这样说，在早期"根据地"的创建中，大江的目光更多地放在了物质层面，而没有注意到与精神的结合，从而这种以物质为基础的"根据地"终究不能长久而过早的毁灭了。之前描写的"乌托邦"形态中，一旦外界强力介入或失去了领导人，那么，"乌托邦"也就面临着解体的危险。因为在经济高度发达的资本主义社会意欲构建独立于主流社会的"灵魂救赎"的根据地，不被主流思想所侵蚀的意识形态领域的建设也尤为重要。《燃烧的绿树》与《空翻》两部作品中，大江在建设"根据地＝共同体"的物质形态的同时，更注重于属于共同体内部的意识形态——教会的建设。因此在《空翻》中，师傅去世了，"新人"教会又开始了活动，作家在"新人"教会的身上寄予了巨大的希望，可以想见，"乌托邦"是可以无限期地运转下去的。小说中，大江频繁地提到"祈祷"、"灵魂的拯救"，祈祷什么？祈祷这个核阴云深深笼罩世界，人已经无处可逃的今天，人们还能有机会走向未来；祈祷人们能在绝望中生存下去。至此，大江苦心经营的理想社会终于在他虚构的小说世界里成为现实。

大江将自己身患残疾的长子这一"个人"生活的危机与核问题这一

"全人类"共同面临的生存危机联系起来,通过"核时代残疾儿如何生存"这一想象力的深入发展,揭露出核时代人类生存状况的严峻。在对核状况加以认识的同时,大江从"灵魂救赎"的角度着手探索人类如何才能在核时代得以生存的问题。初期作品中大江致力于"根据地"这一独立于主流社会的共同体的尝试;后期作品中大江不仅将"共同体"的模式加以具体化,并在此基础上提出了"灵魂得以救赎"的"宗教"思想。至此,大江对"核时代人类生存"的思考在物质和精神两方面都已进行了独特的尝试,这也正是大江对"核问题"认识的独到之处。

(三) 再生与共生的终极追求

从20世纪50年代作为一个学生作家开始,大江就在自己的创作中,把个人、民族和人类命运联系在一起,在经过一番痛苦的人生体验和紧张的精神探索之后,大江渐渐形成了自己独特的创作理念,即以"残疾儿"主题为"原点",从个人的具体性出发,将它们与社会、国家和世界连接起来,借以调谐人与人、人与社会、民族与民族的病态关系,以实现整个人类社会的共同生存和和平发展。

1963年发生的两件事于大江而言意义非同寻常,直接促成了作家创作思想的嬗变和升华:一是头盖骨异常的残疾长子大江光的出生;二是他于8月访问广岛,调查原子弹爆炸的灾难性结果。残疾儿的出世是其个人的不幸,核威胁是人类的不幸,作为具有强烈历史使命感、社会责任感和社会良心的作家,他必须同时承两种不幸于一身。超越个人生存困境、摆脱生存危机遂成为大江面临的现实课题。与残疾儿"共生"的个人体验和广岛调查的启示,促使作者把个人的苦痛与整个人类的灾厄紧密相连。广岛受难者忍受着肉体、精神上的双重折磨,仍然坚韧顽强地与生存危机、生存绝境战斗不息,表现出令作家为之深深震撼的"生的勇气"和"人的尊严"。大江写道:"原子弹受害者们是那样地生活,然而活下来了;是那样的一种存在,然而毕竟是存在的。之所以能够这样,是因为任何人都无法取消他们作为个体的生存这一事实,同时也受到核时代之下人类的生存无法取消的现状直接影响所致。在原子弹爆炸受害者的生与死上,可以看到人类存在的'不可能被破坏'的'显现'最现代的表现,而且我还通过同残疾儿子共同生活发现了它。"① "他们直接地给了我勇气；反过来，我也品尝到了因儿子置身于玻璃箱中而深藏在我心底的精神恍惚的种子和颓废之根，被从深处剜了出来的痛楚。而且，我开始希望以广岛和真正的'广岛人'为锉刀，来检验我自己内心的硬度。"② 大江从个人的体验出发，在与残疾儿共同生活和对遭受核灾难的广岛人的体验与思考中，发现了"边缘人"在卑微生存处境中的"神圣之光"——对生命的关爱。于是逐渐在作品中自觉地表现"边缘"创作意识，执着于描绘生活于极度"边缘"的受灾受难者的世界。

在对"边缘人"的塑造中，在对"边缘"世界的描绘中，大江健三郎所极力表现的，就是个人的"再生"与人类的"共生"。例如《个人的体验》中，鸟在经历了焦虑、恐惧与逃避后，最终毕竟选择了义务与责任。他经历的心灵的炼狱，赢得了自我灵魂的再生。《万延元年的足球队》中，蜜三郎经历过孤独、惶惑、失落之后，最终也承担起养育孩子的责任，选择了新的工作，开始了新的生活。蜜三郎同样经受住了心灵炼狱的煎熬而获得了再生。《新人呵，醒来吧》里，父母艰难地启发、教育残疾儿，直到把儿子培养成为对社会有用之人。大江意图通过"选择"，把人们从精神危机下解脱出来。

《个人的体验》可以说是残疾儿给作家带来的危机意识的最直接的体现。作品中，主人公鸟实际上就是作者本人，鸟所经历的"共生"还是"抛弃"的痛苦的抉择正是大江所经历的。鸟是一个生活在幻想中，对家庭、对社会不负责任的人，虽然已经成人，却还生活在未成年人的混沌状态中。孩子出生以前，鸟谋划着"非洲之旅"。他想，孩子的出生势必会让自己陷入家庭的泥淖中，非洲之行正是逃离现实的一个途径。要逃离现实，说明他对现实并不满意，现实让他感到失望；这正像是处于那个时代的大江，昏暗的现实让大江看不到理想，想要奋发努力却又没有方向感，只能被这种虚无的危机感包围着。正在策划非洲之行的鸟被一个告知残疾

---

① [日]大江健三郎：《小说的方法》，王成、王志庚等译，河北教育出版社2001年版。
② [日]大江健三郎：《大江健三郎自选随笔集》，《广岛札记》，光明日报出版社1995年版，第2页。

儿诞生的电话拉回了他本不想承担责任的现实中，这让本处于危机下的鸟陷入了更大的心理旋涡中。大江何其不是如此？事业、未来本来已经将他搅得焦头烂额，却又不幸生了一个残疾儿，这种情况下，谁又能轻易摆脱深陷危机的命运？

鸟经过一番心理的挣扎，放弃了大学同学火见子的提议，将婴儿从死亡线上拯救回来，做了手术，自己也浴火重生，从此成为一个有责任感的社会人。鸟正是在看似彻底绝望的困境中，摇摇晃晃地挺起身来，并从心底里滋生出自我确认和直面人生的信心和勇气，进而获得了自我的"再生"，作品也因此有了一个鼓舞人心的光明结局。而鸟的重生正是现实中的大江在作品中的表现。很多评论家对《个人的体验》最后那个"光明的尾巴"作了很多的批判，如三岛由纪夫就不无揶揄似的说："这是一部必须以大团圆收尾的那类小说。"① 可作家却觉得最后那个部分是自然形成的，"如果把孩子置于当时连生存本身都很困难的状态，把绝望的青年置于那孩子的身边，就这样结束小说的话，那么，现在当我重新阅读这部小说的时候，一定会强烈感到自己是背叛了那个希望的作家，背叛了内心里想要与孩子走向真实的共同生活的希望——设法与孩子和妻子一同活下去的那个可怜希求。对于生活于现实之中的孩子，现在我也会发现自己是一个无法正视孩子的人，咱的伦理就是与这个孩子一同活下去"。② 产生光明结局的原因很简单，因为这是"个人的体验"，是站在为父的责任和义务上来体验残疾儿生命存在的价值意义，从而获得了直面现实的勇气，也使得作品一脱前期作品中虚无徒劳的陈旧压抑气息，变得更积极、主动，更具有现实性。像每一个不忍抛弃自己的哪怕是残疾的亲生骨肉一样，大江相信明亮的光线势必会照射进来，困难终将会过去。与孩子共生过程中的苦难也是人生必经的磨难，从而不再将其看作困苦，而视为喜乐。所以我们说，大江的创造性正在于他通过体验自身的苦难而上升到人类的苦难，从而具有了世界优秀作家的品格。

---

① ［日］大江健三郎著，尾崎真理子整理：《大江健三郎口述自传》，许金龙译，新世界出版社2008年版，第78页。
② 同上书，第79页。

大江健三郎因萨特而从事文学。但他接受存在主义的影响，不仅仅在于表现世界的荒诞与人生的痛苦，更重要的是接受了存在主义中的人道主义精神，并将其升华为一种"战斗的人道主义"，表现出对人生存价值及意义的终极追求。他的创作从一开始就关注"人"，关注人的生存状况和生存目的，关注人的价值和尊严。人道主义精神自开始便是大江创作的底蕴和"路标"。"我是渡边一夫在人生和文学方面的弟子。从渡边那里，我以两种形式接受了决定性的影响。其一是小说。……渡边给予我的另一个影响，是人道主义思想。我把与米兰·昆德拉所说的'小说的精神'相重复的欧洲精神，作为一个有生气的整体接受了下来。"① 大江健三郎是边缘文化的关注者，更是边缘人的执着关爱者。在大江的创作中，"边缘人"形象成了他关注的焦点。在这些人物中，有痴呆残疾儿、人格分裂者、为世不容者等，他们都苦苦地挣扎于社会"边缘"，他们的世界为一般人所不能理解。他们的精神经常处于极端焦虑与虚无之中，沉沦、幻灭、挣扎、苦斗成为他们无可奈何的必然命运。大江以人道主义的脉脉温情，温暖着他们疲惫、孤独、无望的心灵世界，并试图为水深火热之中的"边缘人"精心构筑一个理性的精神家园，寻觅一条与他们同呼吸、共命运的"共生"之途。

大江的创作是从个人生活的体验出发的，在对残疾儿生活的体验与思考中，大江发现了边缘人在卑微处境中的"神圣之光"——对生命的关爱。这样，在对边缘人生存的关注中，他找到了构筑其文学世界的审美视点——"共生"的主题。所谓"共生"，就是指人与人相互偎依着生存下去。大江的残疾儿子大江光后来成为日本著名的音乐家，这是作家个体生命与个人生活"共生"的主要内容，这种生活体验造就了他文学中的"共生"情境，从而生发了大量的再生原型文本——例如《个人的体验》中鸟选择了与残疾儿共生。理所当然，这种"共生"意念，无疑成为他获取诺贝尔文学奖的一个重要砝码，因为诺贝尔文学奖的审核标准是："不论国籍，但求对全人类有伟大贡献，且具有理想主义倾向的杰出的文

---

① ［日］大江健三郎：《我在暧昧的日本》，《大江健三郎作品集·死者的奢华》，光明日报出版社1995年版，第359页。

学作品。"①"共生"显然是人类最善良的理想之一，是最深刻的人道主义情怀，而这种深刻的人道主义情怀，帮助他的文学达到了具有人类普遍性意义的高度，这种高度又成为他的文学能走向世界的一个重要砝码。

二 大江的随笔：启蒙话语的延伸及向文化批评的倾斜

前面提到，大江说过，小说和随笔是他文学生活中的车之两轮。在小说创作的同时，大江健三郎还写下了大量的随笔、评论，或是对自己的作品进行阐释，或是对社会状况加以评说。这些随笔既充实了大江的话语体系，又以蕴含其中的历史反思及整体思考，显示出大江启蒙话语向文化批评的倾斜。从某种意义上讲，大江的随笔是对小说的进一步补充和说明。大江的随笔与小说是相辅相成的。例如，在创作那部被认为是他的创作的分水岭的作品《个人的体验》的同时，他又写了一部长篇评论，那就是《广岛札记》，说的是太平洋战争末期在广岛遭受原子弹轰炸而受到伤害的人们。在写作其代表性作品《万延元年的足球队》时："也是与一篇作为社会性报告而创作的长篇评论《冲绳札记》同时进行的。在日本带有国家主义性质的现代化进程中，从社会状况直至文化的细部，冲绳人民蒙受了怎样的压制啊！那里的知识分子对这种压制曾进行了怎样的抵抗啊！在太平洋战争的最后时刻，最为沉重地背负着日本现代化中的矛盾的冲绳民众，又付出了怎样的牺牲啊！战后，作为美军在亚洲/世界战略的军事基地，冲绳的人们更是一直在承担着怎样的重荷啊！在这种长期存在的困难中，冲绳又是如何维持其独特的思想和文化并予以创新的呢？我对此作了调查，而且曾打算进行研究。我对冲绳展开的工作，一直持续到今年七月所发表的一系列随笔作品。我的这个经历——在冲绳从事这种时事性和文化性的调查和报告的经历，构成了创作长篇小说《万延元年的足球队》的思想基础。"②总而言之，与小说用形象来表达思想不同，在随笔中，大江健三郎更为直接、明了地表达出他的真实思想。的确，在前面的论述中我

---

① ［法］若利伟、［瑞典］阿司特隆：《诺贝尔文学奖秘史（前言）》，王鸿仁译，中国友谊出版公司1989年版。
② 许金龙：《大江健三郎北京讲演二〇〇〇》，《中华读书报》2000年10月18日。

们也看到，大江是通过小说创作来实现他政治批判与文化启蒙的理想，而我们通过对他的随笔、评论、书信、对谈、演讲等著作的分析研究，也能发现，他通过随笔之"轮"直抒胸臆，直截了当地表达了反战的思想感情。他对日本发动的侵略战争进行总清算，认为日本发动的侵华战争妄图灭亡中国、征服亚洲。日本发动的这场战争是侵略战争，日本对中国和亚洲各国应负战争的责任，只有向中国及亚洲各被害国赎罪、道歉、赔偿，才能得到中国和亚洲各国人民的谅解和信任。这些思想就构成了大江健三郎随笔的反战观。由此，他的反战观就是在随笔中跃然而出。

对中日战争的反省较少直接见于大江健三郎的小说中，这些更多的是出现在其随笔中。他认为日本对中国和亚洲各国应负战争的责任。在随笔中，他不断提醒新日本人，要"反思日本在战争期间对亚洲犯下的罪行"。大江说："我的文学一直是紧跟着战后 50 年日本人的步伐的。我的基本姿态就是不断批评自己周围的现状，把日本人的错误，当成自己的错误来接受。"① 大江没有把自己的随笔与日本这个国家、与日本人民的现状割裂开来，而是在随笔中坚持这种"批评"，并把"批评"定位在对侵略战争进行总清算的高度。他坚持"写作随笔的最根本动机，是为了拯救日本、亚洲乃至世界的明天"。② 他的责任是对侵略战争进行总清算，绝不允许日本重温"大东亚共荣圈"的旧梦。

大江健三郎最难能可贵的是正视当代日本社会所存在的仍然不能很好地认识那段历史、不能以史为鉴的严峻现实而敢于直言。他多次访问中国，并发表演讲，每次都强烈地批判日本的军国主义，批判一些执政者和右翼分子歪曲历史、不承认侵略历史的行径。2006 年访华期间，大江健三郎在北京大学附属中学作了一场演讲，特别谈到了日本与中国的关系问题。他强调指出，造成日本与中国关系紧张的根本原因，在于日本政府的领导者以及那些否认日本的侵略行为并对历史毫无反省意识的日本政治家。他以有力之词，凿凿之言，对时任政府及企图将日本引向右翼道路的

---

① 王新新：《发心中所感斥战争之罪——论大江健三郎随笔的反战观》，《东北亚论坛》2003 年第 1 期。

② 同上。

政治家进行了尖锐的批判。他说：

  现在，日本与中国的关系并不好。我认为，这是由日本政治家的责任所导致的。我在想，在目前这种状态下，对于日本和中国这两国年轻人之间的未来而言，真正意义上的和解以及建立在该基础之上的合作，当然还有因此而构建出的美好前景，无论怎么说都是非常必要的。我想说的是，我认为现在日本的政治家（直接说来，就是小泉首相）对有关未来这句话语的使用方法是错误的。我想就未来这句话语的使用方法谈谈自己的见解，这句话语的使用方法是我年轻的时候从法国一位大诗人、评论家那里学来，并一直认为是正确的。

  小泉首相有关未来这句话语的使用方法是这样的。今年（2006年）8月15日，小泉首相参拜了靖国神社。早在两年前，我就在报上表示，停止参拜靖国神社是开拓日中关系新道路的第一步。长期以来，还有很多日本知识分子持有和我相同的观点。然而，尽管小泉首相的任期行将结束，作为最后一场演出，他还是参拜了靖国神社。于是，他作了这么一番发言：在海外诸国中（具体说来，就是中国和韩国吧），有些人说是"考虑一下历史吧"。国内那些批判者也是这么说的，他们说是"考虑一下目前国际关系陷入僵局的情况吧"。可是，小泉首相认为自己的指向是未来。较之于过去和现在，自己是以未来作目标的，是以与那些国家在未来共同构建积极而良好的关系为指向的。这是小泉首相对自己参拜靖国神社这个现在时的行动所作的发言。

  我们日本知识分子也在很认真地倾听着来自海外的批判。现在，不但政府那些领导人的声音，因特网上很多人的声音也直接传了过来。他们把日本在过去那个军国主义时代针对亚洲的侵略作为具体问题，批判日本现在的政治领导人岂止不进行反省和谢罪，还采取了将侵略战争正当化的行动。

  在那种时候，自己竭力忘却过去，在现实中又不负责任，在说到那些国家与日本的关系时，怎么可能构想出未来？日本周围任何一个国家的领导人以及那个国家的民众，又怎么可能信任这位口称"那是自己的未来指向"的日本政治领导人呢？

对于如此作为的小泉首相的未来指向，我们日本知识分子持有这样的批判态度：这种未来指向最大限度地否定了我们日本这个国家和年轻的日本人本应拥有的真正的未来。

他还直言不讳地直击问题的症结所在："再来看看日本最近的社会氛围，问题就更加复杂了。日本曾侵略中国，给中国人民带来了人员和物资方面的巨大牺牲。战后，日本国以及日本人清偿了这一切吗（尽管这场给中国人民带来巨大牺牲的侵略战争是无法彻底清偿的）？我的答案是否定的。我认为，我们应当面向未来，坚持不懈地赎罪，并为此而不断努力，这才是日本人对中国以及亚洲诸国的基本态度。然而，在今天的日本，却出现了以首都东京都的那位知事为首的一批新的国家主义者，他们不仅想要忘掉侵略中国的责任，甚至还针对现在的中国和中国人民说出和做出一些攻击性和歧视性的语言和举动。"（《大江健三郎北京演讲二〇〇〇年》）

大江健三郎以一个文人的良知和使命感，"以史为鉴"，对那场战争发起总决算。他剖析了日本军国主义发展史，指出日本自明治时代以来通过甲午战争、日俄战争膨胀了军国主义野心，至昭和年代，实际秉承了一条"欲征服世界，先征服亚洲。欲征服亚洲，先征服中国。欲征服中国，先征服满洲，先征服朝鲜"的"明治大帝遗策"。指出吞并朝鲜，殖民台湾，并拼凑满洲国，进而大举进犯中国，这就是日本军国主义者的国策。他认为，如果在记忆里抹去这些历史，那就无是非可言。大江健三郎对军国主义的批判，对右翼思想的谴责，不只是停留在口头上，还以行动践行着他的"以史为鉴"思想。他是位出色的社会活动家。不仅倡导成立了"九条会"①，还成为其中的领头人。他还和一批左翼知识分子一起，在反对新历史教科书（即抹杀日本军国主义侵略罪行、篡改历史的教科书）方面做了大量的工作。大江健三郎所做的一切，无不表明他是在为历史负责，为日

---

① 九条会是在 2004 年 6 月 10 日由包括大江健三郎在内的九位文化名人倡导，号召全民捍卫日本宪法第九条，反对改宪，维护世界和平而成立的民间组织。

本民族负责，为世界的未来负起自己的一份责任。

写下了访谈随笔《广岛札记》，这对他的终生创作影响深远。他不仅真切感受到原子弹爆炸受害者的惊心动魄、骇人听闻却又不被理解的痛苦，而且更深地体会到现代社会里核武器的存在给人类带来的巨大威胁。随笔集《广岛札记》向读者提出这样一个问题：人类应如何超越文化的差异而生存下去。在直接接触广岛人的生活方式和思想以后，反过来他又品尝到自己因为儿子的残疾而深藏在心底里的精神恍惚的种子和颓废之根，被从深处剜了出来的痛楚。他把两者作为有机联系的综合体来加以思考，并规划其行动。也就是说，他同时面对儿子和那些广岛原子弹爆炸受害者频繁的死与生，对残疾和核武器的悲惨后果问题进行"具有普遍意义的人性"的双重思考，以及采取的"战斗的人道主义的"行动。比如，他以最大的爱心和耐心将濒临死亡的幼小生命，培养成一个很有造诣的作曲家；他又以最大的热情和毅力，投入全人类关注的反对核试验运动。自20世纪末至21世纪伊始，面对邪教的蔓延，他对人类的灵魂进行严肃的拷问，向读者提出同样一个问题，也就是人类应如何超越文化的差异而生存下去，共生下去。

在随笔《生的定义》中，大江指出战斗的人道主义属于确信自己的自由与宽容，虽对人类危机颇为悲观却勇敢前进的人。[①] 这种人道主义是坚韧的，但不是冷漠和迟钝的。恰恰相反，它体现了对冷漠的憎恶和对"亲切"的呼唤。在这本随笔的开篇，大江就引证他本人和残疾儿一起生活的经验，为"亲切"下了一个意味深远的定义。大江对于"亲切"这一概念的关心和他赋予它的独特含义，构成了大江人道主义体系的内核。正是从他那天生畸形的脑残疾儿那里，大江看到了希望。因为尽管那个婴儿是以如此畸形的相貌降生于人间的，但他存在于人间这一事实是任何神也抹消不掉的。"于是，我就下决心，给这个'可悲的生命'当证人，证明他生下来了"。这种对于人之生命是任何神也抹消不掉的理念，后来逐渐演变成大江的一个普遍的信仰：人类存在的"不可能被破坏"的"显示"。他

[①] ［日］大江健三郎：《生的定义》，《广岛札记》，光明日报出版社1995年版，第300页。

引证埃利亚德的话说："……我死的时候，你能够把我杀了、烧了、沉进水底、焚尸扬灰，但是你无法把我破坏。……死，比杀更甚的事是早就办不到的。"自称为悲观主义者的大江，依靠这一点对人的存在"不可能被破坏"的"显示"的信仰，终于成为一个"果敢前进的悲观主义者"，而非颓废的悲观主义者，并终而成长为"战斗的人道主义者"。在随笔中，大江还通过关于"某种乐趣"的论述，来表现出其人道主义思想亲切性这一特点。同时，体现了作为悲观主义者的大江对人性、对未来的某种温厚的期待，也体现出了一个文人的良知。在大江看来，人道主义的敌人是那些"远庖厨"却"爱荤腥"的"君子"对被屠宰的生灵的隔膜。他引用了日本作家武田泰淳的作品《无感觉的按钮》来表明以按钮发动核战争者的冷漠。此外，还有与人文精神相对立的对整个人类的危机或无意或有意的遗忘。所以大江在创作中时刻召唤广岛人、残疾儿和心灵破残者的具体的感性形象，表现他们的非人的痛苦，以克服冷漠、麻木，消除理解交流的障碍，并通过与森林、自然、受难者和残缺心灵共栖共生而唤起人类的"亲切"感。大江的人道主义虽是昂然进取的，但并非盲目乐观的。相反，那是在悲观之中勇敢前进的、在孤独之中奋然超越的精神。他在托马斯·曼和鲁迅身上都发现并印证了这种悲观的战斗的人道主义。他认为鲁迅就是"果敢前进的悲观主义者"。如鲁迅先生所言："绝望之为虚妄，正与希望相同。"①

  从《广岛札记》开始，大江健三郎便开始了长时间的反核历程。如果说最初他对日本核政策的批判还有所暧昧的话，那么从1968年以后，他对广岛与核政策的批判开始变得犀利明快。从日本国家核政策实施的角度来讲，1968年是不平凡的一年。这一年，佐藤首相在众议院会议上发表了四项基本核政策，既要坚持"非核三原则"，又要依靠安保条约实现对美国核抑制力的依存；既强烈呼吁废除核武器，又将核能的和平利用作为最重要的国策推进。军事的核能工业在发展过程中，日本当局始终在公开与隐蔽之间摇摆。大江看穿了日本政权的虚伪，在这一年年底，他以"核时代

---

① [日]大江健三郎：《生的定义》，《广岛札记》，光明日报出版社1995年版，第311—312页。

的想象力"为题，连续进行11场演讲，1970年结集为《核时代的想象力》，由新潮社出版。之所以要发挥核时代的想象力，是因为在充满核危机的现代社会中，对于核战争的想象力就应该是生活于其中的民众所必须具备的、作为人的基本素质。而他认为，只有在广岛和长崎，才有人具备了验证我们对核战争的想象力的现实的力量。大江不仅反对核武器，也反对核能开发，他的愿望就是全面禁核，但这种愿望却又不能依靠政府来达成。因此，大江健三郎的系列随笔，如《冲绳札记》（1970）、《核时代的想象力》（1970）、《广岛之光》（1980）、《从广岛到欧洲广岛》（1982）、《核之大火与"人"的声音》（1983）、《广岛的"生命之木"》（1991）、长篇论文《"广岛的心"与想象力》（1995）等严厉批判日本政府在决心不再被核轰炸的同时，却成了亚洲核战争的积极推动者。他坚决要求日本政府脱离美国的"核保护伞"，也就是废除《日美安全保障条约》。但是很显然，在现实的政治框架内还看不到这一可能性。于是，他把废除核武器的期望寄托在日本民众身上。他提示人们，在核时代，核武器的按钮掌握在少数人手里，一般民众绝对不可能拥有这样的权力，所以必须意识到这一基本命题，否则无法抵抗核时代宣传的悖论。他告诫处于核权力外部的日本人，如果不进行有效抵抗，那么今天是核威胁体系中的人质，明天就有可能成为核难民；没有核武器就无法制止核战争这种想法本身就值得怀疑，要做自立的日本人，日本人的命运应由日本人自己决定。在福岛核泄漏之后，大江流露出对日本国民的不信任。如此一来，大江的反核之路似乎没有了方向。但大江并没有因此而放弃，在大江看来，无论怎样绝望也要坚决进行反核斗争，哪怕是一边抵抗一边走向灭亡。他说他所做的一切，就是要在废除核武器的实践中去践履他的职责，即使他还没有完成就会死去，也从来没有停止思考重要的广岛问题。因此，作为作家的他，是在忧郁中度过他的晚年的。他还明确指出，作为遭到核轰炸的日本国民，应该一同来承担反核责任：

  当我们考虑当今世界的核状况、日本以及日本人对此发挥的作用时，我认为可以重新来读一下赛内库尔的那段话。核武器会引发导致人类灭亡的战争，这是有可能发生的事情。但是，作为日本和日本人，是不是可以不断地抵抗那种力量，那种只能用核武器才能解决问题的对立、不停地向前倾斜的力量呢？即便是最后到了世界的末日，日本和日本人也绝对不能说那样做是正确的。日本和日本人有理由必须为此竭尽全力。因为日本人是从现实的核战争中学到经验的最初的人类。[①]

作为一个有良知和社会责任感的作家，为了给战后处于暧昧中的日本社会找到一条明晰的发展道路，大江健三郎也不断地探索、思考着。或许是受到了诺曼·梅勒的影响，他是通过"政治"和"性"这两个概念来把握现代人的重要侧面，并积极地导入自己的创作之中。《我们的性世界》这篇随笔，可以说是大江健三郎这一时期的思想最为集约的表现。我们完全可以这样理解：一方面，《我们的性世界》为《我们的时代》的自我辩明，另一方面，《我们的时代》也是《我们的性世界》的小说形式的注解。在这篇随笔中，大江将现代人分为"政治的人"，即处于"与他者对立、抗争的地位"的人和"性的人"，即"避免对立、趋于同化"、"就像雌性从属于强大雄性那样"从属于绝对者的人这对立的两类。这种二分法虽有过于简单化之嫌，但毕竟是从一个崭新的视角来思考战后日本存在的问题根源的，是一种独特的认识。

凡此种种，我们都可以看到，大江健三郎创作随笔的目的，是要进行全面的社会批判和文明批判，这种深刻的批判意识是他的批判得以进行的基础。在早期的随笔《广岛札记》和《冲绳札记》中，他就已经把自己对历史、现实、思想、文化及生命本体的认识注入其中，使之由单纯的历史记述转化为内蕴丰富的文学意象，使之既具有思想情感和感性生发，又具有对历史的主观认识及哲理思考，鲜明地体现着作家社会批评与文化批评

[①] 《核状况的金丝雀理论》，《核之大火与"人"的声音》，日本岩波书店1982年版。赛内库尔那段话是："人类是要灭亡的。也许，是要灭亡。不过，我们是否应该一边抵抗一边灭亡呢？"该段译文出自黑古一夫《大江健三郎传说》，翁家慧译，中国广播电视出版社2008年版，第152—153页。

的强烈意识。此后的众多随笔，无不是沿着这个思路前进着。可以这样说，大江健三郎正是以自己犀利而独到的批判眼光、强烈而深刻的批判意识关注着日本社会全体和人的存在本身，也因此成就了大江随笔的独特性。

第四节 大江健三郎的晦涩粘连与鲁迅的犀利

大江健三郎与鲁迅的创作都处于社会文化变革时期，出于作家的责任感和良心，他们都想通过文学创作来探讨社会文化的本质及出路问题，以期给国家和民族指出一条与社会发展进步相适应、推进国家和社会健康前行的文化发展道路。然而由于所处的时代及具体的社会环境不同，有着同样目的的文学创作在具体的实践中自然会呈现出各异的风格。正如蒲柏在《论批评》中所指出的："不同的主题使用不同的风格，好比不同的国家、城镇和法庭穿戴不同的服装。"① 大江健三郎所面对的，是第二次世界大战之后的日本。他自己曾说，日本自近代以来，就已经走入了一种难以分明的暧昧状态。为此，他的创作不同于传统的现实主义，不在于再现生活，不以复杂的情节取胜，也不注重人物典型塑造，而以近似荒诞的情节，采用寓意、象征、隐喻的手法，哲理性的议论，给人理性的思考。在创作中一直试图把那近似于疯狂的东西明确地呼唤到自己的意识中，并把黑暗、混沌、悲惨的东西引到明处来，从而表达理性的追求。于是，那种晦涩粘连的文体风格便应运而生。而面对积重难返的20世纪初的中国社会，鲁迅不得不投出匕首、掷出投枪，唯如此，才能削掉毒瘤刮出脓疮，还中国社会以一个健康的肌体，因此他的创作自然带上了犀利的文风。因此可以说，明净精悍的"鲁迅风"是鲁迅反抗社会、疗救国民的文学手段。而晦涩粘连的"大江体"同样是大江健三郎面对暧昧的日本社会所作的文学选择。

在访谈中，曾有中国学者问大江健三郎，如何看待鲁迅放弃了小说，

---

① ［英］拉曼·塞尔登：《文学批评理论——从柏拉图到现在》，刘向愚、陈永国等译，北京大学出版社2000年版。

也没有选择诗歌、戏剧等其他表现形式，而独独选定了杂文？大江健三郎的回答相当明确和肯定，那就是适合和需要。他说："据我所知，在中国自古以来的文学形式中，杂文是不入流的。但是鲁迅选择这种形式，我想是因为他认为这是出于需要。能够表达自己想表达的，短文也无妨嘛。多年来我也一直在试图创造一种全新的、日本前所未有的表现形式，就像鲁迅开拓出杂文这片土地一样，而且要以此向年轻人和孩子们，就日本、世界的问题发出自己的声音。最近的《在自己的树下》就是这样的东西，但是今后还得继续探索。""至于说鲁迅为什么选择了放弃小说写杂文的道路，我是这样看的。我其实觉得鲁迅的短篇小说极好地表达了他想表达的东西。一个作家创作一部长篇小说是要花很长时间的，三年五年，甚至可能十年八年，但是鲁迅没有那么多时间，于是杂文便成了他最好的选择，更何况它在鲁迅那里被用作了投枪和匕首，以便能够及时'应战'。鲁迅逝世60多年了，世界逐渐地接受了鲁迅，这是他文学的力量使然。"在大江健三郎的回答中，非常明确地表明了内容决定形式，形式为内容服务这样的文学特质。同时也证明了鲁迅选择短篇小说、特别是杂文这些短小的文学形式的主要原因，就是出于需要，是为了表达他想表达的东西。具体而言，就是为了使其反抗更为有效，更好地警醒国民。可以这样说，小说是鲁迅用以改造国民性的锐利武器，而杂文则是鲁迅切开社会毒瘤脓疮的手术刀。

　　鲁迅早年就接受了中国传统文化的熏陶，读过许多中国古典小说，并接受了中国民间文艺的浸染，后在外出求学的过程中，广泛接触世界各国的文学。初时对西方的浪漫主义文学产生了浓厚的兴趣，之后受到北欧、东欧、俄国现实主义文学的影响，确立了他现实主义文学的基本倾向。从外国的现实主义文学中，鲁迅不仅获得了可资借鉴的创作方法和艺术技巧，更了解了一个文学家所应具有的社会责任感和使命意识。使得他把对中国劳苦大众的关爱，对国家、民族前途与命运的担忧，化为深厚的爱国主义和人道主义精神，融贯到创作之中。他说：

　　……后来我看到一些外国的小说，尤其是俄国，波兰和巴尔干诸小国的,才明白了世界上也有这许多和我们的劳苦大众同一运命的人,而有些作家正在为此而呼号,而战斗。而历来所见的农村之类的景况,也更加分明地再现于我的眼前。偶然得到一个可写文章的机会,我便将所谓上流社会的堕落和下层社会的不幸,陆续用短篇小说的形式发表出来了。①

因此,他把关于改造国民性的理性思考,化为形象化的文学创作,借小说来刻画现代中国人沉默的灵魂。于是我们看到,阿Q、小D、闰土、华老栓、九斤老太、祥林嫂、爱姑……从鲁迅小说中走了出来。这众多的人物都无一例外的麻木、迷信、愚昧、萎缩,他们便是现代中国国民精神的形象化概括。作为启蒙主义思想家的鲁迅,就是要把封建统治集团在文化思想上对人民群众的戕害和摧残给揭露出来,把愚民政策钳制下国民的精神弱点给展示出来。意在"揭出病苦,引起疗救的注意"。②

如果说,鲁迅是以小说的形式展示出现代中国国民的灵魂以引起疗救的话,那么他的杂文就是他直接刺向旧社会、旧体制、旧思想的一把匕首。鲁迅杂文的创作可以说是与小说同时出现的,并且随着不断向前推进的历史进程在其创作中占据着越来越重要的地位,其数量也日益丰厚,终至超过了鲁迅的纯文学创作而成为鲁迅创作中的重头戏。就如冯雪峰所言,他是"以十余本的杂感评论和散文代替十余卷的长篇巨制"。鲁迅之所以选择杂文,与他所处的时代、社会的需求以及他自身的自觉是分不开的,也就是一个作家自觉的使命感使然。瞿秋白在《〈鲁迅杂感选集〉序言》中这样说:

鲁迅的杂感其实是一种"社会论文"——战斗的"阜利通"(feuilleton)。谁要是想一想这将近二十年的情形,他就可以懂得这种文体发生的原因。急遽的剧烈的社会斗争,使作家不能够从容的把他的思想和情感熔铸到创作里去,表现在具体的形象和典型里;同时,残酷的强暴的压力,又不容许作家的言论采取通常的形式。作家的幽

---

① 鲁迅:《鲁迅全集》第7卷,人民文学出版社1981年版,第389页。
② 鲁迅:《鲁迅全集》第4卷,人民文学出版社1981年版,第512页。

默才能,就帮助他用艺术的形式来表现他的政治立场,他的深刻的对于社会的观察,他的热烈的对于民众斗争的同情。不但这样,这里反映着五四以来中国的思想斗争的历史。杂感这种文体,将要因为鲁迅而变成文艺性的论文(卓利通——feuilleton)的代名词。自然,这不能代替创作,然而它的特点是更直接的更迅速的反顾社会上的日常事变。

这段论述比较全面地说明了鲁迅杂文产生的社会原因、鲁迅本人的贡献以及杂文的特性与作用。

鲁迅从1918年就一直写作富于批判精神的短篇杂感,到了1925年,数量激增,这一情形在此后的1926年和1927年一直持续着。这一现象的出现,正反映了鲁迅杂文与时代社会的紧密关系。从"五四"到"一二·九",这是中华民族在苦难中挣扎的黑暗岁月,也是中国人民进行艰苦卓绝斗争的时代。广大人民同帝国主义和国内反动势力进行着殊死的搏斗。这种搏斗,是那样的尖锐、激烈、复杂而持久。民族矛盾与阶级矛盾相交织,同敌人的斗争与同内部错误思想的斗争相交织。在此情形下,具有敏锐洞察力及极高使命意识的鲁迅,选择了与社会形势相适应,与时代要求相符合的杂文,自觉地去承担起时代赋予的战斗任务。这一选择,使鲁迅成为这一时代的思想界的杰出代表;这一选择,使得鲁迅把杂文这一中国古已有之、外国也有类似体裁的文学样式,改造发展成为一种完全崭新的文体,也成就了一代杂文大师。

1925年的鲁迅,呼吁人们以一种介入、批判与反抗的方式,去改革生存现实,改造国民精神。为此,他要造就一片"崭新的文场",严峻对阵"瞒与骗"的旧式文场。而鲁迅所希望的崭新文场就是:"现在的各种小周刊……却是小集团或单身的短兵战,在黑暗中,时见匕首的闪光,使同类者知道也还有谁还在袭击古老坚固的堡垒。"[①] 于是,"匕首"式杂文写作就成了鲁迅借以批判现实,担当现实责任与人间道义的一种方式。鲁迅自

---

① 鲁迅:《鲁迅全集》第3卷,人民文学出版社1981年版,第24页。

觉地拿起匕首式的杂文这种武器,刺向了旧社会的顽瘤痼疾。他要剔清社会的脓疮,清理出一片新的天地来。他以一个战士的自觉,来努力实现自己的生命价值和意义。鲁迅始终站在时代和社会的风口浪尖,践行着社会启蒙的使命。

在某种意义上,杂文成了鲁迅生命存在的一种方式。在其杂文中,鲁迅以独特、犀利的目光,辛辣的讽刺、批判,观照出整个20世纪中国历史上的理性蒙昧、人性沉沦、生命屠戮,不仅显示着鲁迅杂文在当时的果敢、勇毅,也让世人看到了鲁迅杂文所凭借的生命底蕴,所抵达的社会历史的深度和广度。他也以他的杂文,宣示着自己的"战士"生命抉择及其意义:"真的猛士,敢于直面惨淡的人生,敢于正视淋漓的鲜血。""苟活者在淡红的血色中,会依稀看见微茫的希望;真的猛士,将更奋然而前行。""在这淡红的血色和微末的悲哀中,又给人暂得偷生,维持着这似人非人的世界。我不知道这样的世界何时是一个尽头!""我们还在这样的世上活着;我也早觉得有写一点东西的必要了。"① 他还强调:"叛逆的猛士出于人间;他屹立着,洞见一切已改和现有的废墟和荒坟,记得一切深广和久远的苦痛,正视一切重叠淤积的凝血……"② 由此可见,鲁迅的杂文创作,既是对其反抗绝望的人生哲学的坚守,也是创造自我生存价值的生命意志的显现。

同样是秉持文学武器向社会宣战,大江健三郎却没有选择像他所尊崇的鲁迅那般的犀利,而是以晦涩粘连扯起了大江文学的旗帜。不是大江健三郎不敢对社会发起直接的攻击,不是他不敢大声直言,而是他所处的时代社会,已非鲁迅时那般清晰,已非黑白所能确定,已非是非所能分清。日本120年的近代化进程,已将日本引入一条暧昧的文化道路,让现代的日本社会依然在这种暧昧中纠缠不清。身处其中的大江健三郎在青年时代便感受到了一种"把国家和国人撕裂开来的强大而又锐利的暧昧"。③ 当时

---

① 鲁迅:《鲁迅全集》第3卷,人民文学出版社1981年版,第274、277、274页。
② 鲁迅:《鲁迅全集》第2卷,人民文学出版社1981年版,第221—222页。
③ [日]大江健三郎:《大江健三郎作品集·死者的奢华》,光明日报出版社1995年版,第351页。

的大江健三郎还未能清楚地知道造成这种暧昧的根本性原因,他只能跟大多数日本人一样,咀嚼着这种痛苦的撕裂感。20世纪50年代初的日本处于美国的占领之下,经济又没有恢复起来,所以当时的日本人普遍具有一种朦胧的虚脱感和一种难以消解的积怨。在失去生命的重心而重新寻找自我价值的过程中,许多人迷失了方向。作为一个具有强烈民族情感的青年大学生,大江不甘于如此默默地忍受,他在寻找一种思想,一种能够帮助他认清本国文化的现状并能使他乃至国人重新振奋的思想。于是,他就将目光投向了西方。在大学的低年级时,大江大量地阅读了加缪、萨特、福克纳等人的著作,最后,他把目光停留在萨特的身上。因为萨特存在主义思想中有关世界存在荒谬性的描述、有关自由选择积极的价值取向以及人道主义的精神内核等,与大江内心深处对于日本文化的体验和焦虑一拍即合。正是在对萨特的存在主义思想的接受与超越中,大江健三郎找到了最适合表达自己所想表达的东西的方式,那就是以近似荒诞的情节,采用寓意、象征、隐喻的手法,哲理性的议论,给人理性思考的同时,试图把那近似于疯狂的东西明确地呼唤到自己的意识中,并把黑暗、混沌、悲惨的东西引到明处来,从而表达理性的追求。这就是晦涩粘连、不易读懂却独具特色的大江文体。正是用这样的文体,大江健三郎给我们开辟了一片崭新的天地。

在《大江健三郎口述自传》中,大江说到,"至于小说的'文体',在仔细阅读和对比渡边先生翻译的皮埃尔·加斯卡尔的译著和原著后,我创造出了自己独特的日语文体。"①

在大江健三郎第三次访华时,陈喜儒先生曾提出这样的问题:"大江先生的小说语言独特,对于我们研究日本文学的人来说,都很艰涩难懂,不咬着牙,难以卒读,那么先生为什么选择这样一种文体呢?先生是否认为,非如此则不能表达您的思想?但这样是否会影响您作品的传播和接受?"大江先生是这样回答的:"关于我的语言,读者不太喜欢,书卖得不多,这是明显的事实。但我想说,不是作家选择文体,而是文体选择作

---

① [日]大江健三郎著,尾崎真理子整理:《大江健三郎口述自传》,许金龙译,新世界出版社2008年版,第24—25页。

家，主题、作品思想、素材选择作家。"如此的回答，颇为玄妙，听来让人一时难以理解。不过在大江先生题为《致北京的年轻人》的讲演中，他给出了较为具体的解释："第一，我想创造出和已有的日本小说的一般文体不同的东西。关于这一点，迄今为止，我不改初衷。我的小说创作的动机之二，是想描述自己在战争时期的童年体验和战后民主主义时期的青年时代的生活。在创作探索的基础上，重新给自己的文学进行理论定位。"可以说，正是这种独特的文体，加之崭新的文学观念，强烈的社会参与意识，构筑并展现了独特的大江文学世界。

　　日本学者吉田三陆教授指出，大江文学作品的一个空前新颖的特点是其奇崛的语言风格。在与吉田三陆的访谈录中，大江健三郎也坦言："我的意图是通过使用一种与日语格格不入的句法结构去摧毁日本语。我是雄心勃勃的，我以一种完全是毁坏性的意图来创作小说。"因此，大江健三郎将文学语言视为对规范的一种偏离，一种语言暴力，从而在文学叙事上，使用了一种完全脱离语言惯例的日语。而这种语言风格，又得益于巴赫金狂欢化理论的影响。巴赫金的复调理论曾对东西方文坛产生了重大的影响。他以"文学狂欢化"、"怪诞现实主义"来解释拉伯雷《巨人传》的话语意义。而学法国文学出身的大江健三郎，接受了经过巴赫金理论化的拉伯雷，并使之在其创作中发挥重大作用。可以这样说，大江健三郎是以怪诞现实主义和狂欢化的语言摧毁正统的日本文学及其语言。在这一方面，大江健三郎与鲁迅的选择是一致的。

　　韦勒克在《文学理论》中谈道："特别是在那几种语言传统相互争据主导地位的时代与国家中，诗人对某种语言的使用、态度以及忠诚不仅对这一语言体系的发展是重要的，而且对理解它的艺术也是重要的。"[1] 语言是思想的媒介，是文学创作的载体。思想的反抗和创造，必须落实到语言，也只有落实到语言，才是真正的反抗和创造。因此对于作家来说，创作新形式以摆脱旧形式的束缚，最彻底莫过于创作新的文体，催生新的语言，也就是要创造新的语言。在这一点上，鲁迅的成绩是斐然的。鲁迅不

---

[1] ［美］韦勒克·沃伦：《文学理论》，刘象愚等译，生活·读书·新知三联书店1984年版，第187页。

只把语言变革简单地视为"文的形式"的变革,而是从他深刻的文化批判意识和改造国民性的一贯主张出发,把他的语言实践纳入对传统文化和政治制度的批判与决裂的过程中。尽管他终其一生对民族语言的改造发表了许多极其尖锐的言论,他对传统语言采取的并不是全盘的否定,而是从西方、民间汲取精密的、生动的语言成分,对中国语言进行创造性的转化。除了上述对传统语言的变革之外,鲁迅小说还善于把口语与书面语、白话文与文言文相结合,这既是鲁迅对语言传承性的深邃洞察,又显示了鲁迅小说的语言系统在中国语言变革中的历史性,还生动地表现了鲁迅文体富有生命力的艺术个性。在谈及自己的文体时,鲁迅这样说:"没有法子,现在只好采说书而去其油滑,听闲话而去其散漫,博取民众的口语而存其比较的大家能懂的字句,成为四不象的白话。这白话得是活的,活的缘故,就因为有些是从活的民众的口语取来,有些是要从此注入活的民众里面去。"① 由此可见,"活"是鲁迅变革语言的根本目标。在民众口语的基础上,融会中外古今雅俗,形成了富于变化、内涵丰富的文学语言体系。在鲁迅的小说中,我们可看到,既有雅而不俗的白话语言,不带任何的口语化意味,又有纯粹的白话口语以及地方色彩浓重的民间语言,也有文言书面语辞和白话语言相互交织渗透、难以分解,欧化的句法结构穿插其中的句式,更有完全意义上的文言用语及文言段落、句式等。

可以说,鲁迅一生都未停止过对于文学形式的探索。他可以说是中国现代最杰出的创造新形式的巨匠。从冯雪峰的回忆录中我们得知,鲁迅在形式上的探索到晚年也没有停止,甚至还有所加强。他不断探索新形式,绝非单纯为了显示其天才创造力,为所谓的创造而创造,而是为了挣脱既有形式的束缚,这才是唯一的和最终的目的。从本质上说,新形式的探索甚至也包含了自我否定,即打破自己亲手创制的形式的惯性与惰性。在中国现代文学史上,没有谁能够像鲁迅那样,以无所不包的杂文,将小说、抒情散文、小品、长篇学术论文及政论文等新形式综合起来,完全打破体裁的界限,创造了一种更加能够发挥现代汉语"自由说话"精神的中国现

---

① 鲁迅:《鲁迅全集》第4卷,人民文学出版社1981年版,第384页。

代独异文体。

　　同样，大江是个对文体极其关注的作家。"在尽可能表现多样事物，表达超越伦理的多重内容这一创作方针指导下，自己要表达自己的东西。为此，文体本身就成了必须要考虑的事情。因此，我认为不是在内容的层面表达自己独特性的，在所书写内容的文体中，就能够把自己的文学的独特性全部表现出来。"① 由此可见，大江把文体和自己文学的独特性及作家的思想紧密联系在一起。在他看来，新的文学的产生，就意味着新的文体的创造。

　　大江健三郎的创作既反对规范的古典文体，也反对个体主义的特异文体，而主张感觉与知性结合的"比喻·引用文体"。也就是说，比喻是感性的，引用是理性的，两者邂逅而形成大江文体的特质。

　　在《小说的方法》中，大江这样写道："一般都认为日本文学意象丰富，将其誉为绚烂的美的世界。但是，许多作家认为，它仅仅是一些静态的、死板的意象在同一平面的罗列。因此，为了使这些静态的意象鲜活起来，才导入了大量的比喻。"②

　　一般认为，比喻作为修辞的一种，仅仅是语言的装饰。随着认知语言学的发展，比喻被认为是更好地传达日常生活的感觉，创造新的感觉世界的有效的手段。比喻式积极的认知的过程，是对外部世界感知的认知模式。通过比喻形成的体验，是新的认识和象征世界的入口，比喻所唤起的新的感性体验不是不可理解、捉摸不定的存在，而是具体的、可感的意象。

　　大江早期文学作品中比喻的广泛使用，与法国存在主义文学的影响是分不开的。他在自己的创作谈中，对比喻在文体中的作用有着深刻的认识："简单地说，困扰我的，就是一些非常技术性的问题。比如明喻在法语文章和日语文章中所占的比例是大不相同的。很难想象，日本作家用日语文体所形成的精神构造去接受法国文学的影响。"③ 大江认为，要接受法

---

① 转引自兰立亮《大江健三郎小说中的文体初探》，《日语知识》2003年第10期。
② ［日］大江健三郎：《小说的方法》，日本岩波书店1998年版，第85—86页。
③ 兰立亮：《大江文学与隐喻思维》，《解放军外国语学院学报》2003年第5期。

国文学的影响,必须要改造传统的文体模式。于是他大量运用比喻,使自己的文体富于感性的同时,也赋予了文体更深的内涵。

因此,大江作品"从内容到形式都突破摒弃了那种追求肤浅的外在冲突,缺乏对人的内部精神领域开掘的传统手法,而刻意表现战后社会政治、经济变动中转换了的当代意识,展示战后的人际关系和人物的心态变化"。① 他用带有现代意识的全新的艺术形式,以荒诞的隐晦、离奇的暗喻、混乱的抽象、象征的烘托来深刻地反映现代日本人对社会的厌恶、绝望感。在大江文学中,比喻文体的表现扮演着重要的暗喻、讽刺和批判的角色,同时成为发挥文学想象力的一只重要的翅膀。但比喻文体的表现,只能在容许的范围内,并不能无限制地扩大,相反它是受到引用文体的理智性的制约,使比喻文体的感觉性纯粹化和洗练化,以保持想象力的作用。

借助于这种"比喻·引用文体",大江尽情地在"虚构与现实相重叠的世界"中驰骋,正如瑞典皇家学院称他的作品那样:"创造一个想象的世界,把生活与想象浓缩成今日人类困境令人惊悚的形式。"他这种借助虚构与幻想的表现手法,既深深地烙印着东方传统的泛神论式的自然观和日本式"部落"的传统观念的印记,又带有浓郁的西方存在主义哲学、文学色彩。举例来说,《万延元年的足球队》开卷首句:"在黎明前的黑暗中醒来,寻求着一种热切的'期待'的感觉,摸索着噩梦残破的意识。"这是大江的文体的规范句。它既表现感觉的观念,又表达了理性的思考,为现实与虚构、现在与过去故事交替展开,为在语言空间中充分发挥其具有导向性的想象力作了坚实的铺垫,使作者和读者进入一个确实存在的自己的世界。也就是说,确保在想象世界中维持一种实实在在的存在感。

大江健三郎的语言—文体观的核心问题,就是如何保持文学想象力的生命。大江强调文体对于保持文学想象力的生命是非常必要的。在《状况与文学的想象力》一文中,大江论述了文学想象力和语言的关系,他特别指出两点:

---

① 李德纯:《战后日本文学》,辽宁人民出版社1988年版,第198页。

第一点，正如从最先作为问题点来思考那样，不能将语言作为单纯的概念来使用，而常要通过与现实的事物、它们所构成的世界本身相对应，来使用表现物本身的语言。也就是说，语言必须根源化、物质化。

第二点，与作家自己拥有的语言世界、自己的意识世界一样，要自觉认识到其片面的性格，并且克服它。因此，也要使自己的语言与现实的状况相对应，同时争取使用适应现实状况的复杂性的多样语言。也就是说，必须将语言多样化。由此，一个作家的语言最好是总体化的，即能够覆盖一个时代总体状况的语言。①

可以说，大江发现了想象力与语言的相位，让其文学的想象力立足于语言的总体化的位置上，使语言物质化、根源化的作用，和与状况对应的语言多样化作用，互制互补，扩大其想象的活动范围，又保持与实存世界最直接、最具体的联系。这就是大江"存在论"文体的基本特征，也是大江存在主义文学日本化的根本保证。

---

① 叶渭渠：《大江健三郎文学的独特魅力》，《大江健三郎最新作品集》代序，作家出版社1996年版。

第三章 影响

鲁迅是中国新文化运动的领袖，他的影响穿越时空，在当代的中国大地上留下印记。大江健三郎走边缘化道路，为日本文学乃至文化的发展开辟了一条新的道路，为日本确立了21世纪的文化坐标。作为当代作家，大江健三郎在文学及文化道路上所做的探索无可否认，但在日本右翼势力逐渐抬头、国家主义甚嚣尘上的今天，大江健三郎的文学道路在他身后是否还会继续，他为日本确立的文化坐标是否得以坚持，都有待于历史去证明。无可否认的是，作为文学大家的鲁迅和大江健三郎，都在文学发展史上树立了属于自己的标杆，开辟了一方既属于自己，更属于世界的文学天地，他们创作的意义及影响都是不言而喻的。

第一节 大江文学与日本

1994年，大江健三郎登上诺贝尔文学奖领奖台，成为继川端康成之后日本第二位获奖作家。大江文学是带着对人类共同思考的重大问题的浪潮走向世界的。大江获奖之前，在日本本土的名声并不显赫。获奖之后，名声大振，作品顷刻间被抢购一空。日本国内也正是从那时起，开始正视大江健三郎这位世界文学大家。

一 大江文学在日本

日本著名评论家松原新一曾说："虽然不像石原慎太郎那样轰动一时，大江健三郎和江藤纯的出现，在战后文学史上，的确是件'大事'。"大江健三郎凭借短篇小说《奇妙的工作》、《死者的奢华》以学生作家的身份登上日本文坛，一举获得平野谦①、荒正人②、川端康成等众多著名评论家、作家的高度赞誉。大江健三郎此后创作了诸如《饲育》(1958)、《感化院少年》(1958)等优秀作品，为日本文坛带来了独特的气息，受到了评论家的密切关注。当时，虽然"几乎没有出现单独评论大江健三郎及其作品的文章，评论界几乎都是将其与石原慎太郎、开高健一起作为新一代作家的代表来看待的"。③ 但是，大江健三郎以其特异的文体风格引起了评论界的关注。大江健三郎最初的作品深受西方存在主义的影响，日本评论界也主要是从存在主义的角度去探讨大江健三郎文学的特点，评论的关键词一般都是"监禁状态"、"形象"等④。

此后，大江健三郎创作了与此前风格迥异的作品，如《我们的时代》(1959)、《迟到的青年》(1961—1962)及《日常生活的冒险》(1963—1964)等。这一时期，大江健三郎尝试以"性+政治"的角度去开拓新的文学领域，建构起"性+政治"的文学世界，显示出大江健三郎独有的创作理念。但大江健三郎的文学理念没能获得评论界的肯定，相反却招致了评论界与读者的质疑和否定。1960年中后期，大江健三郎创作了《个人的体验》(1964)与《万延元年的足球队》(1967)，分别获得了新潮文学奖、谷崎润一郎奖，大江健三郎再次成为日本文学评论界的焦点人物。此时，"独立成卷的大江健三郎论开始出现，一些学术杂志也开始刊登大江健三郎的特辑"。⑤ 在创作这两部小说期间，大江健三郎还写了两部随笔集——《广岛札记》(1964—1965)和《冲绳札记》(1969)，前者生动

---

① 平野谦(1907—1978)，日本文学评论家。1946年与本多秋五等人创办《近代文学》杂志，主张发展个性，形成"近代的自我"。著有《战后文艺评论》(1948)、《艺术与现实生活》(1958)等。

② 荒正人(1913—1979)，日本文学评论家，著有《概论现代日本文学史》等。

③ 王新新：《大江健三郎的文学世界：1957—1967》，人民文学出版社2004年版，第1页。

④ 这一时期对大江健三郎的评论主要有江藤淳的《新作家们》(《群像》1958年第2期)、野间宏的《方法的问题》(《群像》1958年第7期)等。

⑤ 参见王新新的《大江健三郎的文学世界：1957—1967》，王新新在《序章》里论及了这一时期日本学界对大江健三郎的评论，代表性的有松原新一的《大江健三郎的世界》(讲谈社1967年10月)、1968年第2期《三田文学》的《特辑·大江健三郎》等。

地讲述了广岛人在遭受核爆炸后以顽强的生存信念在废墟中重建家园,而后者描述了远离日本本土的冲绳岛抗争中央集权的历史遭遇。这两部作品是"大江健三郎通过文学参与政治的文本"。① 大江健三郎对社会现实的热忱,频频发表对社会热点、政治禁区等话题的言论,使得大江健三郎本人深受关注、争议乃至非难。

20 世纪 70 年代以后,大江健三郎先后发表了长篇小说《洪水涌上我的灵魂》(1973)、《摆脱危机者的调查书》(1976)、文学评论集《小说的方法》(1978)及长篇小说《同时代的游戏》(1979)等,日本评论界开始以"方法的作家"来评价大江健三郎,同时将评论的焦点从以前的思想内容转移到"方法"上,这无疑与大江健三郎"开始关注俄国形式主义、结构主义、文化人类学"② 有关。

20 世纪 80 年代以后,大江健三郎先后出版了《倾听雨树的女人们》(1982)、《新人呵,醒来吧》(1983)系列短篇小说集、长篇小说《M/T与森林里奇异的故事》(1986)、《致令人怀念的时代》(1987)、《kirupu军团》(1988)及《人生的亲戚》(1989)等。此阶段的日本评论界较少直接评论作品,而那些非文艺类杂志却刊发了研究大江健三郎小说的论文,但这些论文的观点只是沿用了大江健三郎本人对作品的看法。③

20 世纪 90 年代以后,大江健三郎依然保持着旺盛的创作力,先后出版了长篇三部曲《燃烧的绿树》(1993—1995)、《空翻》(1999)、《被偷换的孩子》(2000)、《愁容童子》(2002)、《两百年的孩子》(2003)、《别了,我的书!》(2005)、《优美的安娜贝尔·李寒彻颤栗早逝去》(2007)等。1994 年大江健三郎荣膺诺贝尔文学奖之后,日本评论界对大江健三郎及其作品的评论进入了白热化的状态,大江健三郎的小说重新编辑出版发行,同时各大学刊物、学术杂志都纷纷推出大江健三郎的专辑。日本学界出现了系统研究大江健三郎及其作品的高峰,涌现出一大批高水平的专著,这

---

① 王新新:《大江健三郎的文学世界:1957—1967》,人民文学出版社 2004 年版,第 148 页。
② 王中忱:《大江健三郎年表简编》,《大江健三郎作品集·死者的奢华》,光明日报出版社 1995 年版,第 373 页。
③ 王新新:《大江健三郎的文学世界:1957—1967》,人民文学出版社 2004 年版,第 3 页。

无疑提升了对大江健三郎及其作品的研究水平,但是正如王新新所说的:"大江健三郎及其文学的研究依旧存在着一个致命的弱点,就是无法摆脱大江健三郎自己在小说后记或文学随笔中关于自己作品进行的解说,就是说迄今为止的绝大多数研究和评论,并未能超越大江健三郎自身对自己文本的阐释。"①

二 大江健三郎与日本战后文学

大江健三郎曾说:"就日本现代文学而言,那些最为自觉和诚实的'战后文学者',即在那场大战后背负着战争创伤、同时也在渴望新生的作家群,力图填平与西欧先进国家以及非洲和拉丁美洲诸国间深深的沟壑。而在亚洲地区,他们则对日本军队的非人性行为做了痛苦的赎罪,并以此为基础,从内心深处祈求和解。我志愿站在了表现这种姿态的作家们的行列的最末尾,直至今日。"②

自明治维新以来,日本走上了一条效仿欧美"富国强兵"的道路,从而使日本成功地摆脱了被欧美列强殖民的命运,并迅速跻身于世界帝国主义列强的行列。在成为资本主义强国之一的同时,日本也不可避免地步欧美列强的后尘,大张旗鼓地投入到武力侵略亚洲邻国的罪恶行径中。与其先行者相比,日本对亚洲弱小民族国家的欺凌程度大大超乎想象。日本先后发动了甲午战争、朝鲜战争、中日战争以及太平洋战争,最终自食其果,以惨败结束了这一罪恶历程。在这一历程中,日本天皇一直是日本政治权利的中心,从某种意义上说,天皇是侵略战争的罪魁祸首。然而战败后,昭和天皇(1901—1989)③并没有得到应有的惩罚,并以"象征性君主"的形式继续留存于日本的政治生活中。也就是说,日本战前所形成的"绝对天皇制"转变为战后的"象征性天皇制",在精神实质上并没有发生根本性的改变。战后日本追随美国,实行和平民主、发展经济的政策方

---

① 王新新:《大江健三郎的文学世界:1957—1967》,人民文学出版社2004年版,第4页。
② [日]大江健三郎:《我在暧昧的日本》,《大江健三郎作品集·死者的奢华》,光明日报出版社1995年版,第351页。
③ 昭和天皇是日本第一百二十四代天皇(1926—1989年在位),在位期间,倡导军国主义和扩张主义政策,参与策动侵华战争、太平洋战争等。

针，战后20多年就迅速崛起为仅次于美国的资本主义经济大国。也正是经济上的强盛带给日本普通民众宽裕的生活，让他们深刻体会到和平的重要性。然而，战后日本却对战争遗留的问题缺乏深刻的反省意识，在日本社会中一直有一股为侵略战争翻案的丑陋势力，他们有意模糊、肆意歪曲、否认甚至美化那段战争历史。特别是自20世纪90年代以来，日本国内多次上演扭曲、改写那段侵略战争历史的闹剧，国家主义甚嚣尘上，部分日本民众在这种错误的历史观的误导下，也开始以受害者的身份看待这场战争。"对自身苦难先入为主的成见，使得绝大多数日本人忽视了他们对他人造成的伤害。……受害者意识是通过何种方式扭曲了集团和族群为自身建构起来的身份认同。对战争罪恶的历史健忘症，在日本自有其特定的形式，但是将之置于一个更为广阔的、有关群体记忆与神话制造的背景中进行观照，其记忆和遗忘的模式则更加寓意深长。"[1] 这种错误的战争认知，其危害之处不仅在于歪曲历史，更在于它关系到未来日本的走向，这不能不引起世人的深切关注。作为一个有良知的作家，大江健三郎认为他的职责就是通过文学创作揭示这种错误历史观的危害性，从而唤醒日本国民的良知。综观大江健三郎的文学创作，他通过艺术手法将那段战争历史文学化，以冷静客观的态度对日本近现代充当战争意识形态的"绝对天皇制"等国家主义进行深刻的反思，以鲜明的批判姿态对其进行深刻抨击。特别是在其大量的散文随笔中，大江健三郎更是用直接明了的语句唤醒日本国民正视那段侵略战争的历史，不断向世人警示日本极端国家主义重新抬头的征兆。同时，大江健三郎对自"二战"以来，世界政治大国之间为夺取政治霸权，疯狂开展的"核竞争"所引发的"核危机"抱以深切忧虑。而且，大江健三郎不仅在其创作中肩负着知识分子的使命，更是在现实中担当起了知识分子应有的责任。从努力刻画成长于战时的少年如何遭受军国主义思想毒害，再到反思广岛核爆炸、全球核危机、冲绳问题以及当前日本国内兴起的新国家主义、修改宪法第九条等，大江健三郎始终坚守知识分子的批判立场，通过各种方式和渠道向世人发出呼声，号召我们铭记日

---

[1] [美]道尔：《拥抱战败：第二次世界大战后的日本》，胡博译，生活·读书·新知三联书店2008年版，第11页。

本作为侵略者加害亚洲邻国的惨重教训,并且坚持不懈地对日本国家主义进行勇敢的批判,揭露日本政府企图歪曲、隐瞒侵略战争的阴谋。可以说,大江健三郎以一名知识分子应有的正义姿态勇敢地担负起了反思的重责,不断向企图淡化、遗忘、歪曲、美化那场侵略战争的反动势力发出一道道战斗的檄文。大江健三郎对现实的批判、对战争的反省,走的是一条大江特色的道路。

前面说过,大江健三郎在创作的过程中,借由西方的存在主义,构建了其小说的方法,那就是——到边缘去,从边缘出发。其创作也形成了一种"边缘—中心"对立的艺术模式。而形成这种艺术模式的个中原因,其核心就是大江健三郎的故乡——远离东京的四国大濑村,他在那里长到了15岁。孩提时的经验,化为大江作品中虚构的空间——森林—峡谷村庄,成为解读大江作品的一把钥匙。在灾难性的第二次世界大战期间,大江健三郎就是在故乡的森林里度过了他的孩提时代。大江跟那场战争并没有切实的关系,因为战争结束的时候他还只是个10岁的孩童。但故乡的森林—峡谷村庄却成为他认识战争、思考战争的磁场。作为一个虚构的空间,峡谷村庄最早在他的中篇小说《饲育》中出现,作为一种"失乐园"的隐喻,表现出大江关于"成熟"的思考。《饲育》之后的创作,无非也都是围绕着"成熟"与"失乐"这一母题。然而从1967年发表的《万延元年的足球队》开始,我们发现,"峡谷村庄"的隐喻内涵发生了重要变化,甚至可以说与之前的内涵完全对立起来。之前的"失乐"之地在这里成了精神和生命的寄托之所,主人公在这里得到了复活。正是在"峡谷村庄"中,根所蜜三郎、根所鹰四兄弟俩才最终摆脱精神危机,各自找到了心灵的归宿地。也就是从那时起,大江健三郎有了重要的发现,这一发现,形成了大江独特的认知方式及小说方法。相对于天皇中心的主流文化的绝对性和单一封闭性,大江看到了位于边缘的森林村庄文化的多样、丰富、开放的生动形态。大江回忆说:"30岁的时候,我第一次访问冲绳和美国,并在那里短暂停留。冲绳固有文化超越近代而直接接通古代的特质,以及其与日本本土上天皇中心纵向垂直的秩序相并行的……异文化共存结构,给我留下了深刻的印象。以此为媒介,我得以重新发现森林里的村庄的文化结构。"① 这一发现直接促成了他的长篇小说《万延元年的足球队》的创作。他说:"促使我创作这部小说的最大动机,即是我渐次意识到的与东京为中心的日本文化非常不同的地方文化,亦即边缘文化。"② 也正是这一独特的认知方式,促使了其"边缘—中心"对立的艺术模式的最终形成。大江健三郎不仅把"从边缘出发"看成是小说整体地表现现代世界、把握现代危机本质的根本所在,而且还强调:"必须站在'边缘性'的一边,而不能顺应'中心指向'的思路。"③大江所说的"中心指向的思路",就是指占据社会支配地位的主流意识形态。在日本,则是指以天皇制文化为中心的主流意识形态。大江清醒地看到,在现实中的日本社会,即使是偏远的山村,主流文化和意识形态也起着支配作用。而在社会—文化结构中处于劣势,被主流文化和意识形态支配的一方,基本处于边缘位置,其中受灾致残者,更是处于边缘的边缘。在主流文化支配的结构里,边缘人的声音是被压抑乃至于失声的。大江认为,在这样的情势下,唯有借助于作家的想象,通过文学语言,创造出真正立于边缘的人的模型,使边缘人的形象凸显出来,从而为稳定的社会—文化秩序引入异质因素,使人们习以为常的一切突然变得陌生,继而引发出对既成的社会—文化结构的质疑与新认识。当大江确立了"边缘—中心"的对立图式并将它作为小说的基本方法来讨论之后,他的创作便开始在这条轨道上运行,也拉开了对"近代天皇制的话语体系"进行彻底反抗的帷幕。正如当代日本著名文学评论家小森阳一所说:"在大江文学里文体的难以理解性,从《万延元年的足球队》以后,一以贯之的是针对既有的自明性的存在,由好懂的'日本语'隐藏起来的认识和感觉性的制度,吁请读者要靠自己的语言把它们穿透过去,把它们对象化加以批判,这一点非常明显。""在大江健三郎的一系列文本里描绘出了对这一话语体系进行彻底抵抗的实践的轨迹。"④

---

① [日] 大江健三郎:《死者的奢华·译序》,光明日报出版社1995年版,第17页。
② 同上。
③ [日] 大江健三郎:《小说的方法·后记》,王成、王志庚等译,河北教育出版社2001年版。
④ [日] 小森阳一:《小说和批评》,世织书房1999年版,第240页。

众所周知，天皇制可谓日本战后文学的空白领域和禁忌之地，这一现象本身就在一定程度上说明了战后民主主义的脆弱和日本战后文学的脆弱。从这一点上看，大江健三郎的探索既瞄准了战后日本文学的空白，也显示出作为一个作家意欲从一切禁忌中获得自由的决心。

在《迟到的青年》（1962）这部长篇小说中，大江描写了一位受天皇主义教育的少年的成长经过。这位少年在幼年时，父亲常给他灌输军国主义思想，并教育他好好锻炼身体，长大后好去当兵。少年听了父亲的话后平时走路改为跑步，打扫教室时总是搬动重的桌椅。而指望少年去当兵的父亲去世后，日本战败的消息传到村子，少年死也不信。他还认为："哪是战败，简直是瞎说！还说天皇陛下播放了战败宣言，尽是胡说八道。"少年执迷不悟，还天真地想到："只要天皇活下去，自己宁肯去死也无所谓。"这个少年的行为实际上是对天皇恐惧心理的一种反应。大江健三郎通过描写这位少年的成长，表现了日本战后初期丧失绝对的天皇伦理道德观后所产生的思想混乱。

以右翼少年刺杀社会党委员长浅沼稻次郎事件为题材的短篇小说《十七岁》及其第二部《政治少年之死》都是反讽作品。该作品是以右翼团体大日本爱国党成员山口二矢刺杀社会党委员长浅沼稻次郎事件为素材，它不仅仅是在描写一个普通少年变成右翼分子的过程，而是要通过对天皇制"优越性—排他性—攻击性"的实质性阐释，来明确地否定天皇制，表达大江对在日本战后民主主义体制下，在受天皇制支撑的超国家主义的统治下，民主主义思想没有得到彻底贯彻的日本战后状态的担忧心情。

《别了，我的书!》是大江健三郎继《被偷换的孩子》（2000）和《愁容童子》（2002）之后发表的第三部作品，作者本人称之为《替换三部曲》。这部新作继承了前两部作品或者说大江文学的一贯主题——反对"天皇制"思想，批判日本现实，具有鲜明的国民反省意识。而它在表现形式上又不同于大江以前的所有作品，特别是在表现国民性反省的问题上，大江不再提倡过去那种被动接受来自国粹主义的"暴力"，进行悲戚的反省，而是主张主动的，甚至带有"破坏性"的方式向对方出击，由被动受害者转变为主动攻击者。可以说，大江在这部作品中表现的国民反省意识，要比他以前的任何作品都更彻底、更深刻。小说的主人公古义人是曾经获得过国际大奖的作家，椿繁则是美国一所大学的教授、建筑学家。两人为了对抗世界规模的巨大暴力，组成"奇怪的二人组"，策划"老人之愚行"：首先炸掉东京的最高大楼"六本木"，并把它录成影像，然后以网络的形式向全世界传播。作品中"奇怪的二人组"策划的"愚行"，其宗旨在于"矫枉过正"，暴露时代的潜在危机。大江先生以与时代同呼吸共命运的危机意识把握时代的脉搏，以带有"煽动性"的"愚行"对抗世界规模的暴力行径，向人们发出警示信号。

自"二战"结束后，横行亚洲的日本作为战败国，在美军占领军的枪杆之下，制定了战后新宪法，"永远放弃以国权发动的战争，武力威胁或武力行使作为解决国际争端的手段。为达到前项目的，不保持陆海空军及其他战争力量，不承认国家的交战权"。这样，日本战后迎来了第一个以"经济立国"为目标的生存与发展的时代，即1945——1955年的经济恢复期。这期间，在美国的扶持下，日本开始经济重建，并为挤进美国全球战略轨道而奋斗。特别是在吉田时代形成的追随美国、经济中心主义的政治外交路线下，"五五年体制"对日本经济腾飞发挥了积极的促进作用。1968年，日本的国民生产总值跃居资本主义世界第二位，实现了明治维新百年来的梦想，成为世界经济大国。但是，日本并没有深刻反省战败的原因，依然力图"重建皇国"，继续把天皇作为民族的象征，尊崇天皇，形成了战后保守势力的主流路线。

日本自进入20世纪60年代以后，一批新型现代企业集团逐步形成，并且，随着这些企业集团经济实力的增长，大企业及产业联盟的发言权增大，要求参与政治的愿望也越来越强烈。这时，财界向自民党输送越来越多的政治资金，以各种形式和途径对自民党及其政府的决策施加影响。一部分日本人开始暴露埋藏在心底的大国意识，指责对战争罪行的反省是"自虐"，认为日本是亚洲各国的"救世主"，这一点在战后与大江健三郎同属"第三代新人"的作家三岛由纪夫身上反映得十分明显。

三岛由纪夫发表了长篇小说四部曲：《春雪》（1965）、《奔马》（1967）、《晓寺》（1968）、《天怒人怨》（1970）。这四部作品表面上宣扬佛教的因果轮回思想，但他的真正目的是鼓吹恢复贵族社会的旧秩序，为武士道精神和军国主义思想招魂。三岛由纪夫的思想日益右倾，反对战后民主主义运动，1968年组织楯会，1970年把书稿《天怒人怨》交给新潮社，同四楯会会员一起闯入自卫队市谷驻地，发表"忧国檄文"，呼吁自卫队发动右翼政变，最后剖腹自杀。

三岛之死给日本战后文学蒙上了一层阴影，战后文学的走向成了人们关心的主题。在这样的国度里，日本国民在思考什么呢？这成了有良知的文学家捕捉的重要主题。在日本能真正把握这一时代动向的作家又有多少呢？这一点只要翻开战后日本文学史便一目了然了。逆历史潮流而动的作品大量充斥书市，令人担心。在日本政治正在发生质变的时代，日本文学走向何方？这一点十分令人担心。大江经过长期的摸索，形成了自己独特的风格，并向世人强调战后日本文学必须要具有时代意识和社会性。战后文学应该是和平的使者，是时代的希望。

大江的作品大部分取材于病态社会中的病态青年，目的是要揭开病痛的原因，引起社会的关注。他在"专访"中说道："自明治维新开始现代化进程以来，日本全力以赴地实施富国强兵的国策，很快就成了一个具有帝国主义性质的强国，这段历史时期大约是70年，也就是说，日本的帝国主义历史不算太长。然而，就在这比较短的时期内，却犯下了极其严重的战争罪行，而在战后50年的今天，更试图忘掉那一切，忘掉那段历史。这是我绝对不能接受的。我总在想，日本的现代化时间不算很长，却极具帝国主义的性质。"大江作为战后文学的旗手，一直在注视周围不断异化着的世界，并表现出极度的不安与绝望。他曾说："由于原子弹爆炸、奥斯维辛以及环境的破坏等，'大限'已经凸显出来，个人之死的上面笼罩着'大的时代之死'的阴影。我认为，在'死'这一事物面前，全世界都站在同一立场上。"他的这一"残疾儿——核武器"意识贯穿在大江的大部分作品之中。他主张："所谓文学的责任，就是对20世纪所发生过的事、所做过的事进行总决算。奥斯维辛集中营、南京大屠杀、原子弹爆炸等，对人类的文化和文明具有怎样的意义呢？应给出明确的回答，由此让青年们走向21世纪，这才是正事"。

大江健三郎很清楚地看到，建立在神话传说上的、暧昧的"天皇制"社会结构是引导日本走上军国主义道路的真正根源，给日本国民乃至世界人民带来了巨大灾难，而日本国民却在不知不觉中扮演着"天皇制"的拥护者和"国粹主义分子"的"同犯"。对此，大江通过文学艺术的形式对日本的国民性进行了尖锐的批判：《被偷换的孩子》和《愁容童子》中的主人公以被动的、受害者的身份进行悲戚的反省；而在《别了，我的书！》中，主人公古义人以主动向对方出击的行动，一举改变了过去那种被动接受暴力的局面，这才是一次真正意义上的彻底反省。这一行动变化，不仅意味着对日本国民性格的革命，而且暗示了对日本"天皇制"的革命。以"天皇制"为纵轴的日本社会结构，不仅在各个领域毒害着日本国民，严重影响战后民主主义进程，而且还威胁着世界的和平和安定。三岛由纪夫却要誓死保卫以天皇为中心的日本的历史和传统文化。三岛死了，但他的政治思想在日本正在复活。"终战"60多年后的今天，日本政府对宪法"第九条"中规定的"永远放弃战争"的约定，正在发生不断的曲解和修改，而且这一倾向已逐渐演变为日本国民普遍认肯或赞同的事实。对此，大江深感悲伤和担忧，这就是作者重新思考"三岛问题"的根本所在。"倘若这个国家的文化朝向复活大规模的、超国家主义的方向扭曲，朝向我们的祖先、甚至孩童时代的我们自己都曾经历过其悲惨的大规模的、超国家主义的方向扭曲，我们的下一代，以及下一代的下一代，都将不会再有希望。"① 自"9·11"事件后，世界各地不断发生自我毁灭性的"暴力"事件，对日本和世界未来深感绝望的古义人和椿繁组成"奇怪的二人组"，并策划足以震撼世界规模的、炸毁东京的最高层大楼的破坏活动，其目的是通过"绝望"的"行动"修复"希望"的"空洞"，具有警示现实的重要意义。

大江几乎是同战后的日本经济同时崛起的一代新人作家，又是战后民主主义者。他的文学是在战后的社会变化进程中演变过来的。既反映日本战后社会转型的特点，又充分展示出日本社会的时代特征，大江文学是日

---

① ［日］大江健三郎：《面向"作为意志行为的乐观主义"》，许金龙译，《作家》2008 年第 9 期。

本战后社会转型变化的产物。在日本社会转型过程中的巨变，国家政策趋向保守，甚至走向倒退。大江呼唤世人关注"自我灵魂"，克服经济萧条而产生的恐慌、焦虑和虚无的情绪，通过自我灵魂构筑抗衡右翼势力所倡导的"国家主义"。他还尖锐地指出：走向与世人意志相违背的道路，不是日本的出路。大江健三郎之所以要反抗以天皇制文化为中心的主流意识形态，颠覆当代日本主流话语，这与他对军国主义的批判、对历史的反思，以及针对日本文化深层的误区密切相关。大江健三郎虽然与第二次世界大战并无关涉，也未有直接的战争体验，但他的创作却与战争有着千丝万缕的联系。从创作上来说，日本文学界把他称作"'新'战后派"。

"二战"后，世界形势瞬息万变，各国社会都在进行重要的，甚至是重大的转型。文学家要正确把握时代的变化动向，并引导人们去思考新时代的正确走向、去追求世人共认的目标，并非易事。尤其战后的日本文学，要做到这一点更难。在日本不同的转型期里，创作出与时俱进的作品，这本身就说明了战后日本文学中叛逆与责任的重要性。大江健三郎作为一个对现代思想和时代的发展极其关注的作家，以敏锐的直觉不断摄取文学、文化领域的研究精髓，并灵活地将其用于自己的文学创作。大江健三郎的文体特色以及他的小说方法，与他对同时代文学的敏锐的洞察力，以及对文体所作的革命性的挑战息息相关。在大江文学中，人的价值远远超出民族主义，这也是他的基本思想。大江健三郎绝不会与任何改头换面的民族主义妥协。人类虽然缺乏准确的预知能力，但人类思想中有自我更新的能力，文学力量能激发并鼓舞人性。在当前整个人类精神正处于最不安的状态下，人们真正需要的文学就是大江所开创的与时代密切相关的、具有现实意义的文学。

第二节　大江健三郎旷世济达的普世救赎

大江健三郎自言他是个没有信仰的人，然而纵观大江先生的创作，我们却不难发现，其文学中的宗教式救赎意识却是时隐时现，贯穿了他创作的始终。大江健三郎是因萨特而从事文学的，而萨特的存在主义思想，是一种以人的生存状态、生命意义为前提的价值学说。其基本命题和核心思想在于："人的存在先于人的本质并使之可能，人的本质悬置在人的自由中"，①"自由承担责任的绝对性质"。② 在对萨特存在主义思想的接受与超越中，寄寓了大江的宗教式救赎意识及其人文关怀思想。借助于萨特的存在主义，大江走出了青年时期的迷茫，承受住了而立之年的人世磨难，深刻反思了核爆所带来的灾难，最终转向对人类、对宇宙问题的透彻思考。也就是说，大江文学所关注的，不仅限于单个的人或独立的国家，而是整个人类社会前进的方向。正如莫言所说，支撑大江健三郎进行创作的动力，就是"一个知识分子难以泯灭的良知和'我是唯一一个逃出来向你们报信的人'的责任和勇气。大江先生经历过从试图逃避苦难到勇于承担苦难的心理历程，这历程像但丁的《神曲》一样崎岖而壮丽，他在承担苦难的过程中发现了苦难的意义，使自己由一般的悲天悯人，升华为一种为人类寻求光明和救赎的宗教情怀"。③

一 《圣经》知识的渗透铸就悲天悯人的救赎情怀

大江健三郎获得 1994 年诺贝尔文学奖时，出乎很多人的意料。在日本国内，之前受到冷落的大江作品一时间大受追捧。可以说，大江的创作是先在西方世界获得了肯定，而后才在国内受到重视的。究其原因，大江的创作掺入了许多西方因素，更易于被西方读者所理解。而其中不可忽视的一点是，基督教经典《圣经》知识的掌握和运用，拉近了大江与欧美读者的距离。

众所周知，当历史的车轮驶入现代，理性之光逐渐驱散了宗教神学的雾霭，基督教也失去了往日的辉煌。但基督教作为西方文化最重要的源泉之一，其对西方文学的影响是无法消泯且不可低估的。青年时期的大江和当时许多沉迷于文学的日本青年一样，从西方文化中汲取了大量的精神营

---

① ［法］萨特：《存在主义是一种人道主义》，周煦良、汤永宽译，上海译文出版社 1988 年版，第 60 页。
② 同上书，第 23 页。
③ 莫言：《大江健三郎先生给我们的启示——在大江文学研讨会上的发言》，《西部华语文学》2007 年第 9 期。

养，由此不可避免地受到了作为古典文学精品的《圣经》的影响。可以这样说，在经过西方文化的洗礼之后，《圣经》的有关知识已经成为大江文学基础知识的重要组成部分。纵观大江的创作，我们不难发现，大江在其作品中大量引用了与《圣经》相关的词语、理念。《人羊》中有关"牺牲的羊"的形象，便可让我们小窥《圣经》片鳞。而作品《燃烧的绿树》中充斥着"救世主"、"教会""福音书"、"祈祷会"等字眼，赋予了小说以浓厚的宗教色彩，其中的人物"总领事"更是一位熟知基督教经典的人。长篇小说《洪水涌上我的灵魂》的题目取自《圣经·旧约》中的《约拿书》"all your wave and your billows passed over me"①。而以"与弱者共生"、"拯救灵魂"为主题的作品在大江中后期的创作中更是不胜枚举。可见作为古典文学名著之一的《圣经》对大江创作的影响是极为充分的。受此影响，加之萨特的关于人的生命意义的价值学说的作用使得大江的救赎情怀在早期的许多作品中初露端倪。

　　大江早期创作的主题，就是描写战后日本青年一代的孤独、困惑、躁动不安，试图给作品中的主人公们指出一条摆脱困境，走出监禁状态，获得灵魂自由的道路。"二战"后，天皇制崩溃，对于往昔深埋在民族意识里的信仰的丧失，使不甘寂寞的心灵产生惶惑。没有信仰的年代是无序的时代，没有寄托的灵魂是空虚的，精神是荒芜的。如何走出精神的荒原，如何超越世界的荒诞，寻得一方安身之所？大江把希望寄托在了萨特的存在主义上。萨特的存在主义哲学是一种生活哲学，关注和讨论的是人在世界中的处境问题。萨特的存在主义认为，"他人是地狱"，世界是荒诞的，人生是虚无的，存在是无目的的，虽然人的本质、人的意义、人的价值可以由人自己的行动来"自由选择"，然而选择的后果是无法预测的，因此，选择是恐惧的，人生是痛苦的，人的存在就是一场悲剧。受其影响，大江对人生的理解也是"存在就是受难"。当大江把萨特的理论学说与文学创作相结合，便呈现出一种更为透辟的解说现实、解读人生的意蕴，这种解读给饱受战争之苦和在"异化"状态下生存的日本年轻人指出了一条"自

---

① Holy Bible, NRSV, Chinese Union Version with New Punctuation (Nanjing: China Christian Council, 1995, p.1413).

由之路",同时也给人们的信仰,特别是宗教信仰指明了方向。

短篇小说《死者的奢华》中,充满惶惑的主人公参加勤工俭学,到医学院解剖室帮助搬运尸体,但最后发现,人们费尽心力所做的一切只不过是为死者徒添一份"奢华"。作者选择一个独特的视角表现了生命的闭塞、孤独与虚无。与此相似,大江早期其他作品也表现了战后的一代青年的普遍精神状态。在此后的《性的人》、《我们的时代》、《日常生活的冒险》和《哭号声》等长篇小说中,主人公原有的那种空虚、孤独、困惑和无所适从演变为严重的生存危机。"二战"结束以后,日本社会从贫困、混乱状况之中摆脱出来而走上现代化的道路。物质生活日益丰富,人们的精神领域却受到威胁。青年主人公的苦恼,不仅是一般心理学意义上的情绪,而是本体意义上的,对于存在失去根基的焦虑。作家在这方面的感觉是敏锐的,但他所探索的,不是人的消极的否定的一面,而是人在现代闭塞状态下求生存的积极的肯定的一面。主人公们并不甘心沉沦于失落自我的痛苦境地,而是以各种方式去寻找人生的出路,探求生存和死亡的意义。存在主义的影响决定了大江小说创作的宗旨是发掘现实中人的孤独感,寻找人在现实中失落的自我。他从虚无的一面否定人生意义,进而强调人的自由选择:"就连小时候我也不苟言笑。但一想起火山,我就笑得流泪。"(《奇妙的工作》,着重号为引者所加)促使女学生早熟的现实生活和她所神往的火山构成了判然分明的比照。火山,当然是"我"们自由选择的归宿。作者意图通过"选择",把人们从精神危机下解脱出来。

大江的创作凸显出一种"边缘—中心"的对立模式,并且将此作为小说的基本方法来讨论。他从边缘出发,表现出人类与现代社会的对立,现代社会对人的异化,以及人类在现代社会困境中的躁动与不安,对如何恢复人性进行了探讨。尽管大江小说呈现在人们面前的总是人类生存危机的画面,并在社会和人存在的本质意义上提出怀疑和否定,但正如辛格所说:"对于有创造力的人,悲观并非颓废,而是对救赎人类的一种热情。"[①]作家塑造边缘人形象,为的就是把人类未来的理想主义信念诉诸人类自

[①] 辛潮:《诺贝尔奖文学的现代人类文化意识》,《外国文学研究》1991年第1期。

身，诉诸自我救赎的努力上。因而注重对现代人的精神状态作出如实的诊断和描述，或是通过宣泄以减轻精神压力，从而不自觉地成为现代人精神健康的监护人，或是启发人们对人生价值作形而上的思考，从而使作品表现出强烈的现代人类文化意识。这种意识超越民族和地域，为世界所普遍肯定和认同。

尽管大江健三郎对《圣经》的接受只是将其作为文学经典来解读，和一般的信徒对《圣经》的虔诚和理解有着不同，但他在作品中让人物进行的"自由选择"与基督教徒所信奉的"因信得救"却存在着机缘上的契合。可以这样说，西方文化的洗礼和《圣经》知识的熏陶，铸就了大江健三郎悲天悯人的救赎情怀。

二 独特的个人体验催生宏大人类共生感

受萨特存在主义思想的影响，大江健三郎对人生的理解是"存在就是受难"，所以痛苦就成了他创作的出发点。犹如基督教所宣扬的"原罪说"，没有经历痛苦的磨炼，没有受难，就难以洗涤人类身上的罪恶，达到光明的天堂。一如但丁的《神曲》给我们展示的图景，大江走过了地狱——炼狱——天堂之路。而个人的苦难，更引发了他对人的生存意义，对人类命运的宏大思考，最终催生了一种宏大的共生感。

在早期的创作中，大江试图借助萨特的存在主义思想，为在荒诞社会中困惑、彷徨的人们打开一个希望的缺口，但最终，作家自己也陷入了困境。1963年，脑残疾儿大江光的诞生，为大江的创作提供了转变的契机。残疾儿的诞生，对于作为父亲的大江健三郎无疑是一场灾难，而对于作为作家的大江健三郎来说，却意外地获得了一次独特的个人体验，成为他人生经历中一笔宝贵的财富。如果说之前大江健三郎对存在本质的探索，对社会问题的思考只是停留在观念层面的话，那么面对着残疾儿，大江健三郎走入了无可逃避地的困境。如他作品中的诸多主人公一样，他不得不进行选择。残疾儿的突然降临，让年轻的大江始料不及、手足无措，陷入了极端的困惑中。他有过动摇、痛苦、颓废，甚至绝望过，也想过放弃。然而，正是这种绝望的困境，让大江获得了一种新的体验，促使他开始用自己的心灵直接体验生命存在的本质和生存的价值。于是,《个人的体验》便应运而生,成为他创作生涯中的重大转折,也预示着他的创作进入了一个新的时期。小说写一个年轻的父亲,把患有脑残疾的婴儿送进手术室,挽救了一个幼小的生命,"并选择了伴他痛苦与他共生的道路"。[①] 小说中的主人公鸟,面对残疾儿一度也困惑、彷徨、痛苦、绝望。但最后鸟经过自省和斗争,终于对生命存在有了真正的体验,以乐观的姿态直面现实存在的困境,并做出了积极的选择:正视怪物婴儿,承担责任。他救下了畸形儿,同时也使自己获得了新生,走出了困境。人物的选择,正是作家的思想意识的艺术反映。在大江看来,唯有自救,才能让人摆脱困境,获得新生。也只有通过个人自救,才能达到拯救人类的目的。大江通过《个人的体验》完成了他自我的选择。他以个人的体验为基础,将其与对人类命运的思考相结合,把个人的不幸与人类的不幸共同写进了小说,找到了一个真正属于自己文学出发的"原点"。此后,他的创作主题从单纯描写"二战"前、后日本人的荒诞的生存状态,转向了探索人生的意义和价值以及人类的自救等问题。

残疾儿出生后不久的第二次广岛之行,使大江领受到了一次人类共同的惨痛经历。他据此写成的《广岛札记》与《个人的体验》尽管题材不同,文学形式各异,但却是有着内在联系的两部作品。面对原子弹爆炸灾难中的幸存者,残疾这一概念使他自然地将自己家庭的不幸与民族的灾难连在了一起,由此体验了人类生存所面临的困境的普遍性以及核武器对人类社会的威胁性。但面对家、国、天下的精神危机,他并没有让这种危机继续发展下去,而是在寻找克服危机的途径。借由"残疾儿"这一主题,大江健三郎把个人生活的小宇宙与世界这一大宇宙紧紧地联系在一起,从人的内心痛苦和个人体验出发,让小宇宙包容大宇宙。残疾儿代表着社会中的弱势群体,他们在成长过程中表现出的顽强意志是激发正常人生命活力的无形力量。如他在《我文学的基本形式是呼唤》中指出:"集于小的、局部的东西,而后推广于世界中去,我想所谓文学就是这样吧,小孩子所

[①] [日]大江健三郎:《大江健三郎自选随笔集》,王新新等译,光明日报出版社2000年版,第75页。

感到的痛苦和全世界所感到的痛苦或坏事是有联系的。"① 无论是小说中，还是现实中，父亲与残疾儿在心理感情上的相互依存性，表现了残疾儿未受世俗文化浸染的灵魂内部，与生俱来的"人类最基本的美好品质"②，这种品质具有很强的净化和救赎作用。因此，大江把个人的苦难与人类的共生联系起来，从寻求个人自立走向了强调普遍意义的人文关怀。他说："我希望通过这份小说家的工作，能使那些用语言表达的人及其接受者从个人和时代的痛苦中恢复过来，并使他们各自心灵上的创伤得到医治。因而，我在文学上做了不懈的努力，力图医治和恢复这些痛苦和创伤。"③

文坛一致公认，残疾儿的出生和广岛之行对大江健三郎的文学产生了决定性影响，这是不无道理的。因此我们可以说，幸与不幸是结伴而行的，正是残疾儿子的降生使大江幸会了能够牵动他感觉系统的"客观关联物"（艾略特语），使他那由哲学意识支配的审美经验里又融入了一种可以谛视人类"生与死"的崭新的"个人体验"，并将这种体验加以延伸，括及原爆致残者，发掘出一种人类的"宏大共生感"。共生有两层含义：一层是获得新生，如作品中鸟的选择使自己和儿子获得了新生；另一层是人与人相互依偎着生存下去，这是共生的主要内容，大江健三郎和儿子大江光就是互相依偎着生存的范例。这种共生，不正是对人性的缺失、对社会的痼疾、对人类自身所造成的灾难的反思和救赎吗？自从患有脑障碍的长子"光"出生后，大江的思想发生了转变，经过痛苦的精神炼狱，他选择了与残疾儿"光"朝夕相伴的共同生活。面对儿子时时发作的肉体上的痛苦和精神上的折磨，作家直面的最大难题是"灵魂"与"肉体"的统一，而不再是萨特式的特殊境遇下的自由选择。于是大江关注的作家不再是存在主义作家萨特，而是英国神秘主义诗人威廉·布莱克和爱尔兰诗人威廉·勃特勒·叶芝。如他1994年站在诺贝尔文学奖的领奖台上所说的那样：

---

① ［日］大江健三郎：《我文学的基本形式是呼唤》，《文汇读书周报》1995年12月3日。
② ［日］大江健三郎：《大江健三郎自选随笔集》，王新新等译，光明日报出版社2000年版，第134页。
③ ［日］大江健三郎：《个人的体验》，王中忱等译，光明日报出版社1995年版，第309页。

"坦率地说,与26年前站立在这里的同胞(指川端康成)相比,我感到71年前获奖的那位爱尔兰诗人威廉·勃特勒·叶芝更为可亲。"① 布莱克的《天堂与地狱结婚》、叶芝的《燃烧的绿树》都引起了作家内心的共鸣。作品中表现出的神秘主义对人类的肉体与灵魂的重叠的关注,使得大江从中找到了自己思想的依托,最后形成了他"两极共存"的哲学思想,也为他宗教理想的形成及升华奠定了基础。正像大江先生自己所说的那样,他是想通过颠覆"私小说"的叙述方式,探索带有普遍性的小说。他认为,在创作中通过对布莱克、叶芝、特别是但丁的实质性引用,他把由和残疾儿童共生而带给他和他的家庭的神秘感和灵的体验普遍化了。

三 超越传统宗教的普世救赎意识

大江早期的创作便对"二战"后人类生存状况和人的精神世界失落进行了思考和关注。后期的创作仍沿着这条线索,追求人存在的本质意义,体现了对人的终极关怀。阅读大江健三郎的作品,我们不难感受到,字里行间,饱含着他对人类的爱和对未来的忧虑与企盼。他说:"我的文学上最基本的风格,就是从个人的具体性出发,力图将它们与社会、国家和世界连接起来。"② 如果说在《个人的体验》中,大江把由和残疾儿童共生而带给他和他的家庭的神秘感和灵的体验普遍化了的话,那么此后的作品都是他在这条道路上的前行。《万延元年的足球队》、《洪水淹没我的灵魂》、《核时代的森林隐士》、《新人呵,醒来啊》等。这些作品,无不显示出大江对人类命运的密切关注,表现了大江深邃的思想和崇高的精神境界。人类如何能摆脱严重的危机,如何能寻找到一方安居乐业的幸福天地,大江的意识指向了作为神话世界而想象的森林。在他看来,那既是他所向往的理想之国,也是人类危机的庇护所。

在《万延元年的足球队》中,鹰四和蜜三郎夫妇便是从森林峡谷山庄,从一百年前的历史传说中寻找认同的依据和新生活的源泉。主人公鹰

---

① [日]大江健三郎:《我在暧昧的日本》,《大江健三郎作品集·死者的奢华》,光明日报出版社1995年版,第348—349页。
② 同上书,第345页。

四、蜜三郎夫妇不同程度地陷入了生存困境和精神危机，如果继续在东京生活下去，将会面临人格破裂和精神崩溃的危险。经过一段时间的故乡生活，他们终于超越了心灵地狱，摆脱了生存危机，走向新生，实现了"再生"。小说主人公的家族姓氏"根所"，系指某一土地上的人的灵魂的根本所在。而灵魂问题也是人的存在问题，这表明大江已经深入到对人的内在精神的终极探索，凸显了他对人性的全面关照。而在《核时代的森林隐士》中，作者笔下的森林具有某种治疗核灾难的神奇魔力。《洪水涌上我的灵魂》以武藏野盆地和伊豆半岛的森林为活动背景，娓娓讲述了一个现代人与"树木之魂"、"鲸鱼之魂"进行情感交流的故事。主人公大木勇鱼因失望于社会现实，遂带着残疾儿"进"，执着于一种超越尘世肮脏的生活追求，他带着对人类明天的忧虑，在迷惘中思索，在困境中探寻。他自诩为"树木之魂"和"鲸鱼之魂"的代言人，一面通过与想象中的人类灵魂进行精神感应与交流，把自己的苦闷、悲哀和理想，寄托于一个冥冥中的世界；一面力图唤醒动植物的灵感复苏，以自然界的力量来解救人类的灾难，寻求自己、也是人类的精神出路，带着寻觅世外桃源的梦想拯救现代人苦难的灵魂。

获奖后创作的两部长篇小说《燃烧的绿树》和《空翻》，更是大江健三郎宗教意识的重要载体和集中显现。作品中，作者的笔触开始深入到人的内在灵魂，表现出对人的灵魂和精神的探索。而作品中所表现的宗教意识乃是整个社会向往的一种幸福的理想。《燃烧的绿树》可以说是大江健三郎探讨宗教问题的集大成之作。日本著名作家、评论家加贺乙彦在谈论这部作品时惊叹于它与《福音书》的相似，以为简直就是《福音书》的翻版。这部作品无论是在内容上还是语言措辞上都带有浓厚的基督教色彩。小说中，大江仍和以前的作品一样，致力于如何克服现实世界的危机，但处理方法有所不同。在这部小说中，他力图通过宗教这种普通人无法支配的力量，达到人类的救济，从而表达出他独特的宗教理想。于此，霍士富曾做过分析：

在《燃烧的绿树》中，大江主要阐述的"两极共存"的思想，也就是"灵魂与肉体共存",即灵魂和肉体各半,并各自以独立的形式共存于一个整体。为了形象化地表述这一哲学原理,作者引用了爱尔兰诗人威·勃·叶芝诗作的一节:"同是一棵树上的枝叶/一半是燃烧的火焰/一半是茂盛的绿叶/这是一棵被露水湿润了的大树"。诗中的火焰象征着灵魂,茂盛的绿叶象征着肉体,二者共存于一体。这正是作者旨在实现的"人类自身的理想状态,灵魂=精神肉体二性均衡下的调和状态"。在作品中,作者这一哲学思想主要表现在人物自身结构的"两极共存"和人物与人物之间关系的"两极共存"。

大江健三郎之所以提出"两极共存"的主张,不仅是因为他与残疾儿"光"的共同生活经历,更重要的在于,他看到在现代社会中,由于无休止的物欲膨胀,人们普遍背负着"精神与肉体"分离的十字架,面对"不合理"的现代社会,芸芸众生普遍患上了"现代病",饱受"精神与肉体"的分离之苦。大江正是把握住了时代的脉搏,开出了"两极共存"的哲学处方,这无疑是有着深刻的现实意义的。

就大江自身而言,他主观上并不承认有上帝存在,可在现实中他又不得不承认有某种超越宇宙的东西存在。他之所以选择《福音书》作为参照,乃是看到"基督教是唯一阐述了人类命运中自相矛盾而且表面看来不可理解的特点的宗教"。于是他借此来揭示人类命运自相矛盾的实质。大江可以说是一位仅有热情而没有宗教信仰的无神论者,因而他心中的"上帝"并非一般宗教意义上所指的"上帝",而是人类灵魂的精神乐园。于是我们看到,大江的"宗教教义"可谓一个大杂烩,既有《圣经》、《古兰经》的内容,又有陀思妥耶夫斯基小说《卡拉马佐夫兄弟》中的精辟语言,还有叶芝诗中的名段等。总之,一切有利于人们从善弃恶的语言,都可以写进他的"教义",目的就是为了给人类灵魂寻找一方安身之所。所以大江健三郎在小说中表述的,实为一种"新兴的混合教"。他很理智地站在《圣经》圈外,既尊重有信仰者对基督的虔诚,又不主动加入他们的行列。他主观上不信"上帝"存在,却又信仰自然界有一种超宇宙的东西——形似"蚕茧"的上帝存在——尽管从真正的直观而言,从未触摸过那种超越性的存在。并立足于现实社会,通过表现的和象征的形式表述了自己的宗教理想。在《燃烧的绿树》中,我们不难发现,作家对于灵魂的思考处处流露出神秘的宗教色彩。也许面对20世纪末千变万化的形势,大江自己也感到茫然,找不到确切的解救的办法,而想通过神秘的宗教力量来实现自己的理想吧。①

而《空翻》看上去仍是一部以宗教为主题的小说,但最后得出的结论却是"无神"、"没有神的宗教"。师傅殉教之后,教会由新人阿基掌管,整个教会也就不再显得那么神秘了。他们仍继续着师傅的工作,但他们所做的事情与神已经没有任何关系了。阿基既没有说自己会信神,也没有说自己会站在反基督徒一方。木津临终前对育雄说,"听不见神的声音,莫非仍旧真的不行吗?难道不是并不需要神的声音吗?人还是自由为好呢。""虽然听说'它'——是那么说的,但我要说——即便没有神,也照旧可以rejoice呢。"② 作品至此已向我们表明,神不能拯救人类,宗教不能拯救我们,而只有自己才能自我拯救,进而拯救人类,因为人是自由的。这样,在《燃烧的绿树》中未能找到确切的解救办法的问题,在《空翻》中彻底地得到解决了。这也是大江对人的主体价值的最高肯定。因此可以说,《空翻》是一部探索人类灵魂终极问题的作品,最后的落脚点又回归到人,体现了对人的生存本质价值的终极关怀。

诚然,大江健三郎在文学中所表达的救赎意识并非真正意义上的基督教式的救赎。因为当尼采宣称"上帝死了,宣告了人类依附宗教信仰的历史终结"时③,人就已经被抛入一个无神的世界中。但大江在作品中对人类前途命运的关注,对人的终极价值的关怀,与基督教所宣扬的"爱人类"思想是不谋而合的。大江所宣扬的"自我救赎"的明确性与基督教所宣扬的"因信得救"的唯一性在方式上也是极其相似的。因此我们可以这样说,大江文学中的宗教,是他自己所理解的宗教,是萨特哲学思想中人

---

① 竺家荣、马雪梅:《与残疾儿共生——大江健三郎文学主题的转换》,《外国文学动态》2004年第4期。
② [日]大江健三郎:《空翻》,杨伟译,译林出版社2001年版,第778页。
③ 曾繁仁:《二十世纪欧美文学热点问题》,高等教育出版社2002年版,第409页。

类改变自我、超越现实的人生价值论的实现。他的宗教式救赎意识，也可以说是他对传统宗教救赎思想的一个全新的阐释。他否定神、否定宗教，肯定人的自救，为的就是指导人类积极地发挥自己的自由性和选择性，以新的人生方式和态度实现人的生命存在的价值，赋予人生以意义。

在创作了《燃烧的绿树》之后，大江健三郎曾宣布从此挂笔。然而，他的创作活动并未因此而停下来，他继续在为人类的前途命运思考着，尤其值得注意的是他的"孩子"系列小说。早在《个人的体验》中，大江就表现出这么一种思想：残疾儿未受世俗文化浸染的灵魂内部，有一种与生俱来的人类最基本的美好品质，而这种品质具有很强的净化和救赎作用。孩子的纯洁心灵是荡涤一切罪恶的良药。大江关注孩子，也就是想洗清社会的一切罪恶，让世界回复到如孩子纯洁心灵般洁白，扫除人类的"原罪"，恢复世界的和谐美好。为此，他不断地呼唤"新人"。从《新人呵，醒来吧》到《空翻》，再到《愁容童子》，大江的"新人"内涵在不断变化着。到最后，他终于得出了真理性的断案：无论年岁几何，只要能够真正实现"回归"的，即其精神回复到童子的本真状态，能够正视自己灵魂的，那么都可以成为"新人"。在他看来，唯有这种回归到童子本真的"新人"，才能在"无神论"时代实现"自我救赎"，获得再生，进而实现人类的整体救赎。"潘内伯格在此对基督教末世论的意义加以了新的诠释。在他看来，古代救赎史所反映的启示仅是神启的部分显现，而位于历史之中的当代人对启示亦是一种历史性认知。人们因历史的连续性而可追溯过去，觅见其与现今的关联；但历史仍在向未来延伸而又使人们不可能穷尽这一认知，故有一种对末世的期盼和等待。"[①] 大江健三郎的希望恐怕也正在于此。

大江健三郎虽然不是基督教徒，他也坦承自己并不信教，但他在作品中所表现出的对个人、对国家、对整个人类的深重的忧患意识，使其作品呈现出一种囊括四海的大爱，表现出一种为人类的前途命运殚精竭虑的深邃思想及为人类寻求光明出路、实现人类普世救赎的宗教情怀。正是这种

[①] 卓新平：《当代西方新教神学》，上海三联书店1998年版，第201页。

博大的胸怀，使得大江健三郎能够把个人的家庭生活和自己的隐秘情感，放置在久远的森林历史和民间文化传统的广阔背景与国际国内的复杂现实中进行展示和演绎，从而把个人的、家庭的痛苦，升华为对人类前途和命运的关注。也正是这种渗透着西方文化精髓的宗教救赎意识，使得大江健三郎的作品易于被西方世界所理解和接受，从而在一定程度上把大江健三郎推上了诺贝尔领奖台。对于文学创作者来说，如何将个人的生活体验、个人的具体性转变为人类的共同体验使之具有普遍性，如何摆脱个人隐秘狭小的生活圈子，使个人的痛苦和大众的痛苦乃至人类的苦难建立联系，如何把对自己的关注升华为对苍生的关注从而使自己的小说具有普世的意义，这是值得大家重视和探讨的问题。而大江健三郎的创作，为众多的文学创作者提供了可资借鉴的典范。

第三节　大江健三郎的"介入"文学

大江健三郎在《我在暧昧的日本》中说道："我在文学上最基本的风格，就是从个人的具体性出发，力图将它们与社会、国家和世界连接起来。"强烈的责任感与忧患意识使大江通过创作"驱除自我心灵的恶魔"，将自己与脑功能障碍的儿子"共生"、"个人的体验"和人类社会所面临的残疾人、环境污染、核威胁等紧密相连。"并因此而成功地描绘了人类所共通的东西"，"从与恶魔搏斗中产生的作品"超越了作家的意图获得了成功。他又说："在人生和文学方面，我是渡边一夫先生的弟子。在两个方面，渡边先生给我以决定性的影响。一是小说……二是人道主义。"大江这里所说的小说主要指从渡边有关拉伯雷的译著中学到"荒诞现实主义和大众笑文化的形象系统"，不言而喻，也包括萨特的存在主义。这为大江文学奠定了理论基础，使得大江"植根于其置身的边缘日本乃至更边缘的土地，同时开拓出一条到达和表现普遍性的道路"。渡边给予大江的人文主义思想则使大江"以自己的赢弱之身在20世纪，于钝痛中接受那些科学技术与交通的畸形发展中积累的被害者们的苦难"，并愿"对全体人类的医治与和解作出高尚的和人文主义的贡献。"而大江在接受芥川奖时就说过:"毋庸置疑,我是通过文学参与政治的,只有在这点上我才更清楚自己选择文学所要承担的责任。"因此我们说,大江是一位纯文学作家,但他走的并非是"纯文学"之路,而是通过文学参与政治,参与社会生活。从这个意义上说,大江更多地受到萨特等人介入现实、干预生活以及为观念而战的精神的感染。从他受奖词中引用的名言"不抗议(战争)的人,则是同谋者"可以见出这种毫不含糊的战斗姿态。

一 以文学积极介入社会生活

> 那时候,我喜欢安部公房,阅读了安部和卡夫卡的作品,觉得有人写作如同寓言一样的小说,这真有趣。不过,我还是告诫自己,不要去写寓言小说,而是要尽量与现实生活挂起钩来。就这样,我决定写出与同在日本并同一个时代的安部公房所不同的、自己的独创性来。
>
> ——《大江健三郎口述自传》

萨特在《什么是文学》中论述了他的文学"介入"观。他指出:"'介入'作家知道揭露就是变革,知道人们只有在计划引起变革时才能有所揭露。"[1] 萨特认为,人是被逼而自由的,人也是被逼而成为强者的。人生唯一的出路,就是行动,是介入,是通过行动来超越来适应世界简单稳定的决定论,并且在世界的物质性中改造世界。如果说存在先于本质,那么行动和介入就使人能够创造自己真正的本质,只有行动,才能赋予人的一生以意义。

在这一点上,大江健三郎受萨特的影响至深。"作为一个专修法国文学的学生,我从萨特那里学到了参与社会。"[2] "在我的作品中,想象力是最重要的,我认为萨特对此有非常深刻的理解,我从他那里接受了许多影响。什么是想象力呢?即将微小的个人与大社会、大世界联系起来,这是

---

[1] [法]萨特:《萨特文集》,施康强译,人民文学出版社2000年版,第210页。
[2] 许金龙:《大江健三郎北京演讲二〇〇〇》,《中华读书报》2000年10月18日。

最为关键的。因此我思考广岛问题、核武器问题等。同时，我也考虑自己的孩子。我的文学的重点，就是将这二者联系在一起，也就是说，我的文学始于存在主义。"① 因萨特而从事文学工作的大江健三郎，在早期的创作中，俨然是萨特在日本的文学传人，以介入的姿态，勤奋地书写他对时代的感受。大江健三郎从萨特那里继承而来的"存在主义文学"风格，主要表现为两个方面，一方面是对人的存在状态的本质观念和存在本身的探讨，另一方面就是提倡介入文学，要作家明确地对当代社会采取批判的姿态。

1957年，大江健三郎发表了他的第一篇短篇小说《奇妙的工作》，这是一篇带有存在主义思想痕迹的小说，弥漫着一种日本战败之后的失落和阴暗情绪。随后发表的短篇小说《死者的奢华》，表现出对生命、女人、性和死亡的沉思，对时代内部病症的敏锐体察，对青春期成长的复杂体验。而中篇小说《饲育》的背景则是"二战"期间，在日本偏僻的山村中，一群少年俘获了一名美国空军的一架坠毁战斗机的黑人驾驶员，他们对这个俘虏进行"饲育"和虐待，最终杀死了这个黑人俘虏。"二战"对日本民众和孩子们的影响深入到了四国的森林和人们的内心深处，一股莫名的哀伤贯穿全篇。《青年的污名》是一部小长篇，讲述日本边缘人的灰暗生活。《我们的时代》也是一部小长篇，小说里弥漫着一股躁动和欲望的气息，它通过描写一名名叫靖男的23岁青年的性遭遇和性冒险，以性的角度来观察青年的独特存在和精神状态。长篇小说《迟到的青年》表现的是外地人和边缘人、青年人的压抑和性苦闷，都市的广大和冷漠。大江健三郎以《性的人》、《我们的时代》、《迟到的青年》、《个人的体验》为主，从性的角度积极探索人的精神状态，取得了别样的收获。

在第一个阶段里，他以文学的介入态度，实现了对日本战后社会现实的批判，从存在主义的继承上，他把发源于法国的存在主义移植到了日本，嫁接成一种独特的文学成果。因此，对现实的关注、对自我的审视和挖掘、对人性复杂性的体察、对日本青年人的存在和性状态的描绘，都是

---

① [日]大江健三郎：《中日作家学者四人谈》，http://www.china.org.cn/dajing. 2000 – 09 – 29。

大江健三郎在这个阶段非常重要的表达和成果。

1967年,长篇小说《万延元年的足球队》的发表,标志着大江健三郎的创作发生了转向,他开始从古老村落的神话传说、民间故事中去寻找解决现实问题的方案。跳出狭小的个人生活圈子,进入到更广阔的时空中。把原来的存在主义小说风格,又提升到了一个更加恢宏的地步,创造了一个独立的、历史和神话想象的空间。《万延元年的足球队》熔知识、热情、野心于一炉,深刻地发掘了20世纪人与人之间的关系。此后,受到身边发生的各种重大事件的影响,如1968年川端康成获得诺贝尔文学奖、1970年三岛由纪夫自杀等,大江健三郎更多地以文学参与到社会活动中,积极地思考高速经济发展的时代里日本人的精神处境。他的随笔集《冲绳札记》,以随笔的形式直接反思人类身处核时代的恐惧与忧虑。《洪水涌上我的灵魂》这部小说以当代世界所面临的核时代的恐惧作为主题,以日本当时有名的左翼组织"赤军"在东京浅野山庄发生的内讧事件为背景,讲述了主人公大木勇鱼为了逃避核时代的恐惧,幻想地球发生核爆炸、地壳大变动、洪水开始淹没人类社会,最后,他躲入核避难所,也难逃被现存体制的"洪水"淹没的命运。大江健三郎借助他所塑造的大木勇鱼这个人物,表达了他对特定年代日本文化境遇的忧虑。长篇小说《替补跑垒员调查书》的出版,依然反映出大江健三郎对日本社会现实的批判和一种精神上的焦虑。虽然篇幅不大,但批判却是犀利尖锐的。

大江健三郎是一个有着强烈的危机意识的作家。个人家庭的危机、社会的危机乃至整个人类的危机,无不在他思索的范围之内。随着脑残疾儿的诞生以及对广岛的访问,核危机及反核思想就成了他创作中的一大主题。他不断地以随笔和小说的方式来反映它对日本国民性和精神结构的影响。长篇小说《摆脱危机者的调查书》继续着他对核时代的文学想象,表达了他对人类末日可能性的强烈的忧患意识。小说将主人公对核时代的想象和当下的日本社会现实联系起来,呼唤着人性的复归和在核时代里的和平共处。至此,大江健三郎将自己对神话原型和民间传说的关注,延伸到对核时代的观察和思考上,成为一个思考全球性问题的思想家和作家,视野更为开阔,思想更加敏锐而深邃。长篇小说《同时代的游戏》依然延续着核危机的主题，以一种新的叙事方式，将日本20世纪的历史融会到小说中，以强大的想象力，把日本社会现实、人类面临的核武器的威胁以及宇宙中的创造和破坏性的力量联结起来。

20世纪80年代，大江健三郎开始尝试一种新的写作方法，即以主题相同的方式创作一系列小说。于是，他创作出了一些"类长篇"。如系列短篇小说集《倾听雨树的女人们》和《新人呵，醒来吧》，小说《河马咬人》等，又回复到探寻边缘人的存在意义，挖掘出一种别致的生存况味上来。而同时期的长篇小说《M/T与森林里奇异的故事》，继续着大江健三郎对故乡的神话、民俗和传说的现代再造，表现出作者回不去故乡深深的哀愁。

大江健三郎晚期的作品呈现出一些精神性小说的品格。从表面上看，他的创作似乎离现实更远了，但实际上，他对现实的思考和洞见更加真实，更加深邃了。因为在这些作品中，他的笔触开始深入到人的内在灵魂，表现出对人的灵魂和精神的探索。而作为具有社会性的人，其精神的发展、灵魂的显现，都不可能脱离现实而存在，都直接或间接，或隐或现地表现出现实的影响。因此，对人的灵魂与精神的探索，是对现实的更高层面的反映，它同样表现出了大江健三郎一贯坚持的"文学介入"的思想。长篇小说《致令人怀念的时代》中，大江健三郎以自身的体验为基点，对"死亡和再生"进行了思考。对生命和死亡的关系，对向死而生的人生，大江健三郎做了一种深情的凝视。长篇小说三部曲《燃烧的绿树》被大江健三郎称为挂笔之作。大江健三郎以向故乡森林出发的方式，来探索日本人精神的故乡问题。试图回答出经济高速发展、国力日益强盛、但精神却无所着落的现代日本"灵魂的根本所在"的问题。

20世纪90年代末，针对东京地铁中发生的沙林毒气事件和日本奥姆真理教的产生，大江健三郎创作了长篇小说《空翻》，探索了产生奥姆真理教这个宗教怪胎的日本社会的现实状态。表现出大江健三郎作为一个有良知的作家，面对现实社会的重大事件，立即用文学的手段进行了自己的反应的高度的责任心和使命感。当时，日本经济出现了泡沫破灭，持续了十多年的经济萧条使日本人的精神世界发生了恐慌、焦虑和虚无等变化，而作为积极对社会和现实发言的小说家，大江健三郎必然要对这个社会现实、尤其是日本人的精神处境进行挖掘和呈现。正如大江健三郎自己所说："我相继发表的《燃烧的绿树》和《空翻》，其实都是我对日本人的灵魂和精神问题进行思考的产物。比如，日本出现奥姆真理教这个以年轻人为主体的邪教，就说明我们必须重视和研究有关灵魂和精神的问题。我只不过是在文学上把它反映出来罢了。"

世界是如此的荒诞，人生是那样的虚无和痛苦，各种危机无处不在。那么，人类是不是就这样永远被异化、被压抑着毫无希望呢？大江健三郎的回答是："不！"那希望在哪里？就在大江健三郎的"新人"那里。自进入 21 世纪以后，大江健三郎以几乎每年一部的速度，相继出版了长篇小说《被偷换的孩子》（2000）、《愁容童子》（2002）、《两百年的孩子》（2003）、《别了，我的书！》（2005）。加之散文随笔集《在自己的树下》、《康复的家庭》、《宽松的纽带》、《致新人》，等等。大江健三郎对"新人"的塑造和呼唤跃然纸上。他把创造美好社会的希望寄托在无垢的孩童世界，寄托在心灵未被世俗所浸染的孩子身上。这是他对未来的期许，也是他改造社会、创造美好未来的理想途径和方案。

至此，我们看到，大江健三郎接受并很好地实践了萨特关于"介入文学"的主张，他强烈的社会参与意识使得他的文学创作超越了个人化的局限，体现出高度的使命感、责任感。纵观大江健三郎的创作，我们看到，大江受到萨特"介入说"的深刻影响，像萨特人道主义揭露世界的丑陋和人类所面临的生存危机一样，也在创作中凸显人类的生存危机，在现实中不断地以实际行动呼吁人们做出反应。更难能可贵的是，他不仅暴露现代人的这种生存状态，而且还以各种方式致力于探索一条可以让人类走出困境的道路，试图引领人们走向希望的出口。尽管在大江的小说中，希望是微茫的，超越的根基也是脆弱的，但正如他在随笔《生的定义》中所指出的那样，战斗的人道主义属于确信自己的自由与宽容，对人类危机颇为悲观却勇敢前进的人[①]，与微茫和脆弱共生，在悲观之中奋然前进，这就使

---

① ［日］大江健三郎：《生的定义》，《广岛札记》，光明日报出版社 1995 年版，第 300 页。

得人在危机中缺乏根基、近乎荒谬的转变和超越别具意义。如鲁迅先生所言："绝望之为虚妄，正与希望相同。"① 也正是如此，大江的人道主义思想就显得更加深刻，更加有意义。大江时刻都在关注着人，关注着社会，关注着整个人类世界，他追求的是人类生存状况的改善，世界的长久和平和人类生活的完美和谐。正如他在诺贝尔文学奖受奖词中所说："如果可以，将以自己的羸弱之身，在20世纪，于钝痛中接受那些在科学技术与交通的畸形发展中积累的被害者们的苦难。我还在考虑，作为一个置身于世界边缘的人，如何从自己的意愿出发展望世界，并对全体人类的医治与和解作出崇高的人文主义的贡献。"② 这就是大江人道主义思想的崇高和伟大之所在。他通过自己的创作实践，有力地回答了"作家何为"、"人类何为"的问题。

二 文学与政治的完满结合

文学与政治之间的关系一直就是"剪不断、理还乱"。大江健三郎是一位政治色彩很浓的作家，不同于年轻"飘"一代喜欢阅读的村上春树。他对村上这一代青年作家的"非知识分子化"持批评态度，而认为"一个好作家，应该强烈意识到文学家是士大夫，是知识分子"。大江健三郎接受的萨特的文学"介入论"，主张以文学创作积极参与到社会事务中。而且他丝毫不否认文学与政治之间的密切关系。

在大江看来，文学与政治是不可分割的，一个不关心政治、不关心社会的作家不是一个好作家。1999年，他在柏林的一次演讲中，引用德国作家托马斯·曼当年使用过的"战斗的人道主义"的概念，来呼唤知识分子对现实社会的干预。"我认为，知识分子，不是在家里写写小说、做做实验就行了的，他必须主张通过自己的学问获得对人类、对社会的认识，为此需要战斗。"大江是这样说的，也是这样做的。在文学实践中，大江健三郎执着于对国家政治、社会问题的关心，并将文学与政治巧妙地结

---

① [日] 大江健三郎：《生的定义》，《广岛札记》，光明日报出版社1995年版，第312页。
② [日] 大江健三郎：《我在暧昧的日本》，《大江健三郎作品集》附录，光明日报出版社1995年版。

合起来，不仅实现了他文学参与政治的理想，也给文学创作者树立了一个坚实的标杆。

1959年，大江以日本作家很少接触到的日本少数民族——阿伊努族为题材，写了长篇小说《青年的污名》。这部作品一方面揭露了大和族对日本少数民族的欺凌压迫，另一方面接触到在那个社会制度下，劳动人民无法摆脱资本家剥削的问题。

由于地理上和历史上的原因，同属大和民族的冲绳岛民备受歧视，大江健三郎对他们的命运深表关注。在《冲绳札记》（1970）里，他揭露了日本政府迫害冲绳居民的骇人听闻的事实。战争期间，男的被拉去当炮灰，妇女被迫卖女卖儿甚至卖身来交税。从本土派到岛上来的部队为了口粮还逼迫当地居民集体自杀。战后，冲绳岛民受歧视的状况并未得到任何改变，加上生活极其贫困，以致精神失常者的数字高出本土两倍半。

大江健三郎对当代日本的社会现实心怀不满，对日本人民的未来感到不安，他与统治阶级之间存在着不可调和的矛盾。从天皇制到民族问题，从美军占领到右翼势力抬头，从广岛到冲绳，他不遗余力地对现有的体制做了一些坦率的揭露，他的作品接触到日本当前所面临的种种问题。

在20世纪60年代动荡中念大学的大江，是在研读萨特、加缪等法国作家的作品之后，带着敬畏之情，投身于充满激情与梦想的文学事业的。文学既是一次梦幻之旅，也是对现实执着的关注和批判。大江选择的一般都是新锐们看来"笨拙而陈旧"的主题。然而，正是这些主题关乎着每个生命个体的权利和尊严。大江希望能够像他所尊敬的鲁迅先生那样"呐喊"。

早在10岁的时候，大江健三郎就曾在小学课堂上公开说："我反对天皇！"结果被暴虐的老师打得头破血流。反对被神化的天皇，反对穷兵黩武的军阀，也许出于孩子的天性和本能。但大江健三郎反对天皇制的思想，却从来都没有消失过。大江反对天皇体制，认为天皇犯有不可饶恕的战争罪行。当天皇颁发给他文化勋章的时候，他毫不犹豫地拒绝了，导致保皇分子在他家门口示威。同时，大江也反对极右翼分子的扩军备战政策，他公开宣布："我最大的敌人就是石原慎太郎。"这些观点使得他在日本成为"另类"。作为一名日本人，大江正视自己民族的劣根性，并支持大江在《自选随笔集》的"序"中说:"小说和随笔是我文学生活中的车之两轮",他通过随笔之"轮"直抒胸臆,直截了当地表达了反战的思想感情,认为日本对中国和亚洲各国应负战争的责任。在随笔中,他不断提醒新日本人,要"反思日本在战争期间对亚洲犯下的罪行"。并说:"我的文学一直是紧跟着战后50年日本人的步伐的。我的基本姿态就是不断批评自己周围的现状,把日本人的错误,当成自己的错误来接受。"可见,大江没有把自己的随笔与日本这个国家、与日本人民的现状割裂开来,而是在随笔中坚持这种"批评",并把"批评"定位在对侵略战争进行总清算的高度。他坚持"写作随笔的最根本动机,是为了拯救日本、亚洲乃至世界的明天"。他的责任是对侵略战争进行总清算,绝不允许日本重温"大东亚共荣圈"的旧梦。

政治和文学的关系,是世界文学范围内的一个问题。正如莫言先生在大江文学研讨会上的发言所说:"小说家总是想远离政治,但小说却自己逼近了政治。小说家总是想关心'人的命运',却忘了关心自己的命运。这就是他们的悲剧所在。"大江先生鲜明的政治态度,斗士般的批判精神以及他对社会和政治问题的敏感和关注是有目共睹的。一般认为,《别了,我的书!》表现了反对"天皇制"的思想,是对日本现实进行的深刻理性批判,具有鲜明的国民反省意识。小说的主人公古义人是曾经获得过国际大奖的作家,椿繁则是美国一所大学的教授、建筑学家。两人为了对抗世界规模的巨大暴力,组成"奇怪的二人组",策划"老人之愚行":首先炸掉东京的最高大楼"六本木",并把它录成影像,然后以网络的形式向全世界传播。作品中"奇怪的二人组"策划的"愚行",其宗旨在于"矫枉过正",暴露时代的潜在危机。大江先生以与时代同呼吸共命运的危机意识把握时代的脉搏,以带有"煽动性"的"愚行"对抗世界规模的暴力行径,向人们发出警示信号。

大江健三郎一直密切关注社会问题和国家的政治走向。2003年,69岁的大江健三郎和著名评论家加藤周一等人发起了"九条会",这个以著名人文学者和作家组成的组织强烈反对日本政府和保守的右翼力量试图修改日本和平宪法第九条,可能为军国主义复活而铺平道路的行动。2006年,大江两次出庭,对阵日本右翼势力,丝毫不怯场,像战士一样迎接挑战,两次获得了胜利。如今,面对急剧右倾化的日本社会,自己坚定了与残酷的社会现实对抗的决心和信心,就如其对中日关系的寄语中所说:"安倍政权是靠各种牺牲支撑的,他们意欲用非民主主义的方法将我们坚守了67年的时代精神破坏。为了守卫下一代的和平和民主主义,我们能够做的是游行和这些集会。"①

大江在接受芥川奖时说:"毋庸置疑,我是通过文学参与政治的,只有在这点上我才更清楚自己选择文学所要承担的责任。用想象力的语言在两个世界之间架起一座桥,使小说世界走向政治世界。"② 因而,在他的作品中,表达了作家对一系列社会和政治问题的思考与见解,如战争的责任、天皇制、日美安全条约等问题。在诺贝尔文学奖颁奖典礼上,大江健三郎作了一篇题为《我在暧昧的日本》的演讲。日本在亚洲发动战争,扮演了侵略者的角色,但自身又是这场战争的受害者,原子弹爆炸带来的伤害也许永远都无法消除。大江健三郎也是一个背负着战争创伤,同时也渴望着新生的作家。这些作家对日本军队在亚洲的非人行为做了痛苦的反省,并以此为基础,从内心深处祈求和解。③ 作为一个正直的作家,他希望在国际上重塑日本人的形象,即"正派的"、"宽容的"、"人道主义的"日本人形象。

在日本这个民主制度尚不稳固,皇道主义、军国主义和民族主义盛行的国家,大江备感为民主、为自由、为和平而战斗的必要性与艰巨性。因此,他期望能"以自己羸弱之身,在20世纪,于钝痛中接受那些在科学技术与交通的畸形发展中积累的被害者的苦难……并对全体人类的医治与和解作出高尚的和人文主义的贡献"。这就是他文学介入社会、参与政治的铿锵誓言。

第四节 大江文学开创的人类生存之道

任何一个登上诺贝尔文学奖领奖台的作家,都有一个共同的特点,那

---

① [日]大江健三郎:《中日关系一句话》,《人民中国》2014年第6期。
② [日]大江健三郎:《广岛札记》,日本岩波书店1965年版。
③ [日]大江健三郎:《大江健三郎作品集》,光明日报出版社1995年版,第366页。

就是对人的关注,对人类生存、人类前途命运的深刻思考。无一例外,他们创作的思想核心都是人道主义。以此为基点向四周辐射,照亮人类世界的每一个角落。大江健三郎在《面向"作为意志行为的乐观主义"》(2008年2月22日于东京世界笔会论坛上的演讲)中坦率地谈了他一生追求的创作宗旨:"作为人类的一个个人,或者是人类的一个集团,甚或是人类的一个社会,因为灾害而经受怎样的折磨,受到了怎样的摧残,在此基础上又怎样恢复了过来?这就是我作品的全部形态。"[①]

大江健三郎一贯秉承"走向边缘,从边缘出发"的小说创作意识,实际就是要改变以天皇文化为中心、改变天皇文化控制下社会文化的单一,创造一种充满生机和活力的多元发展的社会文化,从而也把人从单一的天皇文化的束缚中解放出来,使其人格得到正常、全面的发展,从而推动社会全面、健康地发展。而这种实践,就是其构建和谐社会、创造和谐人格的不懈努力。纵览大江的创作,我们不难发现,在其从边缘出发,表现出人类与现代社会的对立,现代社会对人的异化,以及人类在现代社会困境中的躁动与不安,对如何恢复人性进行了探讨这一过程中,就蕴含着大江力图寻找自我与生存环境的和谐、探求人与人的和谐共处、渴求人类与整个宇宙协调发展的和谐思想的发展演进轨迹。

一 跳出封闭的空间寻找生存价值和意义,力求实现自我与生存环境的和谐

自20世纪50年代以后,日本社会开始从战后的贫困和混乱中走出来,经济得到恢复和发展。但是,战争给人们的创伤还无法抹去,特别是处于美国的军事管制之下,人们深感日本的前途渺茫。而资本主义经济的发展,也使得社会对人的异化日益突出。异化现象的存在,不仅使个人内部出现剧烈的矛盾冲突和危机,也使人们感到好似整个社会、一切人都在与自己作对。人们在生活中感到身不由己,受到异己力量的支配。因此,这个时期的日本人,处于这种尴尬的境地,感到的是外部世

[①] [日]大江健三郎:《面向"作为意志行为的乐观主义"》,许金龙译,《作家》2008年第9期。

界给人设置的种种障碍，及其对人的压抑和窒息。人们普遍感到无所适从，无法把握自己的命运，找不到生活的出路。正是面对这样一种社会现状，人们由此产生一种荒诞感、虚无感。大江这个时期的作品，主要表现的就是人们在这种封闭状态下恶心、孤独的荒诞生活，以及人们在荒诞世界中深深的徒劳感。

大江小说中所表现的"荒诞"，大致可分为两种状态：一种是表现战后青年人的精神危机，即虚无意识；另一种是表现战争所造成的人性的危机，即人性的异化。

大江最初的两部作品《奇妙的工作》和《死者的奢华》是模仿萨特的存在主义文学作品而创作的。表现的是日本战后青年一代精神的危机，由于行动的徒劳和无意义导致了精神的虚无、无所依托。这两部作品在题材、手法及主题上十分相似。这两部作品都向我们展示了一个荒谬的世界，着重表现了处在这荒谬世界中的人们的特异的心理体验。在这个荒诞的世界里，人们疑惑、彷徨，找不到出路，也看不到希望，青年一代的精神世界弥漫着虚无。

大江作为一个学生作家，学生生活的体验，使他得以进入日本战后年青一代的世界，感受他们的精神世界。但很快的，大江也意识到，校园生活的单一限制了他的生活体验和视野。为了弥补这一缺憾，他将视野移到了自己曾经的经历中，移到了至今印象最深的自己的童年和少年时代的生活。因为那段生活是在残酷的战争中度过的，充满了血腥，不堪回首。在"二战"结束很多年后，大江回忆说："战争年代，即使是孩子们也非常痛苦和恐怖。整天在恐慌中度日。"当大江以存在主义的理念重新加以审视，发现了那些生活经历恰好是表述存在主义理念的绝佳题材。于是，大江很快创作了《饲育》和《拔芽击仔》，这是描写战争年代人性异化的两部作品。

《饲育》[①] 讲述的是一个森林谷底村庄中的一位少年"我"，从小在这优美宁静的环境中，过的是一种无忧无虑的生活。但是，自黑人兵出现以

---

① 本书所列举《饲育》例句均出自叶渭渠编《大江健三郎作品集·死者的奢华》，光明日报出版社1995年版。

后，一切都发生了改变。黑人兵因乘坐的飞机在村庄附近坠毁，被村里的大人捕住，关押在"我们"住的仓库底下的地窖里。刚开始，黑人兵只不过是"我们"眼中的"牲畜"、"猎物"，"我们"对黑人兵既好奇又充满恐惧。但是不久，"我们"和黑人兵慢慢地亲近起来，黑人兵渐渐地融入人们的生活当中。但是，当黑人兵意识到自己即将要被押送到县里去的时候，他却把要向他发出警示的"我"当作挡箭牌，保护自己。父亲为解救"我"，把"我"的左手掌和黑人兵的头颅一起打碎了。

小说主要描写战争中人的异化和人与人之间关系的异化，表现了人们在这种异化之下荒诞的生活和深深的徒劳感。黑人兵一进入村子便被从人异化成了物。他被关在地窖里当作"牲口"来饲养，无法逃离地窖，逃离这个村子。在这个村子里，黑人兵只能是物，是与大人们敌对的、随时准备被宰杀的动物。而孩子们在成人的眼里就像猎犬和树木一样作为村里生活的一部分而存在。他们的处境并不比黑人兵优越多少，在大人的眼里，他们还不是完全的人。当少年被黑人兵当作挡箭牌保护自己以免受到大人们的伤害的时候，这些大人则好像把少年抛弃了一般，完全不顾少年的安全冲进了地窖，大人们突然间也变成了凶狠的动物，令少年感到恶心。小说着重表现了少年"我"在强大的成人世界中深感力量的渺小，以及无法把握自己命运的徒劳感。"我"很想能够和黑人兵友好相处，但是最终黑人兵还是无法逃脱死亡的命运。"我"想极力拯救黑人兵，但由于语言不通无法沟通，他在感受到生命威胁的时候，把"我"当作他保护自身的挡箭牌。处于黑人兵强壮的臂膀之下，"我"更感到无力和无助。"我朝后仰着头像一个任人宰割的小动物，从张开着的被扭歪的嘴里发出小动物般微弱的尖叫声。"而大人们更是不管"我"的死活，他们把"我"抛弃了。"他们仍砸着盖板，他们会眼看着我被黑人勒死而见死不救的。等他们打碎了盖板，大概只能看到我那被绞死了的黄鼠狼般的僵硬的四肢吧。我感到愤恨、绝望，就那么仰着头屈辱地呻吟着，流着泪听着门外的锤击声。"可见，少年在黑人兵的威胁之下，是多么的孤立无援，而大人们的冷酷无情更令他深感绝望。小说正是通过少年的切身感受，揭示出了在这异化的世界里，人与人之间关系的冷漠，表现了人们无法把握自身命运而产生的深深的徒劳和绝望。

如果说《饲育》和《拔芽击仔》表现的是战时人性的异化，那么《人羊》描绘的则是战后人性的异化。战后的日本处于美国的管制之下，人们备受屈辱，却又只能做无力反抗的懦夫。在强大的"雄性"美国面前，日本不得不异化为恭敬、温顺的"雌性"，民族自尊受到极大压抑。表现出处于其中的人们无法把握自身命运的深深的徒劳之感。

精神的危机如何摆脱？人性的异化何以改变？这是大江在创作伊始就着力探讨的问题。他说他因萨特而从事文学，而他最初的创作便是对萨特的模仿。萨特认为，外在世界是一种自在的存在。处在自在世界当中的万事万物都具有孤立性，相互之间都是分别的存在，没有任何外在的关系，也没有任何存在的理由和目的，它们只不过是一种偶然性的存在。因此，世界是荒谬的，人生是孤独的。处在世界当中的人，面临的是一种孤独无依的、令人绝望的境地。因为人生而被抛，被抛入世界的人面对的是一个充满偶然性的虚无的世界，人来到这个世界也是出于偶然，因而是荒谬的、毫无理由的，感到没有任何出路。而这种悲观的存在主义思想，正适合大江对日本战后社会给人带来的普遍的消极情绪的表现。由此可见，大江文学中的"荒诞"意识是在萨特"荒诞"观念的启示下发生的。但我们应该看到，大江对萨特荒诞意识的接受，是在既定的文化背景和社会背景下发生的，在价值趋向上有着迥异于萨特的特点。这种差异突出地表现在，大江式的荒诞是作为历史的、民族的寓言的荒诞，在时空意识上有着相当明确的针对性。这是一种具体的历史荒诞，是对日本社会现实不合理的现象的批判和否定。大江接受萨特荒诞意识的时候，非常自然地对荒诞意识进行了改造，将萨特笔下人类抽象性，转化为日本社会现实的具体性。

因此，大江极强的责任意识，使得他笔下人物的"自由选择"具有了很大的超越性。存在主义的影响决定了他小说创作的宗旨是发掘现实中人的孤独感，寻找人在现实中失落的自我。他从虚无的一面否定人生意义，进而强调人的自由选择："就连小时候我也不苟言笑。所以有时我竟觉得自己忘了该怎么去笑。但一想起火山，我就笑得流泪。"（《奇妙的工作》

1957）促使女学生早熟的现实生活和她所神往的火山构成了判然分明的比照。火山，当然是"我"们自由选择的归宿。作者意图通过"选择"，把人们从精神危机下解脱出来。大江作品中的主人公们，虽身处荒诞的现实当中，行动处处受阻，空虚无聊，精神颓废，痛苦不堪。但是，面对外部世界给人制造的极限境遇，他们总能积极地自省，进而作出行动，勇敢地面对生活。他们勇于承担责任，甚至做出牺牲，对自己负责，对他人负责，也对社会负责，从而迈上积极向上的生活之旅。可以说，大江作品中人物的选择是一种积极主动的自由选择，他们的行动不再是应对荒谬世界的徒劳之举。作品中的人物往往在经过精神苦闷的"炼狱"之后，冲破禁闭之"墙"，找到通往光明的人生出口。人物的选择，正是作家的思想意识的艺术反映。大江通过《个人的体验》完成了他自我的选择，找到了生存的价值和意义，也实现了自我与生存环境的和谐。

小说的主人公是27岁的大学预备校的教师，绰号鸟。其妻子生下头部畸形儿使他不得不面临着痛苦的选择：要么对婴儿实施脑部抢救手术，要么任其衰竭死去。最初他选择了暂时的逃避，想将婴儿处理掉后远走非洲。然而最后还是面对现实勇敢地选择了与儿子共同生活下去。小说中的鸟，为了摆脱缠身的家务和残疾婴儿表现了他的困惑，最后鸟经过自省和斗争，终于对生命存在有了真正的体验，以乐观的姿态直面现实中的存在困境，并做出了积极的选择：正视怪物婴儿，承担责任。他救下了畸形儿，同时也使自己获得了新生，走出了困境。

二 与残疾儿共生，实现人与人的和谐，也造就了自身的和谐

大江健三郎是一个现实感、时代感和责任感极强的作家，萨特的存在主义中流于徒劳与虚无的自由选择，并不能满足他对当下现实世界以及生活于其中的人类命运的思考与探索，特别是残疾儿子出生后，他终于明白，存在主义哲学和文学并不能赋予自己把握现实和对应现实的能力，他决心重新构建自我，重新学习了文艺复兴时代的人道主义。最终凭借着长期居住在森林山谷的大自然生活体验所培育出来的丰富想象力，通过调查

日本广岛、长崎遭原子弹爆炸所获得的悲惨体验，以及身历儿子天生残疾所承受的痛苦而产生的对生与死的关注和对生命的关爱，树立起一种"战斗的人道主义精神"。这种人道主义既是大江经过萨特存在主义的洗礼之后向文学传统的一种复归，更是对存在主义的一种超越。在超越中，萌生出一种强大的"共生"感，为实现人与人的和谐共处开辟了一条新兴之路。在努力建构人与人的和谐关系中，自我的人性也得到了恢复，人格得以升华，最终成就了人自身的和谐。

大江早期的创作便对"二战"后人类生存状况和人的精神世界失落进行了思考和关注。后期的创作仍沿着这条线索，追求人存在的本质意义，体现了对人的终极关怀。《个人的体验》是大江众多作品中一部很具代表性的作品，这部作品的出现，预示着大江与萨特存在主义的疏离。而这部作品的一种很重要的思想，就是带有人道主义精神的灵魂升华。面对残疾儿，是决心养育下去，还是当机立断，将其处理掉，以有利于自己今后旨在逃避现实生活的非洲之行，为此，鸟的内心充满着纷纭的矛盾。作品对此的描写也非常深刻。当鸟决定让孩子活下去时，火见子不得不承认：硬要养育一个只有植物机能的婴儿，这是鸟获得的人道主义思想。[①] 这不仅是对"鸟"的描写，其实也是作者内心的真实写照。

在《个人的体验》中，大江健三郎以个人的生活经验为基点，在同残疾儿的共同生活中，提出了"共生"这一母题。"共生"有两层含义：一层是获得新生，如作品中鸟的选择使自己和儿子获得了新生；另一层是人与人相互依偎着生存下去，这是"共生"的主要内容，大江健三郎和儿子大江光就是互相依偎着生存的范例。共生是人类最善良的理想之一，是深刻的人道主义情怀，自大江健三郎登上文坛以来，一直对人类的生存表现出热切的关注。经由残疾儿的问题，萌发出人类共生思想。即大江健三郎通过"残疾儿"这一主题把个人生活的小宇宙与世界这一大宇宙紧紧地联系在一起，从人的内心痛苦和个人体验出发，让小宇宙包容大宇宙。残疾儿代表着社会中的弱势群体，他们在成长过程中表现出的顽强意志是激发

---

① [日]大江健三郎：《个人的体验》，王中忱等译，光明日报出版社1995年版，第199页。

正常人生命活力的无形力量。他在《我文学的基本形式是呼唤》中指出："集于小的、局部的东西,而后推广于世界中去,我想所谓文学就是这样吧,小孩子所感到的痛苦和全世界所感到的痛苦或坏事是有联系的。"① 在他看来,与残疾儿共生,与处于世界边缘、受挤压被忽视的弱势群体相处,是实现人与人和谐的根本。

发表于1965年的长篇随笔集《广岛札记》与《个人的体验》尽管题材不同,文学形式各异,但却是有着内在联系的两部作品。为了更为深刻地探明因原子弹爆炸产生的后遗症,他在残疾儿出生的这一年夏天,亲赴广岛考察,体味到了战争的残酷性和核武器给人类带来的深重灾难,以及原子弹爆炸受害者们所体现的顽强的生命意志。《广岛札记》的开头这样真实地记录了作者当时的感受:

> 像这样一本书,从个人的事写起,这似乎有些不妥。可是,这里所收集的关于广岛的所有随笔,无论是对我个人,还是对始终与我从事这项工作的编辑安江良介君,都是跟我们各自的内心深处息息相关的。因此,我想把1963年夏天我们两人初次一起旅行广岛时的个人经历写下来。就我而言,我的第一个儿子处于濒死状态,躺在玻璃箱里毫无康复的希望;而安江君,他也刚刚失去第一个女儿,并且我们两人共同的朋友,因整天潜心研究他的"依靠核武器的世界的最后的战争"的课题,被那恐怖的意象搞得精神崩溃,竟在巴黎自缢身亡。我们都已焦头烂额。但是,无论如何,我们还是向着盛夏的广岛出发了。像那样疲劳、困顿、沉闷、忧郁的旅行,我还没体验过。②

我们不难看出,当时的大江健三郎已陷入了家、国、天下的精神危机中,但是,他并没有让这种危机继续发展下去,而是在寻找克服危机的途径。如果说之前,大江健三郎因为脑残疾儿子的降生还只是囿于自身的痛

---

① [日]大江健三郎:《我文学的基本形式是呼唤》,《文汇读书周报》1995年12月3日。
② [日]大江健三郎:《广岛札记》,光明日报出版社1995年版,第1页。

苦体验的话,那么广岛之行成为他从小世界走向大世界的推手。大江健三郎通过《广岛札记》从个人生活的危机中走出来,开始关注核武器威胁下的国家、世界的危机。他说:"我希望通过这份小说家的工作,能使那些用语言表达的人及其接受者从个人和时代的痛苦中恢复过来,并使他们各自心灵上的创伤得到医治。因而,我在文学上做了不懈的努力,力图医治和恢复这些痛苦和创伤。"①

《广岛札记》谴责了美国在第二次世界大战结束前,向广岛投掷原子弹给广岛人民带来的灾难,讴歌了那些本身就是受难者却还舍己救人的医务工作者和顽强地活下去的广岛人,表现了作者强烈的正义感。广岛之行使大江健三郎以广岛和那些真正的广岛人为"最基本最坚硬的锉刀",② 呼唤世界各国放下核武器,为构筑人类的和平共同努力。大江健三郎在谴责美国向日本投放原子弹的同时,也意识到了日本在"二战"中所犯下的种种罪行。出于人道主义,他反对战争,反对军国主义,对核武器一直持否定态度,并通过文学作品始终与核武器展开正面斗争。

残疾儿的降生和广岛之行使大江健三郎形成了战斗的人道主义,表现了对普遍人性的关怀,成为大江健三郎以后创作的旗帜,指引着大江健三郎的创作方向。大江曾说过:"自从自己的家庭出生了一个智力有障碍的孩子,和这个孩子共同生活,就成了我的小说世界的主线",从此便开始"把和自己家里的残疾儿共同生活这样的事情作为所有小说的主题"。③ 这一主题还贯穿于其他很多作品之中。如《万延元年的足球队》、《洪水涌上我的灵魂》、《核时代的森林隐士》、《新人呵,醒来啊》等。这些作品,无不显示出大江对人类命运的密切关注,表现了大江深邃的思想和崇高的精神境界。在与残疾儿共生中,大江健三郎找到了人与人和谐的基点。无论是小说中,还是现实中,父亲与残疾儿在心理感情上的相互依存性,表现了残疾儿未受世俗文化浸染的灵魂内部,与生俱来的"人类最基本的美好

---

① [日]大江健三郎:《个人的体验》,王中忱等译,光明日报出版社 1995 年版,第 309 页。
② [日]大江健三郎:《广岛札记》,刘光宇、李正伦等译,光明日报出版社 1995 年版,第 140 页。
③ [日]大江健三郎:《致北京的年轻人》,王中忱译,《中国青年报》2000 年 9 月 28 日。

品质"①，这种品质具有很强的净化和救赎作用。而从再生走向共生体现了大江健三郎对人的本质的东方式彻悟：人经过自由选择获得的精神再生，可以算是走出困境的起点。这也正是大江健三郎和谐思想的重要内容之一，即人只有在与他人（包括各种边缘性的弱势群体）的相互理解、尊重、宽容、促进的"共生"的互动联系中，才能在"核时代"里，在"暧昧的日本"，获得自己本质性的存在。②

三　从个人自救到文化救赎，是对整个人类社会、整个宇宙和谐的展望

纵观大江健三郎的创作，我们不难发现，大江健三郎是一位责任意识极强的作家，他在创作中始终关注人的存在，把个人、民族和人类命运联系在一起，全力以赴表现人类文明危机，并将摆脱危机、拓展人类生存之道的可能付诸"个人自救"上，表现出对人类生存困境的终极性思考。

从20世纪50年代作为一个学生作家开始，大江就在自己的创作中，把个人、民族和人类命运联系在一起，借助于萨特的存在主义思想，来思考探究人的存在之本质。随着对人的生存状况探索的深入，他将所接受的存在主义理念融进了他对日本文化和现实生活的全新体验中，终于超越了萨特的存在主义，形成了大江式的存在主义，即面对荒诞的世界、不幸的人生，通过人类自身的积极努力，追求人生存的本质意义，是可以超越荒诞的生存困境的。因此在大江的作品中，充溢着一种具有希望和积极姿态的"战斗的人道主义"，作为作家的这种哲学思想的体现，文本中很多人物在经过"炼狱"的煎熬之后，最终获得了新生。而他们获得新生的途径便是"个人自救"。"自救"意识的出现，使得大江在创作中抗拒着极力表现荒诞情绪的欲望，奋力升华到超越荒诞的生存困境的层面，他执着地探索着实现人类自救的可能，并表现出他所理解的人生存的本质意义，那就

---

①　[日]大江健三郎：《大江健三郎自选随笔集》，王新新等译，光明日报出版社2000年版，第134页。

②　胡志明：《残疾儿主题：大江健三郎文学出发的"原点"》，《安徽师范大学学报》2003年第5期。

是：要克服人生的各种障碍，直面现实人生，战胜痛苦和厄运。

其实，大江创作初期的"自救"意识表现得并不明显。或者准确地说，没有清醒意识到和认真思考过。他在1966年的《对于作家本人，文学是什么》一文中说得很明白："很显然，我在写这篇文章时，所谓的'个人自救'的小说或文学的功能性的命题已在我的文学中初见端倪，只是我处于某种不明朗的期望中试图抵触它，而现在我感到它更强烈、更贴近。"① 那么，大江的"自救"意识到底在何处初见端倪的呢？可以说，《人羊》是这种意识的发端。但在《人羊》中，真正意义上的"自救"意识还没有形成，而是通过对"教员"这一形象的塑造对"他救"表现出质疑来表现出对"自救"的朦胧呼唤。然而"他救"并未能使人摆脱困境，既然靠不了他人，那么最终就只能靠自己了。

在《我们的时代》、《性的人》等作品中，大江以"性"为小说的主要方法，来暴露出生活在战后的日本青年的精神现象，试图表现出在自虐中的人性救赎。尽管这种方法一度受到质疑和指责，但大江的"自救"意识伴随着这种方法出现在读者的面前。

《性的人》的主人公J是一位同性恋者。J的前妻为此服药自杀，他却没有阻止。前妻的死成了J内心永远无法卸去的十字架。于是，他在一次次的反社会的性冒险中渴望着惩罚。准确地说，J的反社会的流氓行径来自他的自我惩虐的动机。他者的惩罚是因为J的流氓般的性冒险，而对于J来说，则是一种缓解痛苦的方法，是一次赎罪的行为。"J沉浸在无比幸福和恐惧交替荡漾不断高涨的波浪里，几只胳膊紧紧地抓住了J。J吓得流下眼泪。他觉得这泪水是对前妻那晚涟涟泪水的赎罪。"② J的罪恶和人性在外界的惩罚中得到了宽恕和赎救。也就是说，这是J自己通过自虐的方式拯救了他自己。

然而，通过自虐的方式进行"自救"并不是大江"自救"意识的全部内涵。随着脑残疾儿子的降生、大江的广岛之行，大江赋予了"自救"意识以更为丰富的内涵，也找到了比"性"更为适合的表现社会，探索人生

---

① ［日］大江健三郎：《对于作家本人，文学是什么》，《外国文学评论》1995年第1期。
② ［日］大江健三郎：《性的人》，光明日报出版社1995年版，第84页。

的方法。这在《个人的体验》中有着非常明显的体现。

小说中的鸟，为了摆脱家务缠身和残疾婴儿表现了他的困惑，最后鸟经过自省和斗争，终于对生命存在有了真正的体验，以乐观的姿态直面现实存在困境，并做出了积极的选择：正视怪物婴儿，承担责任。他救下了畸形儿，同时也使自己获得了新生，走出了困境。

鸟的再生之路完全不同于"J"等，他是靠艰难的心灵炼狱和顽强的意志最终战胜了自我，在其平凡的日常生活中重新找到了适合于自己的行动目标，确立了理想。作者正是通过塑造鸟这一"模特儿"，给那些因在平凡琐碎的日常生活里找不到自己的理想而陷入孤独绝望之中的日本现代青年，开出一剂"依靠自我完善来拯救自我灵魂、治愈心灵创伤"的良药。

在这部作品中，大江从个人生活的体验出发，在同残疾儿生活的体验与思考中，提出了"共生"意念。所谓"共生"，一层含义是共获新生，正如《个人的体验》结尾，鸟的选择，使自己与婴儿都获得了新生。另一层含义就是指人与人相互依偎生存下去，这是大江个人生活"共生"的主要内容。"一个头部存在医学上问题的婴儿出生在了我的家庭里，我感到非常苦恼，不知该如何调整自己，与那个孩子共同生活下去。首先，我不懈地进行医学上的努力救治那个孩子，接着在心理上也坚定了共同生活的意志，在实际行动上朝着那个方面开始前进。""我决心把和残疾儿光共命运的生活作为主题，鼓励他勇敢地与命运抗争，成为一个自强自立的人。"

此后的《广岛札记》秉承了这种思想，表现出强烈的"自救"精神。正如大江所说："我希望通过自己这份小说家的工作，能使那些用语言进行表达的人及其接受者，从个人和时代的痛苦中共同恢复过来，并使他们各自心灵上的创伤得到医治。……因而我在文学上做出了不懈的努力，力图医治和恢复这些痛苦和创伤"。[①] 大江认为，广岛是他思想"最基本、最坚硬的锉刀"，核武器是导致"人类悲惨的一幕"的祸源，是"残暴的罪恶之神和最为现代化的瘟疫"。原子弹爆炸的瞬间放射线损害细胞和遗传

[①] ［日］大江健三郎：《我在暧昧的日本》《大江健三郎作品集·死者的奢华》，光明日报出版社1995年版，第359页。

因子，从根本上使人变成"非人"，这正是"最黑暗、最可怕的世界末日的景象"。大江呼唤人类能像鸟一样恢复良知、爱心，重建人性，互相理解和合作，人与人之间共生下去，实现人类的自救。

《万延元年的足球队》以四国森林中的山村为背景，讲述了根所兄弟俩通过与不幸的命运抗争实现人的再生的主题。小说的主人公蜜三郎曾是大学讲师，现与人合作搞翻译。在现代生活的重压下，他迷惑、孤独、焦虑，陷入了精神危机之中，浑浑噩噩、苟且偷生。随着残疾儿的出生、友人怪异地自缢、妻子菜采子因生下残疾儿而陷入惊恐之中并沾上酒瘾，引发了蜜三郎对自身恶劣的生存际遇的痛苦思考。他想借助威士忌和沉睡来回避这使人沉沦迷离的生存状态，也想"摸索噩梦残破的意识"，"寻找一种热切的期待的感觉"，但期望对这生存有所改变的无助和徒劳枉然的结果，使他更深刻地感到了现实的困境。为了摆脱这种困境，他怀着对开始新生活的向往，与妻子、弟弟回到了四国森林山村——他心中的理想国。然而，在这里他只能眼睁睁地面对村民的尴尬处境：超级市场"天皇"经济意识带给"森林峡谷村庄"的冲击，以及在这种冲击下"理想国"和村民的纯朴民性所发生的异化。当蜜三郎得知鹰四对自己的欺骗之后，发现自己的目前生活状况与来森林前的状况一样，依然没有得到改善，"理想国"破灭了，他再次陷入了孤独焦虑的泥淖。鹰四的死触动了蜜三郎，让他看清了鹰四承受着内心的极度痛苦却还要奋力抗争的"生"的意义，以及相比之下自己的懦弱，让他明白了一个道理：人生存的本质意义就是要克服人生的各种障碍，直面现实人生，战胜痛苦和厄运。于是，他决定抚养残疾儿子，等待并接纳鹰四的婴儿，参加新的工作，开始新的生活。

鹰四为了摆脱精神危机不断进行诡秘奋争，但由于不敢面对现实，最终无法走出心灵地狱。蜜三郎却是在从一个泥坑逃到另一个泥坑的过程中，在鹰四沉沦的身影上看到了他奋争的积极的生命价值，也看到了他逃避现实的灾难，理解了直面现实的意义，最终走出了精神危机，走向了新的生活。

在深入探讨人的存在问题的同时，大江在20世纪70年代创作的长篇小说《洪水涌上我的灵魂》中，也开始触及人的灵魂问题，尤其80年代创作的系列短篇《新人呵，醒来吧》中，大江通过两个自称宇波君和稻田君的青年恶意拐走智障儿义么又将其丢弃的故事，不仅看到这类对于"醒来吧"之呼唤无动于衷的"被禁锢的灵魂"，其共生与再生的艰难性，而且也由此反观到一直与之"共生"的"那弱智的长子——他心里黑暗宇宙般辽远空阔的、我所无法知道的东西"①，"在这过程中，我发现，我心里有比光更阴暗更复杂的悲哀与苦痛"②。他开始注意到"自己内心里被神秘主义因素所吸引的部分"③。80年代末，大江索性以灵魂问题为主旨，投入了《燃烧的绿树》三部曲的创作。这是一部与其以往的小说创作有着明显不同的长篇巨著，其中最大的区别就在于它所关注的焦点，已经从人的存在转向了灵魂的拯救问题。所以大江称之为"最后的小说"④。

至此，大江的"自救"意识转变为了一种"文化救赎"，亦即对灵魂问题的突出关注，表现出对人的生存本质价值的终极关怀。而在此后的《空翻》中，作者最终给人们展示了克服现实世界危机的途径，那就是通过人的自我拯救，进而拯救人类。

从《个人的体验》到"最后的小说"《燃烧的绿树》，大江一直紧紧围绕着残疾人这一题材，通过"个人的体验"和"描绘现代人的苦恼和困惑"，从而达到拯世自救，或者警世醒世的目的。这种自我救赎，使得作品中的人物最终走出了困境，超越了荒诞，走上了自由之路。也给现实中的人们展示了一条克服危机、走向光明和理想的途径。这也是大江孜孜以求、不断探索的实现整个人类社会乃至整个宇宙和谐的意蕴深远的道路。

众所周知，大江因萨特而从事文学创作。纵观其创作，不难发现，大江最初的创作表现出对萨特存在主义的接受和模仿，主要描写人在闭塞状态下的荒诞生活，表现出一种深深的徒劳感。走出校园接触社会后，他的创作以性为切入点，来探索现代人，特别是现代青年的生存状况，反映现

---

① [日]大江健三郎：《大江健三郎自选随笔集》，王新新等译，光明日报出版社2000年版，第39页。

② 同上书，第94页。

③ 同上书，第312页。

④ [日]大江健三郎：《小说的方法》，王成、王志庚等译，河北教育出版社2001年版，第236页。

代文明的危机，具有强烈的社会批判意识，也表现出大江对萨特存在主义的积极消化。随着残疾儿子的诞生及对广岛的访问，大江对萨特存在主义进行了新的理解和诠释，将存在主义理念融进了他对日本文化和现实生活的全新体验中，对萨特存在主义的核心——自由选择和介入说，以及萨特的人道主义思想都进行了超越。大江的自由选择相对于萨特是一种积极主动的选择，因而往往能够超越人所面对的极限境遇。由日本传统的想象力及象征性相结合而形成的神秘主义的介入方式则从更加宏观的视角来审视世界、介入现实，表现了大江对人类命运的独特思考，而大江对人类命运的密切关注，追求人类生存状况的改善、世界的长久和平和人类生活的完美和谐等都显示出其人道主义思想的崇高和伟大。这一过程，也显现出大江的和谐思想由产生、发展到完善、升华的运动轨迹。从最初的力图克服闭塞、压抑的生存环境给自身带来的不适应感，达到与社会环境的和谐，再到以残疾儿的视角来观察社会、人生，进而探寻人与人的平等、和睦相处之道，继而由个体的自救使其人性恢复、人格完善发展为对整个人类社会乃至整个宇宙的长久和平的展望。在想象中，构建出一个理想之所，最终通过文化的救赎，使其最高的和谐理想得以达成。

第五节　大江研究在中国

大江健三郎与中国读者邂逅，是在1960年，当时中日两国人民反对日美安全保障条约的共同斗争处在高潮中，大江健三郎访华，在《世界文学》上发表文章，表达了中日两国人民的共同心声。其后，中国经历了10年的"文革"，而萨特的存在主义又遭到多年的批判，尽管中国的日本文学研究者、译者和《世界文学》编辑部作过许多努力，但在大的文化生态环境下，显得无奈与无力。然而，以大江健三郎1994年获诺贝尔文学奖为契机，大江的作品源源不断地被翻译成中文，并掀起了大江健三郎文学研究的热潮。

一　大江文学作品在中国的热译

随着大江健三郎的获奖，《世界文学》1995年第1期率先推出"日本作家大江健三郎特辑",光明日报出版社于同年5月推出"大江健三郎作品集"全5卷,包括获奖作品和主要代表作《个人的体验》、《万延元年的足球队》、《性的人》、《死者的奢华》与随笔集《广岛札记》。接着,1996年4月,作家出版社出版了叶渭渠主编的《大江健三郎最新作品集》5卷本,销售量达到5万册,在中国掀起了第一股大江文学作品翻译的浪潮。1995年,仅《个人的体验》就有两个翻译版本,一是光明日报出版社出版、王中忱先生翻译的版本,二是中国文联出版社出版、王琢先生翻译的版本。这种现象在中国还是比较罕见的。

1997—1999年,浙江文艺出版社、漓江出版社、译林出版社又分别出版了《人羊》、《个人的体验》、《性的人》、《我们的时代》单行本译本,销售量达1万册左右。2000年9月,大江应中国社会科学院外国文学所的邀请第三次访问中国。大江的到来不仅成为中国学界的"大事件",而且还给出版界带来了很大的商机,大江文学作品的翻译热再次涌现。大江在北京三联书店的签售活动更是推波助澜。

自2000年以后,大江作品的翻译进入了一个高峰时期。仅从2000年到2006年,国内各大出版社就隆重地推出了中短篇小说集《人羊》(2000)、《大江健三郎自选随笔集》(2000)、《静静的生活》(2000)、《大江健三郎自选集》(4卷本,2001),单行本《广岛·冲绳札记》(2002)、《空翻》(2002)、《被偷换的孩子》(2004),散文集《在自己的树下》(2004)、《康复的家庭》(2004)、《宽松的纽带》(2004)、《愁容童子》(2005)、《我在暧昧的日本》(2005)、《这个星球上的弃儿》(2005),长篇小说《别了,我的书!》(2006)等作品。这期间,曾经于1995年在光明日报出版社出版的李庆国等人翻译的《人羊》、于长敏和王新新翻译的《万延元年的足球队》再次被浙江文艺出版社和人民日报出版社出版。像这样由两家不同出版社出版相同译者的作品,在出版界也堪称是一件奇事。一方面说明大江作品的译本在中国颇有市场,另一方面也表明中国翻译界对其作品的翻译达到了一种狂热的程度。

2006年9月上旬,当大江接受中国社会科学院的邀请第五次访华,在北京西单图书大厦参加《别了,我的书!》的签名售书仪式时,众多的读者和学者再一次被眼前的大江所感染。他们当中虽然有很多人还不能完全理解或读懂大江文学作品中所包含的真意，但对大江本人却抱有极为热情的态度，被他的风采所吸引。2009年1月16日，大江因领取由人民文学出版社和中国外国文学学会联合颁发的"21世纪年度最佳外国小说（2008）微山湖奖"第六次访华，大江文学作品的翻译在中国出现了第三次高潮。

从2006年年底到2009年年底，翻译家和出版社联袂，除了跟踪翻译大江的新作以外，还选取翻译了日本评论家的大江传记，这是不同于前两次翻译高潮的最大特点。有百花文艺出版社出版、许金龙翻译的《两百年的孩子》（2007），中国广播电视出版社出版，黑古一夫撰写、翁家慧翻译的大江传记《大江健三郎传说》（2008），新世界出版社出版、许金龙翻译大江同记者尾崎真理子的对话体传记《大江健三郎口述自传》（2008），译林出版社和凤凰出版传媒集团出版、许金龙翻译的大江后期重要三部曲合集《奇怪的二人组合》（上下）（2008），人民文学出版社出版、许金龙翻译的最新长篇小说《优美的安娜贝尔·李寒彻颤栗早逝去》（2009），天津教育出版社出版、陈保朱翻译的大江自传性散文集《为什么孩子要上学》（2009），译林出版社出版、竺家荣翻译的大江最新随笔《致新人》（2009）等。

另外，译者和出版社还联手将大江以往的作品不断重译，其程度几近疯狂。就拿大江获奖的长篇小说《万延元年的足球队》来说，2006年，作家出版社重新出版了邱雅芬翻译的《万延元年足球队（精）·诺贝尔文学奖精品书系》。这已经是自1995年以来第三家出版社出版该作品了。同样，大江的三部散文集《在自己的树下》、《康复的家庭》和《宽松的纽带》曾于2004年由海南出版公司出版过秦岚、刘晓峰和郑民钦的译本，接着漓江出版社又于2008年出版了由竺家荣翻译的版本。1995年光明日报出版社出版、刘光宇和李正伦等人翻译的《广岛札记》，于2002年由河北教育出版社出版了王新新的译本，2009年中国广播电视出版社又出版了翁家惠的译本。2002年河北教育出版社出版、王新新翻译的《冲绳札记》也于2010年由三联书店出版了陈言的译本。这些图书的发行量都在6000—8000册。一部作品在短时间内一再重译出版，我们且不谈译者对原作的把握和理解，译文风格的"化境"如何，单从翻译的规模和销售力度上来看，便可断定该作品具有一定的读者群，它的畅销会给商家带来一定的经济效益。可谓大江的作品在中国各地是有市场的，大江作品的"翻译热"在中国的出版界还在不断蔓延。译林出版社于2010年下半年隆重推出大江晚年重量级长篇小说《水死》的中文译本。而在2013年5月，金城出版社再次出版了由许金龙翻译的《水死》。

然而，中国对大江作品的热译，基本上还是多局限于大江的小说。而反映大江本人文学创作理念、思想及其本人热衷撰写的评论集和随笔集相对来说还是比较少的。这在一定程度上，有碍于读者及研究者全面了解和掌握大江的真实风貌。

二 中国的大江文学研究

据研究者统计，在1994年大江荣获诺贝尔文学奖之前，国内只翻译介绍过他的3篇短篇小说，分别是1981年出版的由文洁若编选的《日本当代小说选》中选译的《突然变成哑巴》[①]，1986年上海译文出版社出版的《维荣的妻子——当代日本小说集》中选译的《空中怪物阿归》[②]，以及1988年北京出版社出版的《闯入者——当代日本中篇小说选》[③]里选译的代表作《饲育》，研究论文更无从谈起。1993年，大江凭借长篇三部曲《燃烧的绿树》而荣获意大利蒙地罗文学奖；1994年，瑞典科学院宣布大江健三郎为本年度诺贝尔文学奖得主。两年之中连获两个文学大奖，这大概是大江创作生涯中最辉煌的时期，同时也成了大江在中国被接受过程中的一个分水岭。据资料显示，在大江获奖的第二年即1995年，全国发表了13篇专门研究大江健三郎的论文，到如今已有几百篇。可以看出，实际上

[①] [日]大江健三郎：《突然变成哑巴》，刘德有译，《日本当代小说选》，外国文学出版社1981年版，第739—755页。

[②] [日]大江健三郎：《空中怪物阿归》，《维荣的妻子·当代日本小说集》，吴树文译，上海译文出版社1986年版，第486—520页。

[③] 荀春生、李志勇编：《闯入者——当代日本中篇小说选》，北京出版社1988年版。

大江文学是因为诺贝尔文学奖而昂然步入中国的。由叶渭渠主编,光明日报出版社、作家出版社先后出版了两套《大江健三郎作品集》,多家出版社已策划出版了几套大江作品的单行本。到目前为止,大江健三郎的绝大多数小说和随笔已被译成了中文。在此意义上,可以看出中国读者对大江由冷落到热衷的接受过程,很大程度上是由于难以割舍的"诺贝尔奖情结"。他们所读的是诺贝尔获奖小说,期望通过它了解诺贝尔文学奖的新风采。

因获奖而来到中国,是大江健三郎被广泛接受的理由,但不可能是唯一的理由。对于战争的态度,也是大江健三郎与大江文学被中国读者所接受的理由之一。日本最令中国人关注的莫过于对侵华战争的态度:是掩盖还是反思。身为日本知名作家又是诺贝尔文学奖得主,大江健三郎对日本天皇制持否定态度,并认为日本必须为其侵略行径道歉,令人感到欣慰。"日本民族良知的唤醒者"是大部分中国读者心目中的大江形象。此外,中国读者普遍关注大江作品中所表现的人类种种倒行逆施,欣赏大江预见性展望人类社会的前景,并试图做出解答,引导青年走向21世纪的创作理想,这些都引起了广泛共鸣。20世纪90年代咀嚼和感受自身存在的焦虑,生命之轻的失落,成为中国知识分子的现实处境。严肃的读者欣赏大江以作家的身份,以文学的方式思考人的生存哲学,认同大江作品中为人类重建"精神家园"提供的可能依据。

在1994年获得诺贝尔文学奖之前,大江健三郎以及他的作品及研究还鲜见于国内。从目前的研究资料来看,在1980年第一期的《译林》杂志中,关于日本的一个文学奖的"通讯"之中提及过大江健三郎,但没有详细的介绍。而《外国文学研究》1983年第2期发表了何培忠的《1982年日本小说创作一瞥》一文,对大江健三郎有粗略的介绍,该文简单介绍了大江健三郎的《听"雨树"的女人们》,同时还对大江健三郎早期的作品进行了评价:"小说作者大江健三郎是位中年作者,他初期的作品中,许多都反映了战后日本政治、日美关系的情况,但在内容中穿插了大量关于'性'的描写。"可见,论者已经注意到了大江健三郎文学的政治性,同时也反映出论者对大江健三郎文学中的"性"描写持谨慎和质疑态度。其后，王育林在《川端康成与超现实主义》一文里，谈到了川端康成在运用超现实主义的艺术手法上与大江健三郎、安部公房等人之间的区别，论者认为大江健三郎是一位以超现实主义手法创作小说的作家。1988年，李德纯在《战后日本文学》中，①着重介绍了大江健三郎的相关作品，包括前期的《奇妙的工作》、《饲育》、《人羊》等，同时也指出了大江健三郎深受法国存在主义作家萨特的影响，分析了大江健三郎早期作品的艺术特色与思想内涵。1988年第5期的《华东师范大学学报》（哲社科版）中所刊张竞的《社会结构的变化和文学——浅析六十年代以后的日本文学》一文中就写到："从六十年代至七十年代日本文学史上出现过多名较有影响的学生作家，如大江健三郎、村上龙、田中康夫等。"该文认为："大江健三郎可以说是日本存在主义文学里最为重要的作家之一，同时在文学史上又起到一个不容置换的承上启下的作用。"《社会科学战线》杂志1988年第2期中王琢的《人·存在·历史·文学——大江健三郎小说论纲》一文，则力求从宏观上把握大江文学，作者认为："大江作品是真正优秀的日本当代文学作品"，大江健三郎是"当今日本文坛上举足轻重的'先锋派'代表作家"。另外，在大江健三郎获得诺贝尔文学奖的前一年（即1993年），孙树林在《大江健三郎及其早期作品》中着重介绍了大江健三郎的早期作品，并对大江健三郎的文学成就作出了一定的预见性判断。但由于传统审美观念的制约，大江文学时空交错的叙事方式、复杂的主题、艰涩的文体不太符合中国读者的传统阅读习惯，所以如于进江所说："尽管大江健三郎在六十年代初已经确立了其在日本文坛上的地位；尽管他的代表作在海外被译成多种文字，成为享有国际声誉的作家，后来又多次被提名为诺贝尔文学奖的候选人，但在我国，在其获奖以前，很少有人知晓大江健三郎及大江文学。"以上是国内学术界在大江健三郎获得诺贝尔奖之前对他及其作品的相关介绍与研究。总体而言，研究成果不多，研究水平大多停留在对作家及作品的推介上，对其作品的深层思想内涵的剖析还比较欠缺。

随着大江文学作品的大量译介，中国学术界对其文学研究也出现了空

---

① 李德纯：《战后日本文学》，辽宁人民出版社1988年版。

前的繁荣。自1995年1月《外国文学》刊登"诺贝尔文学得主大江小说特辑"起，全国就立刻发表了13篇研究大江的论文，现如今已达到了几百篇。不仅如此，还出版了研究大江文学的专著和论文集。这些论文、专著和论文集探讨了有关大江健三郎及其创作的方方面面，归纳起来主要有以下几个方面：

第一，包括创作意识、哲学思想、宗教思想等方面的精神内涵研究。朱红素的论文分析了森林意识的形成同其生活经历与时代条件的关系，指出森林意识的创作实践体现了作者对当代日本社会的一种认知方式，其森林意识形成了文学创作中的三种特征，即文学与政治的统一、森林与城市的联结、虚构与现实的重叠。[1] 论文分析较为全面，但对森林意识的形成原因论述稍嫌不足。胡志明的论文以早期代表性作品为分析对象，考察了大江健三郎对萨特存在主义的接受过程：最初为理念层次的接受，其次是形成个人理解，最后是将其融入日本文化。这是一篇见解深刻的论文，对此后作品的解读也有借鉴意义。胡志明的另一篇文章分析了大江健三郎的宗教思想所形象描绘出的"无神时代"的基本特征，即一个"上帝缺席"的时代、一个"众神喧哗"的时代、一个可能诞生"新人"的时代。大江健三郎实现"灵魂自救"的方法，便是自觉的"危机"意识与积极的"回归"行动，以此呼唤"新人"。[2] 王新新的《大江健三郎的文学世界：1957—1967》（人民文学出版社2004年版）着眼于大江健三郎"战后文学的继承人"的自我定位，通过分析其早期作品中对天皇制的反抗，对日本"监禁状态"的揭露以及以"性"暗喻政治等，论述了大江健三郎的再启蒙意识与文化批评意识，研究成果颇丰。

第二，人物形象研究的成果。庞希云立足"兄弟对立"模式，解读了《万延元年的足球队》中蜜三郎与鹰四面对现实的不同态度以及这一对比对揭示主题的意义。[3] 但将鹰四表述为怯懦者并不符合文本原意，且以

---

[1] 朱红素：《大江健三郎的森林意识》，《中山大学学报》1997年第5期。
[2] 胡志明：《无神时代的自我拯救——论大江健三郎后期作品的文化救赎思想》，《国外文学》2005年第2期。
[3] 庞希云：《迈出泥坑的蜜三郎与走不出地狱的鹰四——〈万延元年的足球队〉的两个人物》，《名作欣赏》2001年第3期。

"兄弟对立"模式解读该作品,可能会流于表象而忽视诸多深层的意义。杨伟的论文分析了大江健三郎作品中频频出现的少年形象,指出三方面的影响:存在主义的主题表达、荣格儿童原型理论、克莱尼的"儿童原型"学说。指出大江健三郎的目的是以未社会化的少年撼动成人世界的既成观念,承载着大江健三郎对将来的希望。① 论文很有见地,但未能关注大江健三郎本人所具有的幼儿性。

第三,文体研究的成果。兰立亮的论文认为,大江健三郎文学因受存在主义的影响而具有明确的语言意识,大江健三郎的隐喻思维使其小说具有一种很强的张力,极富象征性,因而有别于传统文学。② 叶渭渠则认为大江健三郎的语言与文体纯粹是日本式的,大江健三郎主张"'存在论'文体,即感觉与知性结合的'比喻——引用'文体。也就是说,比喻是感觉性的,引用是知性的"。③ 王琢指出,语言的文体化与活性化是大江健三郎的"语言—文体"观在创作实践中的文学创作策略,它一方面使大江健三郎所倡导的想象力论落实到了具体的文体问题上,另一方面又使得他对日本传统私小说文体的解构成为可能。④ 无论立论如何,人们都关注到了大江健三郎文体的独特性。

第四,比较研究的成果。大江健三郎文学同日本文学比较的论文有麦永雄的《日本艳情文学传统与大江文学的性》(《广西社会科学》1997年第4期)、康洁的《边缘化生存的呈现和疗救——川端康成与大江健三郎的艳情文学创作》(《日本学论坛》2008年第4期)与李燕的《古典美与现代观——浅析川端康成与大江健三郎的文风之差异》(《安徽文学》2009年第1期)等。大江健三郎文学同西方文学比较的成果有刘伯祥的《大江健三郎与亨利·米勒》(《外国问题研究》1998年第2期)、王洪岳的《现代主义文学想象力会论——以卡夫卡和大江健三郎等为例》(《东岳论丛》2009年第6期)等。大江健三郎与中国文学比较的成果有刘东明的《再现

---

① 杨伟:《论大江文学中的"少年"形象》,《国外文学》2002年第2期。
② 兰立亮:《大江文学与隐喻思维》,《解放军外国语学院学报》2003年第5期。
③ 叶渭渠:《大江健三郎文学的传统与现代》,《日本学刊》2007年第1期。
④ 王琢:《语言的文体化与活性化—大江健三郎的"语言—文体观"》,《海南大学学报》2009年第2期。

生存困境的思索者——大江健三郎与史铁生哲学意蕴之比较》(《邵阳学院学报》2007年第4期)、陶箭的《大江健三郎的中国情结与创作透视》(《名作欣赏》2009年第23期)等。总体而言,研究成果数量较多。由于大江健三郎的文本比较费解,若为比较而比较,有时难免流于皮相。比如,将大江健三郎的创作归于艳情文学便值得商榷,而大江健三郎的文风似乎也有古典的一面。

正如有的研究者指出的那样,从中国近十年来的大江健三郎研究可以看出,这些研究在各个层面上展现了大江小说丰富的社会文化内涵和独特的艺术风格,研究方法上也出现了借鉴西方理论话语资源,多角度、多层面研究的趋势。这些研究主要遵循文学思想、小说主题分析、形式实验、文化批评等批评路线,实现了文本外部研究和内部研究层面互补又各有侧重的批评体系的建构。从数量来看,这些研究主要侧重于小说主题思想、文化内涵和作家创作意识等外部研究,对小说内部研究(形式层面)的研究还略嫌不足,一些研究没有很好地将批评理论与文本分析紧密结合起来。另外,论题过于集中,出现不少切入方法雷同、观点相似的重复研究。此外,研究多集中在已翻译为汉语的几部小说上,对大江其他没有译文的重要作品关注不够,这影响了对大江文学的准确定位。大江是一位对小说形式极为关注的作家,从形式角度对大江的小说结构、叙事艺术进行整体研究的成果还没有出现。一些研究在理论上虽然有一定创新,但还难以构成对大江小说艺术形式、诗学问题的整体、系统的研究,对其小说创作风格的嬗变以及他多样的形式创新意识缺乏整体把握,这些研究领域都有待今后的研究者进一步开拓。

第六节 大江研究的世界意义

大江获得诺贝尔文学奖后,不仅成为当年日本头号新闻人物,而且通过全球媒体声名远播,成为举世瞩目的作家。1968年,川端康成以"敏锐的感受、高超的小说技巧,表现了日本人的内心精华",成为日本第一位诺贝尔文学奖得主。时隔26年,大江健三郎这位生于1935年、成长于战后的日本作家于1994年再获此奖，这不能被看作是一个偶然。如果说川端文学是涌向西方的透着日本民族幽玄、朦胧之美的川流，那么大江文学的洪流则是带着对人类共同思考的重大问题的浪潮走向了世界。正如《东京新闻》（1994年10月14日）所报道的那样："以人道主义这一人类普遍问题为主轴"，大江"从广岛被（原子弹）袭击到与残疾人共存，一直在为人类共同课题而执笔。从《核的冬天》到《人类的春天》，一直为人类共同课题而疾呼"。

一 大江的创作彰显了诺贝尔文学奖的内在价值追求

1994年10月13日，日本当代著名小说家大江健三郎获得诺贝尔文学奖，这看似偶然，实则是必然。大江健三郎广泛借鉴西方文学经验，在他自己创造的想象的世界里，努力发掘个人的体验，以独特的文体，成功地描绘出人类共同的追求。联系在他之前获奖的日本作家川端康成，我们不难发现，大江的创作，从创作方法、创作主题及其深刻的思想性，无不体现了诺贝尔文学奖的价值取向和评价标准。

（一）理想主义的表达

诺贝尔文学奖创始人阿尔费雷德·诺贝尔要求把诺贝尔文学奖授予"不论国籍，但求对全人类有伟大贡献，且具有理想主义倾向的杰出文学作品"。这是评价一个作家和他的作品能否问鼎诺贝尔奖的最权威，最举世公认，也是最为首要的条件。

显然，诺贝尔奖得主的文学创作应表现出理想主义的特色。如何理解和把握这一思想，存在着不同的说法。此外，根据20世纪人类社会的发展，诺贝尔文学奖的理想主义内涵也随之深化与扩充，即不仅继承欧洲文艺复兴以来的人文主义，并且要"体现出人类文化的忧患意识与关注人类生存态势的星球意识"。

如果说，川端康成的理想主义，主要体现在他关注人的物质存在状况以及精神世界的和谐安宁，尤其是对人性和生命的强烈意识上。那么，大江理想主义更多体现在生命意义上，而且具现实性和广泛性。其获奖的《个人的体验》和《万延元年的足球队》这两部作品，其主题是一致的：

对人类命运的深切关注和凝神思考。正如大江所说:"我在文学上最基本的风格,就是从个人的具体性出发。力图将他们与社会、国家、世界联系起来。"① 诺贝尔文学奖颁奖词指出:"人生的悖谬、无可逃脱的责任、人的尊严等这些大江从萨特那里获得的哲学要素,贯穿作品始终,形成大江文学的一个特征。"② 大江文学的积极意义正在这里。

　　大江健三郎在谈及他最初的创作时曾说:"要问我当时想成为一个什么样的小说家,确切地说,只就自己的一代人写点东西。我是学法文的,我想将自己的思考、体验,用迄今为止日本文学所未曾有过的形式表现出来。"事实证明,大江健三郎实现了他的这一初衷。他以其近40年的文学创作,丰富了日本当代文学。他以西方现代主义的表现方式,再现了文明发达的现代人精神的苦闷和内心的躁动,表达了对人生本源带有悲观色彩的理性探究。瑞典文学院高度概括了他的艺术成就和文学特征,在授奖辞中称他"以诗的力量,创造了一个想象的世界。在这个世界里,现实与神话被凝聚在一起,构成了一幅反映现代人类困境的多变的图景"。

　　"纵观近百年的诺贝尔文学现象,可以清楚地看到:揭露和反对邪恶,呼唤和追求正义,赞美和宣扬人道主义,憧憬人类的进步与光明前途,诅咒战争与希望和平,忧虑世界现状的恶化,谴责人的精神的堕落,歌颂人世间的美好事物,成为它的基本旋律。"③

　　大江健三郎是日本战后成长起来的作家,在"暧昧的日本"环境中进行认真的思考,企图通过文学创作探讨现代的日本青年如何能活得像个人,如何恢复人性的社会问题。他的早期作品《奇妙的工作》、《死者的奢侈》、《饲育》等,描写了"存在主义"生存状态中人与人之间的疏远、冷漠和紧张的关系。自20世纪60年代开始,大江健三郎的思想和创作都发生了明显变化。例如《广岛札记》(1965)、《核时代的森林隐士》(1968)等作品,涉及了当代的核战争问题。他向人们呼吁:在核战争威胁人类的

---

① [日]大江健三郎:《我在暧昧的日本》,《大江三郎作品集·性的人》,光明日报出版社1995年版,第287页。
② [俄]歇尔·耶思普玛基:《颁奖辞》,《大江三郎作品集·性的人》,光明日报出版社1995年版,第304页。
③ 杨传鑫:《二十世纪世界文学论》,中国地质大学出版社1993年版,第95页。

今天，全球人类应超越文化差异团结起来。在斯德哥尔摩的授奖典礼上，他表明："正在考虑，作为一个置身于世界边缘的人，如何从自己的意愿出发展望世界，并对全体人类的医治和解救作出高尚的和人文主义的贡献。"① 正如当年《东京新闻》一位论者所指出的那样：主张和平、热爱人类、同情弱者，是大江多年来执着追求的主题。值得注意的是，大江的这种思考并非是空无依傍的随意宣泄，他往往从周围和自身经历出发，以个人体验为媒介，寻求与人类命运的契合点，达到个人体验与人类命运相沟通的目的，从而显示出作家博大的胸怀和高尚的品格，正是这种胸怀和品格，成就了大江的理想主义，并一举博得了诺贝尔文学奖的垂青。

（二）民族情结的渗透

作家首先是属于本民族的，他们在民族的土壤里生根发芽，最熟悉也最能够表现本民族的历史文化和文学传统，以及民族同胞的内在精神特质。诺贝尔文学奖作为世界文学的最高奖项，应该也必须通过优秀的文学作品，来表达全世界不同民族的特有气质，展现不同民族丰富多彩的历史文化，提供全人类互相学习借鉴的宽广平台，促进人类历史的发展进步。

东方文学、东方作家走向世界之路，尽管因作家而异，但他们有一个共同的特点，那就是他们都尊重民族的传统，兼备现代的文学理念和技法，并使两者出色地结合，从而获得了成功。我们从印度的泰戈尔、日本的川端康成、埃及的马哈福兹等获诺贝尔文学奖的理由来看，就足以证明这一点。诺贝尔文学奖对泰戈尔的评价是："泰戈尔十分尊敬祖先的智慧与探索精神。"对川端康成的评语是："以敏锐的感受、高超的小说技巧，表现了日本人的内心精华"，"川端康成虽然受到欧洲近代现实主义文学的洗礼，但同时立足于日本古典文学，对纯粹的日本传统体裁加以维护和继承"。对马哈福兹的评价是："马哈福兹融会贯通阿拉伯古典文学传统、欧洲文学的灵感和个人的艺术才能"，"开创了全人类都能欣赏的阿拉伯语言叙述艺术"。他们的经验证明，文学的发展，首先立足于民族的文学传统，这是民族文学美的根源。

---

① [日]大江健三郎：《我在暧昧的日本》，《大江三郎作品集·性的人》，光明日报出版社 1995年版，第302页。

大江健三郎之所以荣获诺贝尔文学奖，是因为大江热烈憧憬西方文学，但没有离开传统，他拥有消化外来文学的强大能力和丰富经验。我们从大江在诺贝尔文学奖颁奖仪式后的晚宴上的致辞中，可以侧面了解到这一点。他说："我先前对《源氏物语》不感兴趣。比起紫式部女士，我更对拉格勒夫感到亲近，怀有敬意。但是，我必须再次感谢尼尔斯和他的朋友大雁，因为这只大雁使我重新发现了《源氏物语》。"大江用这样形象的语言来表述自己创作的规律。这段话说明他是从接触和亲近拉格勒夫开始，再重新认识紫式部；通过拉格勒夫笔下的尼尔斯和大雁，使他重新发现了《源氏物语》。

事实上，在日本，许多文学艺术家在文学艺术创作上，都是先从吸收西方文艺的理念、运用西方文艺的技法开始，从西方回过头看东方、看日本，不断地探索日本本土的东西，创作出反映日本民族特色的作品来。同为获奖作家的川端康成就是如此。川端康成在文学创作过程中，经过一段时间的摸索，最终由西方又回归到民族的传统上来，在东西方文化比较中寻找民族文化的根。他既积极地学习西方文学的一些创作方法，又有意识地把它融入日本古典文学的传统之中，并使之保持和谐统一，终于形成了自己的独特风格。

但与川端康成不同的是，大江的民族情结集中表现在他对战后日本民族和人性的深刻反思上。他通过研究日本的状况、个人所体验的现代人面临的核危机、残疾危机、新兴宗教危机等问题，来寻找日本现代社会的定式，从而形成大江式存在主义文学的特色。大江是一位纯文学作家，但他走的并非是"纯文学"之路，而是通过文学参与政治，以强烈的使命感关心政治与诸多社会问题，由此深化自己的思想，促进自己的创作，走文学与政治结合之路。他的两部获奖作品，都反映"二战"后尤其是原子弹爆炸后遗留的一系列社会问题，以及在这种社会背景下人的无助和道德的升华。他"用想象力的语言在两个世界之间架起一座桥……使小说世界走向政治世界。"(《我的文学之路》)。从而表达了作者对一系列社会和政治问题的思考和见解。在获奖演说中，大江的"日本观"与川端康成的截然不同。他认为不是"美丽的日本"，而是"暧昧的日本"。"暧昧的进程，使得日本在亚洲扮演了侵略者的角色。""曾践踏了国内和周边国家人民的理智。"包括大江在内的"战后文学者","对日本军队的非人行为作了痛苦的赎罪"。"在文学上做出了不懈的努力,力图医治和恢复这些痛苦和创伤。"① 尽管不被许多人接受和认可,但他的这种政治观和社会观,却正是对日本民族的真实体现。

(三)流亡与返乡的书写

自进入21世纪以来,诺贝尔文学奖的颁奖倾向显示,流亡与返乡题材正受到空前的关注。从2000年的高行健、2001年的耐保尔、2002年的卡尔泰斯,到2003年的库切。流亡与返乡的主题在他们的个体生命和文学生命中贯穿始终。与大江一样,他们的文学在很长一段时间里是孤独的,他们的讲述往往缺少观众,当他们获得诺贝尔文学奖时,也是令人惊愕的,因为流亡与返乡是一种两难的境地,一旦你成为一个流浪者,哪怕你走到天涯海角,包括回到故土,也无法摆脱自己流亡的命运,这是一种精神上的流亡,正是文学的生命所在,也是诺贝尔文学奖最为欣赏的精神境界。

文学上的"流亡与返乡"更多指的是精神和心灵的出走与回归。从近代开始,这一主题在文学创作上就被广泛运用,如世界文学名著《堂吉诃德》,以及一系列以流浪历险为主题并获得诺贝尔文学奖的小说,如马克·吐温的《哈克贝里·芬历险记》等。而这样的主题,在大江的作品中同样有较突出的体现。

大江在颁奖典礼的演说中曾提到,有两部作品占据着他的内心世界,那就是《哈克贝里·芬历险记》和《尼尔斯历险记》。大江之所以郑重其事地提出这两部一般被认为是儿童文学的作品,是因为两部流浪小说中表现的"流亡与返乡"的意识对大江的创作产生了重要影响。从他获奖的两部作品《个人的体验》和《万延元年的足球队》中,我们都不难发现"流亡与返乡"意识的影响。

在《个人的体验》中,鸟的出场是在书店购买非洲地图。作为一名刚

---

① [日]大江健三郎:《我在暧昧的日本》,《大江三郎作品集·性的人》,光明日报出版社1995年版,第293—301页。

走出校门的研究生,他的生活并不容易,靠岳父的帮忙,他在补习班做教师,妻子正在医院待产,而他却计划着到非洲去。在《万延元年的足球队》中,蜜三郎同样面对着生活的不如意:孩子生下来是个残疾,妻子大受打击,沉浸在酒精中以忘却痛苦,蜜三郎同样等待着到非洲去当翻译。鸟和蜜三郎对非洲的憧憬并非源自对理想的追求,而是在成人世界里迷失了人生的方向,正如哈克贝里·芬梦想着顺密西西比河而下,尼尔斯骑鹅漫游瑞典,起因在于对现有生活的逃离。哈克逃离的目的是躲避醉酒父亲的毒打,尼尔斯的逃离是为了躲避父母的责罚。鸟的逃离一方面表现为对非洲的梦想,另一方面表现为当残疾儿子出生后逃往大学同学、旧情人火见子的卧室,躲避事业的失败和家庭的责任。鹰四的逃离是真实的,妹妹死后他再没有回过家乡,躲避的是自己的卑鄙、怯懦的一面。情节的类似还在于逃离同时也是成长的开始,漫游的过程也是成长的过程。哈克在流浪的过程中确定了自己的价值判断标准,帮助黑奴吉木得到自由;尼尔斯在周游瑞典的过程中,与朋友们相互帮助,并为他们而战斗,使自己淘气的性格得以改造,成为纯洁的、充满自信而又谦虚的人;鸟在东京的漫游中,终于选择了面对现实,克服自私与怯懦,承担起自己应尽的责任;鹰四勇敢地回到故乡,接受了他躲避多年的应得的惩罚。拥有爱心、勇气、责任感的父亲的形象是大江肯定的对象,做一个有责任感的父亲,也是大江所肯定的选择。情节的类似更在于以回归为结束,回归并不是简单的回家,他同时是再生的开始,因为真正的成长是一种蜕变。

二 大江文学给予文学创作者的重要启示

大江文学的异彩,正是在日本文学与西方文学的相互交错中碰撞和融合而呈现出来的。正如评论家拓植光彦在《存在主义》一文中总结这一时期的日本存在主义文学的特点时指出的:"战后文学的存在主义倾向,首先是自律地产生,其次是通过与萨特的邂逅产生巨大的旋涡。"① 总之,大

---

① [日]拓植光彦:《存在主义》,《日本文学新史(现代)》,至文堂1986年版,第82页。

江文学接受萨特存在主义的影响,既根植于传统,又超越传统,使传统与现代、日本与西方的文学理念和方法一体化,从而创造出既具有特殊性、民族性,又拥有普遍性和世界性意义的大江文学。

透视大江文学的发展历程,也可以从一个方面证明,日本近现代文学的发展全过程,都受到外来的西方文学的影响。外来与本土、西方与东方、现代与传统多种文学因素并存,为日本文学发展模式的选择,提供了前提条件。而这些,都能给文学创作者以重要的启示。

(一)重视对传统的吸收

大江是个从森林里走来的作家,在日本四国岛上一个覆盖着茂密森林的山谷的村落里,他度过了他的童年和少年时代,林中自然的绿韵,成为哺育他的摇篮,他与森林、村落有着亲密的血缘关系,对日本人作为自然神信仰的树木与森林,以及日本传统文化结构的家与村落共同体情有独钟,怀有一种密切的亲情,而他的祖母和母亲又常常给他讲述日本古老的神话和传说故事。这些成为一种深刻的记忆伴随着他的一生,并影响着他的创作。在创作中,大江从树木与森林中寻找大自然的生命,仿佛切身感受到它们的气息和搏动。他常常将象征神的树木与森林,看作是"接近圣洁的地理学上的故乡的媒介",并且将它们视为跃入文学传统的想象力的媒介,以一种亲和的感情去捕捉它们。就像马尔克斯要以祖母、祖姨婆们讲故事时的叙说那样去写《百年孤独》一样,大江健三郎在进行文学创作的时候,总是忆起祖母和母亲讲的故事,他仿佛回到祖祖辈辈生活过的森林山谷的土地,回到遥远的古老神话和传说的世界。他在《我的小说家历程》一书中说过:"语言把我从现实中抛开,将我驱逐到想象的世界中去。"[①] 而他的这种想象,就来自森林中的生活及祖母与母亲所讲的故事。可以说,森林村庄里的神话和传说中独特的宇宙观和生死观成为大江健三郎文学思想原点的重要组成部分。为了把神话和传说中独特的宇宙观、生死观,写到小说里去,他不断重新明确和认识了从祖母与母亲那里听来的、记忆深刻的神话和传说,有时候还参阅许多本国的比如冲绳的民俗

[①] [日]大江健三郎:《大江健三郎自选集——小说的方法》,河北教育出版社2001年版,第6页。

书，从中寻找神话和传说的细节，来补充祖母和母亲叙述的传说中没有讲清楚的部分，同时把回荡在灵魂深处的祖母和母亲的叙述语气，作为新小说的叙述方法再现了出来。

从早期的《感化院的少年》起，经过《同时代的游戏》、《W/T与森林里奇异的故事》，直至获奖后创作的《燃烧的绿树》、《空翻》、《愁容童子》等一系列作品，那里面的森林或山谷村落，始终都是作为日本的心象风景而在作家的感觉世界中展现。他在这些小说中，常常是从森林或山谷村落出发，最终又回到森林或山谷村落里，周而复始地将这些传统的东西扩展为文学的空间，从实质上说，拓展为更具文化内涵的社会空间乃至时代空间，并且加入日本神话和东方的神秘哲理——再生与救赎，从而使创作既获得独自的、更为丰富的想象力，又紧密地贴近本土、时代和社会。

正是这种文学的想象力，使得大江能够把生活的体验作为文化问题来思考，从而为其创作提供永不枯竭的源泉，并表现出探讨人类追求生存愿望这一永恒主题。大江获诺贝尔奖的作品《个人的体验》、《万延元年的足球队》就运用了日本传统文学的想象力，以及日本神话中的象征性。它们立足于现实，又超越现实，将现实与象征世界融为一体，创造出大江文学的独特性。大江发挥想象力作用的时候，总是把想象力与记忆联系在一起，想象未来，回忆过去。他认为，思考过去和未来，保持总体的记忆和想象力是切实必要的。而为了获得这种记忆和想象力，必须抑制所有面对一方的力量。必须通过拒斥被抑制的心，在自由解放的精神上，回忆过去，想象未来。因此，他认为想象力是抵抗"邪恶势力"的手段，并由此提倡发挥"政治想象力"。"政治想象力"的提出，又与他吸收西方存在主义的想象力的表现不无关系，可看作他对萨特的"介入文学观"的实践。因此我们说，他将西方存在主义的想象力的表现，与日本式的想象力和传统的象征性表现结合起来，并达到完美统一。正是凭借着"政治想象力"，大江把文学与政治这两个不同质的世界联系在一起，使小说世界走向政治世界。他创作的以"性冒险"为主题的系列小说，如《我们的时代》、《性的人》、《个人的体验》等，就是通过性的形象或想象力的语言对现实的再创造，显示了作家对一系列社会和政治问题的思考，表达了对战争问题，以及天皇制、日美安全条约等体制问题的见解。又如，反核问题，是一个世界性的政治问题，但大江没有使用政治概念的语言，而是将这个问题植入人性的深层，并使用想象力的语言表现出来。《摆脱危机者的调查书》、《青年的污名》就是通过作家的想象世界，展现现代人在政治争斗、右翼噪动和核劫持的面前对人性的呼唤。大江就这样在想象力的世界里，表述了自己对现实的看法，并实现了他的文学主张。而这种想象力，正来源于他对传统的继承与坚守。

（二）努力寻求与世界大文学家的对话

在诺贝尔获奖演说中，大江健三郎先后谈及瑞典的拉格勒夫、美国的马克·吐温、英国的布莱克、爱尔兰的叶芝、捷克的米兰·昆德拉等作家，他广博非凡的西学功底令斯德哥尔摩的听众赞叹不已。纵观大江健三郎的创作，我们不难发现，他饱学西方文艺，深受西洋哲学思想的影响。

大江健三郎是个"学习型"的作家。正如大江本人所说："我在读了萨特之后而突然选择了文学专业，是在写了关于萨特的文章而在法国文学系毕业的。我青春的前半是在萨特的影子下度过的。"在萨特的影响下，大江以作品中使人震惊的"清新的感受"登上文坛，是一个年仅22岁的学生作家。此后，在四十几年的创作生涯中，他阅读了很多名家名作，尤其是有针对性、系统地阅读了奥登、布莱克、福克纳、陀思妥耶夫斯基、但丁、叶芝等，对其中的布莱克等作家，他的阅读范围还扩展到专业研究书的领域。几十年坚持不懈的"学习"，造就了这位诺贝尔文学奖作家。这得益于大学时代的恩师渡边一夫教授对他的教诲："在媒体日益发达的现代，作家要想做到不人云亦云，最好的办法就是连续三年反复阅读同一个作家……"因此，即便已经"作为小说理论家"，大江健三郎从2001年开始，还是集中读了弗莱和本雅明。

在创作上，大江健三郎毫不避讳他和西方文学的渊源关系。这种关系首先表现在他早年就习学法语和法国文学，是在拉伯雷、巴尔扎克、雨果等作家的影响下开始写作的。他特别对萨特存在主义哲学感兴趣，曾经为此留学法国四年并以专论萨特的论文获博士学位。这种关系也表现在他的风格明显借鉴了西方文学。

继存在主义之后，大江健三郎又系统学习了俄国的形式主义、结构主义、文化人类学等西方现代文学理论，并把它们应用于自己的创作实践。在《同时代的游戏》里，我们可以清楚地看到这些理论的投影。与这部小说几乎同时执笔的文学评论《小说的方法》充分反映了大江对文学的思考。从1975年起，大江健三郎开始接触结构主义，在此前后亦受到了俄国形式主义的影响。他试图把语言文字所能传达的东西变成日本语言结构中的符号，以此来唤起人们在知、情、意三个分野里的人生体验。这是"奇特的想象力"（伍尔芙语）对现实的再创造。生命主题和社会主题结合到一起，其指归是源于现代而又超越现代的未来——历史文化的明天。从《洪水涌上我的灵魂》和《替补跑垒员调查书》等篇章，再到《万延元年的足球队》以及《同时代的游戏》等，我们都不难看到西方现代文学理论对大江健三郎的影响。作品中的意象的象征不仅制约着他的素材提炼，而同时也约束着他的叙述方式：尽量避免事件过程的精雕细刻，从而使我们不至于过分缠绵于具体情节而迅速发现意象的暗喻方向，进而感悟到形而上的象征意蕴。大江改变了"写什么"的叙事观念，而倾向于过程性的叙事观念，即对"怎么写"的执着。再现小说的创作过程，并以此来显示文学语言本身的力量——情绪、哲理、意蕴等，从而与"新小说"派的"回到文学本身"产生了共鸣。这与他们拥有的知识素养——俄国形式主义、法国结构主义是有直接关系的。并且，更发人深省的是，他们的社会生活也有诸多相似之处。

不仅如此，大江在创作中一直寻求与世界大文学家的对话，这也是贯穿大江文学始终的显著特色之一。正如早期创作对存在主义的执着一样，大江健三郎时刻不忘从世界文学的宝库中汲取营养。在20世纪60年代初期，大江健三郎还重点阅读了陀思妥耶夫斯基的作品。在创作《万延元年的足球队》之前，他有意识地系统阅读了福克纳的作品。可以说，这是构成它与马尔克斯《百年孤独》相通的"寻根"意识产生的基础。在20世纪80年代的作品中，我们应该十分重视大江健三郎对拉伯雷、但丁和叶芝等的引用和阐扬。这样，大江不仅找到了与这些文学巨匠相沟通的途径，同时发现了超越既成文学传统的方法。被大江健三郎称之为"最后的小说"的三部曲《燃烧的绿树》就是这样的尝试。《燃烧的绿树》由《直到"救世主"被打》、《摇动》和《伟大的日子》三个长篇组成，整体创作意象来源于叶芝的诗句：

    枝梢的一半是璀璨的火焰，
    一半除了绿还是绿，
    露水润泽丰富的簇叶。

  更进一步分析后还可以发现，第三个长篇《伟大的日子里》在结构上酷似但丁的《神曲》。

  用西方文学和哲学中学到的思想与技巧，来纺织日本的奇妙故事、生活图景、现代神话，这使得大江健三郎自然而然地成为一位独具特色的跨国界作家。日本当代著名大众文学作家司马辽太郎在大江健三郎获奖的第二天说："太好啦。要说文学就是文体的话，大江的是个典型。大江的主题，用客机来说，是国际航线，不是在哪儿发生了什么事儿，而是处理对人类具有普遍性的主题。……我有时也想，他只是用日语在写作，至于到底是什么语都无所谓，能到达这一高度是最出色的。"[①] 由于主题具有普遍性，所以就为纯个体经营的一己文学超越国界并走向世界带来了可能。这应该是大江文学给世界文学留下的宝贵经验。

  此外不可忽视的是，大江健三郎在其诺贝尔文学奖受奖辞中特地提及拉伯雷式的怪诞现实主义和边缘性问题，剖析自己与东方大地古老而鲜活的血缘关系及与莫言等中国作家的精神联系，这也应成为我们理解大江文学的一个关键。

  大江健三郎在其诺贝尔文学奖受奖辞《我在暧昧的日本》中满怀感激与崇敬之情提到他的终生恩师渡边一夫教授给予他的两大影响：一是西方式的人文主义思想；二是经巴赫金理论化了的拉伯雷，大江将其概括为

[①] 王琢：《大江健三郎与诺贝尔文学奖——对中国当代文学的思考》，《海南大学学报》1997年第3期。

"怪诞现实主义或大众笑文化的形象系统",认为正是这些形象系统使自己这位处于世界边缘的日本作家能够以文学与人类的普遍性体验沟通。大江说:"正是这些系统形象,使我得以植根于我边缘的日本乃至边缘的土地,同时开拓出一条到达和表现普遍性的道路。不久后,这些系统还把我同韩国的金芝河、中国的莫言等结合在了一起。这种结合的基础,是亚洲这块土地上一直存续着的某种暗示——自古以来就似曾相识的感觉。当然,我所说的亚洲,并不是作为新兴经济势力受到宠爱的亚洲,而是蕴含着持久的贫困和混沌的富庶的亚洲。在我看来,文学的世界性,首先应该建立在这种具体的联系之中。"①

的确,从边缘性的当代东方文学与以"中心"自居的西方文学的关系看,大江与莫言都有一个鲜明的共同点:既深受西方文学及理论影响,又富于创造性地将自己的小说创作立足于边缘性的东方大地上,从而展示出"边缘文化"丰富的历史蕴含和别具一格的艺术魅力。纵观大江和莫言的创作,我们不难发现,相对于以东京为中心的典雅的日本传统文学和以都市生活为中心的中国正统文学,大江文学和莫言小说都是典型的边缘文学。大江以《万延元年的足球队》为中心的一系列小说直到封笔之作《燃烧的绿树》三部曲,都是以四国岛上的"森林峡谷村庄"为背景的。莫言的小说与此形成了鲜明的对位。最具有莫言文学特质的那些泥土味淳厚、野味十足的"红高粱系列"、《丰乳肥臀》的人物,都活跃在莫言边缘性的原始故乡"高密东北乡"里。令人惊异的是大江与莫言都分别在以"森林峡谷村庄"和"高密东北乡"为背景的小说里展示出了边缘文化的野性、浪漫与疯狂,展示出其生气勃勃的丰富性和开放性。因此,就像有学者指出的那样,大江健三郎的"森林峡谷村庄"和莫言的"高密东北乡"都不仅仅是个真实的地名,不仅仅是富有地方色彩的自然人文景观,更重要的,它们还是融合了作者个性的虚构的文学世界,是饱含着作者思想感情和具有某种时代特征的典型环境。它们与福克纳的"约克纳帕塔法"以及哈代的"威塞克斯"一道,构成了世界文学中一道奇

---

① [日]大江健三郎:《我在暧昧的日本》,《大江健三郎作品集·性的人》,光明日报出版社1995年版,第299页。

异的风景线。

(三) 在传统与现代的交汇中进行最佳选择

大江健三郎从不讳言他的文学创作与西方文学的密切关系。的确，他的文学创作是在吸收西方文学理念和创作技巧上一路前行的。但是，学习西方并不意味着要成为西方文学的附庸，相反，大江和泰戈尔、川端康成一样，无不是将了解和通晓西方文学精华作为东方的大手笔的一种必要修行，而将坚守东方文化精神与维护民族文学传统作为自己创作生命的本源。这大约是亚洲的三位诺贝尔文学奖得主，也是所有企盼成功的后来人的必由之路。

大江曾说，他是因为萨特而从事文学。可见，萨特的存在主义对其影响之深。而他早年的创作，也的确是从模仿萨特文学开始的，然而，这却不是他的最终目的。大江选择接受萨特的存在主义，其主要目的是出于对日本战后文化的焦虑，他试图借助萨特的存在主义哲学来解答日本文化所面临的问题，探索日本的出路。在西方存在主义文学作品中，揭示并表现人的生存问题是一贯的主题。然而，人生的本质在哪里？又将如何走出绝望？在西方存在主义作品中是无从找到答案的。无论是萨特的《恶心》，还是加缪的《局外人》。这些存在主义作品中的人物的生存与社会、自然、"他人"都是敌对的，一切都糟透了。他们被黑暗、忧郁和绝望控制着，虽然对命运有悲剧性的清醒，但对任何事情不抱有任何幻想和希望。所以，这些西方存在主义的文学作品，不注重为人的生命存在在现实中找到终极的价值和意义。

大江健三郎是一个现实感、时代感和责任感极强的作家，萨特存在主义中流于徒劳与虚无的自由选择，并不能满足他对当下现实世界以及生活于其中的人类命运的思考与探索，特别是残疾儿子出生后，他终于明白，存在主义哲学和文学并不能赋予自己把握现实和应对现实的能力，他决心重新构建自我，重新学习文艺复兴时代的人道主义。最终凭借着长期居住在森林山谷的大自然生活体验所培育出来的丰富想象力，通过调查日本广岛、长崎遭原子弹爆炸所获得的悲惨体验，以及身历儿子天生残疾所承受的痛苦体验而产生的对生与死的关注和对生命的关爱，树立起一种"战斗的人道主义精神"。这种人道主义既是大江经过萨特存在主义的洗礼之后向文学传统的一种复归,更是对存在主义的一种超越。

前文中说过,大江接受萨特存在主义的影响主要表现为三个方面:一是人的存在的本质观念;二是发挥文学想象力的表现;三是追求"介入文学"。这三方面表现在创作上,是从心理、生理和社会三个方面捕捉人的存在意义和价值。但是,他是具体通过日本的状况、个人所体验的现代人面临的核危机、残疾危机、新兴宗教危机等问题,来寻找日本现代社会的定式,从而形成大江式存在主义文学的特色。例如他把自己的脑残疾儿子与原子弹爆炸受害者两者作为有机联系的综合体来加以思考,并规划其行动。也就是说,他同时面对儿子和那些广岛原子弹受害者频繁的死与生,对残疾和核武器的悲惨后果问题进行"具有普遍意义的人性"的双重思考,以及采取的"战斗的人道主义的"行动。比如,他以最大的爱心和耐心将濒临死亡的幼小生命,培养成一个很有造诣的作曲家,又以最大的热情和毅力,投入全人类关注的反对核试验运动。自20世纪末至21世纪伊始,面对邪教的蔓延,他对人类的灵魂进行严肃的拷问,向读者提出一个同样的问题,也就是人类应如何超越文化的差异而生存下去,共生下去。可见,大江在接受萨特存在主义影响的同时,也受到其恩师渡边一夫将人文主义人际观融入日本传统自然观和美的意识中去的这种观点的影响,特别是受到了渡边的中心思想"战斗的人道主义"的影响,将文学的宇宙性、社会性、肉体性三者紧密结合,展开创作活动。

毋庸置疑,大江学习西方文学的同时,非常重视挖掘本土原生的东西。因此,大江吸收萨特存在主义的理念和技巧,非常注意立足于本土,走自己的文学之路。比如,大江文学既贯穿人文理想主义,致力于反映努力改善人类生存环境,特别是人类生存的文化环境的题材,又扎根于日本民族的思想感情、思考方式和审美情趣等,从而创造出大江式的纯人文主义的理想形象。正如他经常强调的,他的写作是源于日本风土的孕育,他的写作是面对日本读者的。大江健三郎的写作不仅继承了日本古代和现代的文学传统,他还从英语、法语和西班牙语文学中汲取了大量养分,借此孕育出了存在主义小说的日本变体,创造出了独特的大江文学。获奖后他曾这样讲道:"我认为我是个地道的日本作家,我总想描写我们的国度、我们的社会和对当代景象的感觉。但我们与传统的日本文学有很大的区别。"他在获奖仪式上谈到日本人的生活方式时,也指出日本文化受到现代与传统冲击的两极特征的撕裂,自己对此也深感困惑,难以自拔。这反映出这位现代作家对这一问题的新的思索和价值取向;它对亚洲国家的创作趋向与文学的发展,是不无某种启示意义的。

可以说,大江在东西方文化结合的坐标轴上找到了自己的位置,找到了运用民族的审美习惯,挖掘日本文化最深层的东西和西方文化最广泛的东西,并使之汇合,形成了大江文学之美。也就是说,他适时地把握了西方文学的现代意识和技巧,同时又重估了日本传统的价值和现代意义,调适传统与现代的纷繁复杂的关系,使之从对立走向调和与融合,从而使大江文学既具有特殊性、民族性,又具有普遍性和世界性的意义。可以说,大江健三郎这种创造性的影响超出了日本的范围,也不仅限于艺术性方面,这一点对促进人们重新审视东方文化具有重要的意义和启示性,启示人们如何让东方文化和文学真正从边缘再回归中心,显示自身的存在意义。

(四)立足本土、展望世界的文学品格

大江健三郎曾说,他开始并没有重视日本古典作品《源氏物语》,是借助于尼尔斯和他的朋友大雁,才重新认识了日本传统文学的重要价值。他也可以说是一个先向西方文化学习,而后又回归到传统的作家。但大江健三郎的回归与1968年获得诺贝尔文学奖的日本作家川端康成的回归有着本质的区别。川端康成是完完全全站到了传统文化的河床里,向世界展示日本的文化之美。而大江健三郎思考的,更多是自己文学的民族性与世界性、本土化与全球化的关系的问题,并以自己的创作将这其中的关系完美地展现出来,给当今的文学创作者树立了一个榜样。

当今社会的任何国别文学,都不可能固守一隅而不与其他国家或民族的文学交流或受其影响。相反,文学的生命力和生长点恰恰在于民族性与世界性的关系或交流之中。这种关系至少包含有下列的含义:首先,每一个民族的存在都是文化传统的存在,都有其文化身份认同的需要,而文学及其民族性的创造、积累与构建则是对本民族文化的认同和确证,民族性往往体现着一个民族的文化精神和诗性智慧,它是一个民族得以生存、发展和兴盛的内在之源。其次,文学,尤其是近现代文学,世界性是它越来越鲜明的特征。自歌德提出"世界文学"这一概念以来,世界性便成为文学的发展、交流和对话的倾向,万维网和互联网的快速发展与普及,任何国家、民族的文化、文学都只是其中的一分子,在世界文学的大家庭中互相影响,此消彼长。正如马克思与恩格斯在《共产党宣言》里指出的那样:"资产阶级,由于开拓了世界市场,使一切国家的生产和消费都成为世界性的。……过去那种地方的和民族的自给自足和闭关自守状态,被各民族的各方面的互相往来和各方面的互相依赖所代替了,物质的生产是如此,精神的生产也是如此。各民族的精神产品成了公共的财产,民族的片面性和局限性日益成为不可能,于是由许多种民族的和地方的文学形成了一种世界文学。"[1] 这就说明,文学的发展在进入 20 世纪以后,其内涵和特征较之以往有了很大的不同。一方面,文学体现了人类普遍的人性、共同的需要、共同的美感以及审美趣味,体现了文学自身规律的通约性,这些基本特征是不同民族文学的交流、对话得以实现的基本前提;另一方面,文学史也已经反复证明,文学必须在本民族文化土壤和文化传统的基础上,创造出具有个性的、具有原创性的产品,才能走出自己的民族天地,与其他民族的文学进行交流、交往,从而丰富整个世界文学。而且,只有这样的交流、交往才具有价值和意义。同时,由于文学是一个民族的主体精神的体现和存在,那么,不同民族文学的交流、交往和对话实际上就是不同民族主体间的相互交流、交往和对话以及相互之间发生的相互作用、相互沟通、相互理解和相互接纳。这可以说是构建和谐世界,实现世界大同的有效途径以及人类基本的生存方式。从这个意义上来讲,文学的民族性与世界性关系是一种特殊性与普遍性、个性与共性的关系。所以,当今的文学没有纯粹的民族性,也没有完全的世界性。对于这二者的关系,大江健三郎是看得非常清楚的。因此,他在接受西方的文学观念及技

---

[1] [德] 马克思、恩格斯:《共产党宣言》,人民出版社 1970 年版,第 27—28 页。

巧的时候并没有放弃日本固有的文学传统和文化理念；在坚持民族传统的同时也并未排斥来自西方的先进的思想、技巧和方法。也就是说，在大江的文学创作中，他将这两者很好地统一在一起并使之有机融合，使其作品既具有民族特性又为世界所接受，开创了大江文学的新天地。

例如，大江健三郎从创作伊始，就思考着如何去创造世界文学之一环的亚洲文学，大江健三郎曾深情地说："我的母国的年轻作家们，当然，也包括我在内，从内心里渴望实现前辈们没能创造出的世界文学之一环的亚洲文学。这是我最崇高的梦想，期望在21世纪上半叶能够用日本语实现的梦想……正因为如此，今天我才仍然像青年时代刚刚开始步入文坛时那样，对世界文学之一环的亚洲文学总是抱有新奇和强烈的梦想。"的确，大江健三郎的写作不仅继承了日本古代和现代文学传统，他还从英语、法语和拉丁美洲西班牙语文学中汲取了大量养分，使发源自欧洲的存在主义小说在日本土地上有了一个变体，还借鉴了美国作家福克纳的神话原型小说，创造出了无愧于世界文学之一环的亚洲日本新文学。

继承民族传统和接受外来影响是久远的文化现实，也是文学包括所有艺术发展过程中不可或缺的两个方面。大江先生学习西洋文学出身，但他并没有食洋不化，他在《被偷换的孩子》中对兰波的引用，在《愁容童子》中对堂吉诃德的化用，在《别了，我的书!》中对艾略特的引用，都使他的书具有了学者的品格。反过来，也正是这种具有学者品格的小说，才能包容住这么多异质的思想和艺术形式，并成为一个有机的整体。大江先生在他的小说、随笔、演讲和通信中所涉及的外国作家、诗人、哲学家有数百个之多，并且都是那么贴切和自然，这是建立在他渊博的知识背景和广阔的文化胸怀上的。也正是有了如此的学养和胸怀，大江先生才能跳出日本的范围，倡导我们创造"世界文学之一环的亚洲文学"。

当今世界的发展，已经进入了一个全球化的进程。全球化是一种对于世界经济文化发展特征的概括，它反映了各个国家民族的政治经济文化在当代发展中消除隔阂、互相关联、互相影响的现实，也是对世界发展整体和互动关系的认识。今天，随着全球化进程的加速发展，促进了不同民族和地域文学的互动与交往，它既给各国文学的发展带来了动力和刺激，有利于激活本民族或本土文化、文学的创生力，同时也给各民族文化、文学，尤其是处于弱势的民族带来巨大的压力。全球化具有巨大的倾同性，在那些强势文化、文学的挤压下，弱势民族的文化、文学很难保留住其民族性。失去民族性就意味着文化的消亡。这是值得我们关注和思考的问题。与此同时，全球化又具有追寻民族之根的特性，它总是要求文化、文学回到它的原点或起点，回到它的历史和传统中去，用新的思维和眼光发现新的意义，以寻求文化认同。所以，全球化不是一体化，全球化也并不是要消除差异，也不可能消除差异。文化的多元与一体是辩证的，这种辩证关系就是文化的同一性与差异性的统一。

　　大江健三郎因萨特而从事文学，因此在创作初始，他受到的是西方文学的影响，特别是萨特的存在主义文学的影响。他也试图借用西方的存在主义思想去解决日本的现代文化问题。也就是说，他想从萨特的存在主义中获取促使日本文化重新振奋的力量和养料。然而，由于文化背景的不同和日本及日本文化的暧昧性，大江健三郎的思想也必然呈现出难以名状的暧昧性。并且，存在主义理念的纯粹西方式与大江健三郎笔下人物的纯粹东方式也发生了冲突，文化理念的西方性与描写对象的东方式之间所具有的本质性差异，如同一道鸿沟横亘在他与描写对象之间，使大江健三郎的创作陷入了根本性的窘迫。随着残疾儿子的降生以及对广岛的访问，大江健三郎得以从这种窘迫状态中摆脱出来，找到了一个真正属于自己的文学出发"原点"，即以个人的体验为基础，将其与对人类命运的思考相结合，把个人的不幸与人类的不幸共同写进了小说；同时，通过对广岛当年原子弹爆炸灾难中幸存的受害者的访问，经由"残疾"这一概念使他自然地将自己家庭的不幸与民族的灾难联系在了一起，由此体验了人类生存所面临的困境的普遍性以及核武器对人类社会的威胁性。正是残疾儿子的降生以及对广岛的访问，使得大江健三郎对萨特的存在主义有了全新的领悟，将所接受的存在主义理念融进了他对日本文化和现实生活的全新体验中。切身的生活体验，让大江健三郎感到他先前的作品中的存在主义表现已不能满足他以文学的方式来深入探索当代社会现实的需要。于是，他回过头来，重新发现了传统文化的根本意义。因此，他站在传统文化的深厚积淀之上，将东方文化和西方文化紧密地结合在他的创作之中，并以此来表达他对人生和社会、对人类命运的深层思考。

纵观大江健三郎的创作，我们不难发现，向森林、自然和交织着神话传说的历史传统回归是大江小说一贯的主题。《万延元年的足球队》中的鹰四和蜜三郎夫妇便是从森林峡谷村庄，从一百年前的历史传说中寻找认同的依据和新生活的源泉。在《核时代的森林隐士》中，大江健三郎把回归森林作为躲避核灾难的理想途径。《洪水涌上我的灵魂》以武藏野盆地和伊豆半岛的森林为活动背景，写主人公执着于一种超越尘世肮脏的生活追求，并带着寻觅世外桃源的梦想拯救现代人苦难的灵魂。长篇力作《燃烧的绿树》和《空翻》以森林为神圣的祭坛，对现代人的信仰、灵魂和精神进行拷问与拯救，等等。由于深受日本民族"泛神论的自然观和日本式'部落'传统观念"的影响，使大江能够站在日本本土文化的基础上批判地吸收西方文化。西方近代文明的发展造成人与自然的对立关系，科学技术将自然当作征服、改造、利用、榨取的对象，导致现代人类与自然关系的崩溃。核危机、生存危机甚至个性危机也是其畸形发展的结果。从犹太一神教沿袭下来的基督教传统亦包含着对自然的蔑视。现代世界文明的危机主要来自西方文明的片面发展。从这层意义上说，大江小说中回归森林与认同历史，是对畸形文明的矫正，是人与自然、与传统恢复亲和关系的象征。大江健三郎曾陷入了家、国、天下的精神危机中，但是，他并没有让这种危机继续发展下去，而是积极寻找克服危机的途径。他把个人的家庭生活和自己的隐秘情感，放置在久远的森林历史和民间文化传统的广阔背景与国际国内的复杂现实中进行展示和演绎，从而把个人的、家庭的痛苦，升华为对人类前途和命运的关注。大江时刻都在关注着人，关注着社会，关注着整个人类世界，他追求的是人类生存状况的改善，世界的长久和平和人类生活的完美和谐。也正因为"成功地描绘出了人类所共通的东西"，使得大江文学超越了本土文化、民族文化的界限而具有了世界文化的深刻内涵。

（五）文人的良知与政治情怀

大江的作品，大多是通过描绘他那一代人经历的黑暗、失落、彷徨，来鞭挞日本发动"二战"给人民带来的恶果。像他这样倾力关注那场惨无人道战争的作家，在日本几乎没有。他说："我们罪孽深重，尤其是对亚洲人民……"在日本军国主义时时想抬头的今天，他的直言不讳，赢得了世界爱好和平的人民的敬重。

大江健三郎认为，"一个好作家，应该强烈意识到文学家是士大夫，是知识分子"。大江文学主张知识分子的责任，表现出了战斗的人道主义精神。正如莫言先生所说：大江先生不是那种能够躲进小楼自得其乐的书生，他有一颗像鲁迅那样疾恶如仇的灵魂。他的创作，可以看成是那个不断地把巨石推到山上去的西绪福斯的努力，可以看成是那个不合时宜的浪漫骑士堂吉诃德的努力，可以看成是那个"知其不可为而为之"的孔夫子的努力；他所寻求的是"绝望中的希望"，是那线"透进铁屋的光明"。这样一种悲壮的努力和对自己处境的清醒认识，更强化为一种不得不说的责任。那就是一个知识分子难以泯灭的良知和"我是唯一一个逃出来向你们报信的人"的责任与勇气。

他始终立足边缘，对边缘弱势人群寄予了深切的同情，始终呼吁民众坚持反抗强权之志，边缘意识与共生追求正是其人道主义的体现。大江健三郎具有强烈的危机意识，他关注可能灭绝整个人类的核武器，也关注日本民众失去了尊重民主主义之精神的危机。他敢于在创作中公开承认日本的侵略历史，深刻反省日本应当承担的战争责任，对象征天皇制的存在，对军国主义的复活流露出深深的忧虑。忧虑当代人的精神危机，他又通过文学掀起了"宗教"运动，引导人类在无神时代进行自我救赎。为思考日本社会的未来、国家民族的走向，他高扬民主主义的旗帜，对反对人道主义的势力，进行"战斗的人道主义"的抗争。总之，大江健三郎在文化消费时代坚守纯文学，坚守文学家的责任。正是由于大江健三郎的"士大夫"气质契合了中国文以载道的传统，因而使得大江文学在中国广受欢迎。然而，我国当代作家中却存在忽视文以载道传统的倾向，作家在创作过程中缺乏责任感，不是密切关注民众的现实生态，而是屈从于商业利益。大江健三郎五十余年的创作实践，可供我国文学界学习与反思。

大江健三郎曾说过："我毫不怀疑可以通过文学参与政治。"事实上，他也是这样做的。

大江健三郎不仅是第二次世界大战后日本文学的代表人物，也是最活跃的社会活动家和有激进左翼色彩的政治人物。1960年，日本人民反对日美安全条约的浪潮日益高涨，大江作为青年左翼知识分子的代言人，率先参加了"安保批判之会"和"青年日本之会"，明确表示反对日本与美国缔结的安全保障条约。同年5月，大江作为第三次日本文学家访华代表团成员，与野间宏、龟井胜一郎、开高健等访问了中国，在上海受到了毛泽东主席的接见，进行了长达一个小时的谈话。此后，他在北京电台发表了声援反对日美安全条约运动的讲话。1961年，他以右翼少年刺杀日本社会党委员长浅沼稻次郎的事件为题材，写了《十七岁》和《政治少年之死》两部小说，通过对17岁少年沦为暗杀凶手的描写，揭露了天皇制的政治制度。《政治少年之死》在《文艺春秋》杂志发表后，大江立即遭到右翼势力的威胁，而《文艺春秋》社则未经作者本人同意，便刊登了道歉声明。自此，这篇小说再也未能收入到他的任何作品集里。反映大江反天皇制的思想的作品还有长篇小说《迟到的青年》（1962），作者针对天照大神统治下的国家"高天原"神话，创造了原居民"高所众"，以此对权力和权威进行否定。《别了，我的书！》与《被偷换的孩子》《愁容童子》被作者本人称为"替换三部曲"。这些作品都鲜明地表现出反对"天皇制"的思想，批判日本现实，具有鲜明的国民反省意识。特别是《别了，我的书！》，它在表现形式上又不同于大江以前的所有作品，特别是表现在国民性反省的问题上，大江不再提倡过去那种被动接受来自国粹主义的"暴力"，进行悲戚的反省，而是主张主动的，甚至带有"破坏性"的方式向对方出击，由被动受害者转变为主动攻击者。可以说，大江在这部作品中表现的国民反省意识，要比他以前的任何作品都更彻底、更深刻。像这类具有民主主义思想和政治色彩的小说，还有《饲育》、《死者的奢华》和《拔芽击仔》等作品。除了小说，他还发表了很多政论，表现出鲜明的政治态度。他反对日本军国主义和民族主义，反对核武器，甚至对整个制度提出挑战。大江健三郎对核武器一贯持批判态度。因此，他把探索核武器、公害与人类的关系作为自己创作的一个重要主题。《洪水涌上我的灵魂》和《摆脱危机者的调查书》便是表现这类主题的代表作品。长篇小说《同时代的游戏》(1979)是用一个青年给他的孪生妹妹所写的六封长信的形式写成的。主人公回顾他的故乡——日本某山谷里的一座小村,怎样在第二次世界大战期间为了争取独立,与日本帝国打了一场持续50日的战争后灭亡。通过这场普通村民与正规的帝国军队的战争,刻画了敢于同强权进行斗争的英雄人物,表现了他们的强烈的反国家意志和不屈不挠的战斗精神,重演了山村创建的神话,并在他们身上寄托了作者的希望和理想。著名文化批评家弗·詹姆逊这样说过:"大江健三郎是日本最尖锐的社会批评者,从来不认同日本官方的和传统的形象。"然而,从事政治活动并没有妨碍他成为出色的文学家并最终摘取诺贝尔文学奖的桂冠。连政治上和大江健三郎截然对立的三岛由纪夫当年也承认:"大江健三郎把战后日本文学提到了一个新高度。"大江健三郎的这种特点尤其值得对政治唯恐避之不及的中国作家深思。

关于文学与政治之间的复杂关系,鲁迅曾有过相当精辟、透彻的论断。"我每每觉到文艺和政治时时在冲突之中;文艺与革命原不是相反的,两者之间,倒有不安于现状的同一。惟政治是要维持现状,自然和不安于现状的文艺处于不同的方向。""政治家最不喜欢人家反抗他的意见,最不喜欢人家要想,要开口。""政治想维系现状使它统一,文艺催促社会进化使它渐渐分离;文艺虽使社会分裂,但是社会这样才进步起来。文艺既然是政治家的眼中钉,那就不免被挤出去。""文艺家在社会上正是这样;他说得早一点,大家都讨厌他。政治家认定文学家是社会扰乱的煽动者,心想杀掉他,社会就可平安。殊不知杀了文学家,社会还是要革命。""从前文艺家的话,政治革命家原是赞同过;直到革命成功,政治家把从前所反对那些人用过的老法子重新采用起来,在文艺家仍不免于不满意,又非被排轧出去不可,或是割掉他的头。"[①] 纵然文学与政治的关系是不调和的,但这并不妨碍大江健三郎通过文学来参与政治。他运用想象力把文学与政治这两个不同质的世界联系起来。也就是说,大江不是使用政治概念的语

---

① 鲁迅:《文艺与政治的歧途》,《鲁迅全集》第7卷,人民文学出版社1981年版,第113—120页。

言，而是将政治问题植入人性的深层，通过作家的想象世界，展示现代人的政治斗争。大江健三郎所强调的"政治想象力"的最大意义，就在于"政治参与"的实践品格。因此，在大江的文学创作中，翻卷着政治的波涛。大江健三郎对当代日本的社会现实心怀不满，对日本人民的未来感到不安，他与统治阶级之间存在着不可调和的矛盾。从天皇制到民族问题，从美军占领到右翼势力抬头，从广岛到冲绳，他不遗余力地对现有的体制做着坦率的揭露，他的作品接触到日本当前所面临的种种问题。大江健三郎可以说是一个出色地把握了文学与政治的微妙关系并将二者巧妙融合而取得伟大成就的优秀作家。在他的作品中，孕育着一种深广的政治情怀，与他的"士大夫"气质一道，成就了独特的大江文学。

余论　大江健三郎的中国情缘

大江健三郎与中国早就结下了不解之缘。他刚登上文坛不久，参加了以野间宏为团长的日本作家代表团，于1960年中日两国人民共同反对当时以中国为假想敌的"日美安全保障条约"斗争高潮中访华，与中国作家和人民结下了战斗的友谊。同时他深刻地反思日本对中国和亚洲的侵略罪行和绝对主义天皇制，至今仍不倦地为唤起日本的自我觉醒而呼号奔走。

大江健三郎在中国读者众多，一方面源自他诺贝尔文学奖获得者的名声，另一方面源自他浓厚的中国情缘。而与中国文学的渊源中，对其影响至深的，乃为鲁迅。

"我同中国文学的渊源很深，从12岁起就一直读鲁迅的作品。"① 从12岁开始，他就对鲁迅产生了极大的兴趣，这得益于他那位可敬的母亲。

大江在2000年访华时曾提到母亲对他的影响，他说："很小的时候，我就从母亲那里接受了中国文学的影响。可以说，我的血管里流淌着中国文学的血液，我的身上有着中国文学的遗传因子。没有鲁迅和郁达夫等中国作家及其文学作品的存在，就不会有诺贝尔文学奖获得者大江健三郎的存在。"② 他又说："我对鲁迅的阅读从不曾间断，这种阅读确实贯穿了我的创作生涯。"③ 在鲁迅作品中，他最喜欢的要数《孔乙己》和《故乡》

---

① 任成琦、张意轩、熊建：《大江健三郎的中国情缘》，《人民日报》（海外版）2006年11月16日第2版。

② 许金龙：《大江文学里的中国要素》，《光明日报》2006年9月21日第7版。

③ 同上。

等篇章。"我想：希望是本无所谓有，无所谓无的。这正如地上的路；其实地上本没有路，走的人多了，也便成了路。"鲁迅《故乡》末尾的这段话，大江不但抄在了写字纸上，更深深印在心里。"在将近60年的时间内，鲁迅一直存活于我的身体之中，并在我的整个人生里显现出重要意义。"①

大江在《大江健三郎北京讲演 2000》里就曾说起过："在那段学习以萨特为中心的法国文学并开始创作小说的大学生活里，对我来说，鲁迅是一个巨大的存在。通过将鲁迅与萨特进行对比，我对于世界文学中的亚洲文学充满了信心。于是，鲁迅成了我的一种高明而巧妙的手段，借助这个手段，包括我本人在内的日本文学者得以相对化并被作为批评的对象。将鲁迅视为批评标准的做法，现在依然存在于我的生活之中。"可以毫不夸张地说，大江的文学底蕴暗暗流动着内涵丰富的中国文学，而他的文学精神里亦包含着鲁迅文学精神的内核。

一 大江健三郎创作中的鲁迅因子

本书写作的宗旨，就是要通过对大江健三郎与鲁迅创作的梳理和比较，看到这两位文学大家在创作上的类同与歧异。在五大部分中，就大江健三郎与鲁迅在创作上的契合与差异进行了较为全面系统的论述。

在引论中，追溯了大江健三郎与鲁迅的文学渊源，并对国内外就二者关系的研究成果进行了梳理，指出，正是由于大江健三郎与鲁迅有着极深的文学渊源，而国内、外对二者关系的研究不仅少且视域窄，关注点过于集中，不能全面深入地揭示出二者的关系及其价值意义，因而为笔者的探究留下了巨大的空间。同时，笔者认为，大江健三郎在对社会的批判、文化的选择、创作理念及技巧的吸收与革新，对人的生存价值及人类命运的关怀等方面，与鲁迅有着惊人的相似之处。首先，大江健三郎的文化批判和启蒙与鲁迅的"立人"思想如出一辙。同处于社会文化转型时期，大江健三郎与鲁迅都以极大的责任心和社会良知，进行了适合于时代发展潮流

---

① 任成琦、张意轩、熊建：《大江健三郎的中国情缘》，《人民日报》（海外版）2006 年 11 月 16 日第 2 版。

的文化选择,并以之对社会既有文化进行了猛烈的批判,以期达到唤醒国人、改造社会的目的。其次,大江文学的世界化,离不开鲁迅大胆"拿来"的文化品格对其创作活动的浸润。"拿来"彰显了鲁迅对传统和外来文化批判继承的态度,体现了他的气度、视野和眼光。在鲁迅的创作中,有中西的交融也有古今的结合。而大江也十分注重从本民族的土壤中充分汲取营养,继承并大量使用了自《竹取物语》延续下来的象征性技法和日本文学传统中的图腾符号,同时,他大量借鉴外来文化,如萨特存在主义的人文理想,俄罗斯形式主义、巴赫金的荒诞现实主义等,在其创作中显现出一种"冲突·并存·融合"的开放性的文化模式。而且,大江健三郎与鲁迅一样,都具有兼容并蓄的文化品格,这使得他们的创作都呈现出世界化的倾向。再次,大江最好的反抗姿态就是鲁迅留下来的拒绝遗忘的孤独抗争。作为文人,大江健三郎与鲁迅一样,都深知面对积重难返的社会痼疾,改变非一朝一日之事,也深知个人呐喊声之微弱。但他们都没有放弃作家的职责和使命,即使是面对绝望,也要在绝望中撕出一道口子,去寻求绝望中的希望。在对人的生存处境的极度关注中,表现出对个体的生命及人类命运的终极关怀,展现出属于各自的人道主义品格。

  第一章到第三章是本书的主体部分,分别从思想、艺术、文学创作的意义及影响以及大江研究的意义几个方面,探讨了大江健三郎与鲁迅在创作上的异同。

  第一章主要是从思想的类同与歧异来思考大江健三郎与鲁迅的关系问题。大江健三郎的创作,主要是再现了第二次世界大战之后日本人的生存困境及精神状态。他借萨特的存在主义思想,来构建自己的文学体系,揭示出自近代以来日本民众及日本文化的暧昧性,以达到文化批判及启蒙的目的。他由自身的灵魂拷问出发,进而关注弱势群体的生存状态,关注本民族的发展和整个世界的未来。他承袭了鲁迅拒绝遗忘的孤独抗争的反抗姿态,寂寞地担当民族思想者的角色,并把最大的温情给予了新一代。他借助于想象力的语言,在文学与政治两个世界之间架起一座桥,使小说世界走向政治世界,创造了独具特色的大江文学。

  第二章从文学道路、文学体裁的选择和文风来发掘大江健三郎与鲁迅文学创作的异同。笔者认为，相似的处境，相同的使命，不仅使得大江健三郎和鲁迅在其创作中的文化批判和社会批判呈现出惊人的相似，而且在对创作技巧方法的探索上，他们也走了一条异曲同工的道路，即在坚持民族传统的基础上，多方吸收外来的有益因子，形成了独具特色的创作风格，创造了五彩斑斓的文学世界。然而在具体的创作实践中，适应于表现内容的需要，大江健三郎与鲁迅各自选择了不同的文学体裁，因而也展现出了不同的文风。大江以长篇小说和随笔作为他创作的主场，鲁迅则以短篇小说、诗歌和杂文见长。文体的选择是为了更好地进行思想的表达。日本自近代以来，就已经走入了一种难以分明的暧昧状态。为此，大江健三郎在创作中一直试图把那近似于疯狂的东西明确地呼唤到自己的意识中，并把黑暗、混沌、悲惨的东西引到明处来，从而表达理性的追求。于是，那种晦涩粘连的文体风格便应运而生。而面对积重难返的20世纪初的中国社会，鲁迅不得不投出匕首、掷出投枪，唯如此，才能削掉毒瘤、刮出脓疮，还中国社会一个健康的肌体，因此他的创作自然带上了犀利的文风。因此可以说，明净精悍的"鲁迅风"是鲁迅反抗社会、疗救国民的文学手段，而晦涩粘连的"大江体"同样是大江健三郎面对暧昧的日本社会所作的文学选择。

　　第三章从意义和影响方面去看待大江健三郎的文学成就。大江健三郎走边缘化道路，为日本文学乃至文化的发展开辟了一条新的道路，为日本确立了21世纪的文化坐标。大江健三郎开创了日本新战后派文学，触碰了日本意识领域的雷区，填补了战后派文学主题上的空白。大江健三郎对现实的批判、对战争的反省，走出了一条大江特色的道路。在对萨特存在主义思想的接受与超越中，寄寓了大江的宗教式救赎意识及其人文关怀思想。借助于萨特的存在主义，大江走出了青年时期的迷茫，承受住了而立之年的人世磨难，深刻反思了核爆所带来的灾难，最终转向对人类、对宇宙问题的透彻凝视。他以文学积极地介入社会生活，并将政治与文学完美地结合在一起，通过自己的创作实践，有力地回答了"作家何为"、"人类何为"的问题。此外，大江文学还开创了人类生存之道。大江从边缘出发，表现出人类与现代社会的对立，现代社会对人的异化，以及人类在现代社会困境中的躁动与不安,对如何恢复人性进行了探讨。因此,大江的创作彰显了诺贝尔文学奖的内在价值追求,他所创造出的既具有特殊性、民族性,又拥有普遍性和世界性意义的大江文学给当今文学创作者带来了重要的启示。

余论是对全书的总结和延伸。在回顾全部内容的基础上,就大江健三郎与鲁迅关系研究的前景以及研究的重要意义进行了展望和阐释。

总而言之,鲁迅作为一个巨大的存在,一种高明的批评标准,对大江精神人格和艺术创作上的影响是多方面的。

首先,鲁迅直面人生的"猛士"精神鼓舞着大江在"绝望"中追寻"希望"。大江继承了鲁迅的硬骨头精神,强调文学家写作时是专家,介入社会发言时是知识分子,两者的结合才是文学家对人类的责任。因此,他50多年来一直顶着各种压力为世界和平大声疾呼。鲁迅有关希望的话对大江的个人生活、历史思考和现实抉择都显现出了极其重要的意义。正是这种始于"绝望"的"希望",让大江能超越家庭的不幸而站在新的高度去思考人类的不幸,继而寻求解决的路径。

其次,鲁迅的独立的思维习惯给了大江以很好的借鉴。人格精神不独立的人,是写不出好作品的。鲁迅是独立思考的最好范式,他对人性、国民性的深刻洞见达到至今无人企及的高度,他开创了"自言自语"式的散文诗,他把杂文这种文体提升到文学样式的先锋地位,这在中国乃至世界都是独创的。以鲁迅为镜子,大江不但找到了颇具个人特色的"边缘"视角,而且总是试图开创新的领域。从早年在创作中以西方存在主义表现日本青年的存在状况、思考日本文化的暧昧问题,到之后的创作以"性冒险"主题来切入社会政治,再到后期关注军国主义、民间生态文化、核威胁等人类整体层面的命题,文学视野愈见广泛深刻,小说创作的叙述方式、语言风格也不断尝试改变。一个伟大的作家,必须抛弃一切功名利禄、是非得失,将人类的良知作为自己创作的最高标准,以自己的心血去浇铸非人工的纪念碑。大江健三郎获得诺贝尔文学奖以后,断然拒绝了日本天皇政府欲颁发给他的政府最高文化勋章,表明了他坚定的民主主义立场,也充分体现了大江的人格价值和意志自由。大江健三郎的坚决态度,使我们再一次感受到日本正直知识分子的傲骨。

再次，鲁迅大胆"拿来"的文化品格浸润到大江的创作活动中，促进了大江文学的世界化。"拿来"彰显了鲁迅对传统和外来文化批判继承的态度，体现了他的气度、视野和眼光。在鲁迅的创作中，有中西的交融，也有古今的结合。而大江也十分注重从本民族的土壤中充分汲取营养，他继承并大量使用了自《竹取物语》延续下来的象征性技法和日本文学传统中的图腾符号，同时，他大量借鉴外来文化，如萨特存在主义的人文理想，俄罗斯形式主义、巴赫金的荒诞现实主义等，在其创作中显现出一种"冲突·并存·融合"的开放性的文化模式。

最后，拒绝遗忘的孤独抗争是鲁迅留给大江的最好的反抗姿态。大江健三郎跟鲁迅一样，都面临着民族的最大危机，鲁迅最为痛心的是国民的精神麻木，大江最为担忧的却是国民的躁动情绪。由自身的灵魂拷问出发，进而关注弱势群体的生存状态，关注本民族的发展和整个世界的未来。二人都以拒绝遗忘的姿态冲击着一切丑恶，寂寞地担当民族思想者的角色，并把最大的温情给予了新一代。

总而言之，鲁迅强烈的民族危机感、敏锐的思维创新能力，以及"化深爱于恶声"的批判精神一直影响着大江，使这位异国的文学斗士孤独然而勇敢地沿着鲁迅所开辟的"以文学揭示国民和社会的弊病，引起疗救的注意"的道路，体察和冲击着人类面临着的巨大困境。作为有骨气的大江，他早就对鲁迅为人的硬骨头精神和鲁迅文学的批判精神表示了极大的崇敬，而且成为诺贝尔文学奖得主后，依然谦逊地表示："世界文学中永远不可能被忘却的巨匠是鲁迅先生。在我有生之年，我希望向鲁迅先生靠近，哪怕只能靠近一步也好。"[①]

的确，纵观大江的创作，其欲向鲁迅靠近的脚步从来就没有停止过。从1955年的《杀狗之歌》一文对鲁迅《呐喊》中话语的引用，到晚年出版的《别了，我的书！》当中引入的大量中国元素，加之书封皮上写着的那句话："始自于绝望的希望"。无不表明大江向鲁迅靠近的执着。

[①] [日]大江健三郎：《大江健三郎自选随笔集》，《自序》，尹晓磊译，光明日报出版社2000年版，第1页。

2006年9月，应中国社会科学院的邀请，大江健三郎作为中国社会科学院外国文学研究所名誉研究员第五次来华访问。在这次行程中，他做了三次主题演讲：《北京讲演2006——始自于绝望的希望》、《走的人多了，也便成了路》和《鲁迅——中国——我》。演讲从少年时期与鲁迅文学的渊源讲到对当今日本正在走向孤立的忧国忧民情怀，感动了在座的听众，使中国人民看到了这位作家作为一名有良知的知识分子的伟大胸怀。由此，我们也不难发现这位尊重历史事实、热爱和平、保卫和平的战士发自内心的中国情、难解的鲁迅文学情结。

到了2009年1月，大江在北京大学演讲时再次强调，"我这一生都在思考鲁迅，也就是说，在我思索文学的时候，总会想到鲁迅……"由此可见，在大江的整个创作生涯期间，鲁迅始终都是一个重要的参照系，根据这个参照系所进行的六十年调整，使得大江文学也随之发生了相应变化，从不见希望的《奇妙的工作》等初期作品群出发，历经在绝望中寻找希望而苦心探索的《同时代的游戏》、《奇怪的二人组》三部曲等作品群，终于借助《优美的安娜贝尔·李寒彻颤栗早逝去》找到了希望，始自于绝望的希望！如果说，"鲁迅和克尔凯郭尔并肩站在深不见底的、黑暗的绝望之海上一同寻找着希望"的话，大江便是从他们倒下的地方出发，经历了万般艰辛后，终于在远方的黑暗中发现了光亮，那便是大多数人的光亮，孩子的光亮，未来的光亮，人类文明的光亮！

二　大江健三郎与鲁迅关系研究前景广阔

国外关于大江健三郎与鲁迅的关系研究几乎没有，根据所掌握的材料来看，在日本，仅有藤井省三的《鲁迅：生在东亚的文学》（日本岩波书店2011年版）考察了鲁迅对大江健三郎和村上春树的影响，并将鲁迅置于东亚的视域中，全面剖析鲁迅文学对整个东亚的巨大影响，探究鲁迅文学的现代启示意义和价值所在。在这里，大江健三郎只是作为例证而不是研究的主体对象出现的。

在中国国内，对于大江健三郎与鲁迅关系问题的研究，起步比较晚，而且成果相当少。尽管大江健三郎很早之前就在公开场合强调过鲁迅对其文学创作的重要影响，但国内研究者真正关注到这个问题，已经是21世纪之后的事了。从掌握的材料来看，迄今为止，还没有出现过一本专门研究大江健三郎与鲁迅关系问题的论著。关于大江健三郎与鲁迅关系问题的研究，成果还仅限于一些单篇论文，数量少，不过十来篇，而且研究的主题也比较零散，不成系列。从研究的视角和对象来看，基本是集中在大江健三郎对鲁迅独孤绝望的抗争精神的继承上。如许金龙在《始自于绝望的希望——大江健三郎文学中的鲁迅影响之初探》(《鲁迅研究月刊》2009年第11期)中写道：大江健三郎在孩提时代就从父亲口中听到鲁迅及《孔乙己》的故事，并从母亲手中得到了《鲁迅选集》，后来又阅读了很多鲁迅作品，早在儿时就受到了鲁迅小说的影响。大江健三郎在《杀狗之歌》中曾引用鲁迅作品《白光》中的一句话——"发出含着大希望的恐怖的悲声"，来表现"二战"后日本青年的虚无和孤独的状态，映射出了与鲁迅作品中人物形象相似却又不同的情怀。这之后，随着大江健三郎经历的不断增加，以及对世界及现实社会的更深层理解，对鲁迅作品的解读也发生了不同程度的改变，但拯救孩子，寻找希望，在整个创作生涯中都以鲁迅为参照物始终未变，终于找到了人类的光明。陶箭在《大江健三郎的中国情结及创作透析》(《名作欣赏》2009年10月)中也讲到大江健三郎受到了鲁迅作品的影响，通过对鲁迅作品理解的不断加深，使得大江健三郎在某些方面与鲁迅有了相似之处，他们都像在黑暗中寻找光明的勇士，不屈不挠，坚定不移地往前走，从而使大江健三郎也有了浓厚的中国情结，并体现在了其作品中。李妮娜的《始于绝望的希望：〈人羊〉与〈孔乙己〉》[《短篇小说》(原创版)2013年11月]及《在"病态社会"的枷锁中觉醒——大江健三郎〈人羊〉和鲁迅〈孔乙己〉的对比》(《大家》2012年3月)认为两位作家意在唤醒国民的自救意识，着眼将来，寻求希望。孤独的抗争不仅是两位作家笔下人物的状态，也是鲁迅和大江本身的姿态。还有文章探讨了大江健三郎与鲁迅相似的精神气质，如成然的《鲁迅与大江健三郎：两个不屈的灵魂守望者》(《黔南民族师范学院学报》2009年第2期)。文章认为，鲁迅与大江健三郎在审视民族精神、呼吁拯救孩子的文化立场、融合本国传统与西方文明的文化品格、文学技巧上的创新追求几个方面有相通之处。刘晓艺在《析鲁迅和大江健三郎的故乡情结》[《和田师范专科学校学报》（汉文综合版）2010年第29卷第2期]中从故乡情结入手，分析了大江健三郎和鲁迅的共通之处。他们都热爱故乡，对故乡感情有变化的过程，最终都回归故乡，这也是大江健三郎喜欢以故乡为创作背景的原因之一。杨芳、霍士富在《民族灵魂的自省与呐喊——大江健三郎〈十七岁〉与鲁迅〈阿Q正传〉比较》[《西北大学学报》（哲学社会科学版）2014年第4期]中指出，大江健三郎在文学的语言、意象上，接受了鲁迅文学的影响，并以《阿Q正传》和《十七岁》为例对比分析，指出二者在小说中分别通过现实中"最卑微"的存在，即阿Q和少年"我"的悲剧性命运，揭示了不同民族灵魂深处的痼疾，进而发出振聋发聩的一个民族灵魂的自省与呐喊。另外，有的文章指出了鲁迅对大江健三郎创作的影响，如马淑琨的《涵养结晶：大江健三郎与中国文学的关系》（《上海商学院学报》2007年第4期）文中认为，大江的文学底蕴暗暗流动着内涵丰富的中国文学，而他的文学精神里亦包含着鲁迅文学精神的内核。陈世华在《大江健三郎〈晚年样式集〉中的鲁迅〈孤独者〉映像》（《山东社会科学》2014年第12期）一文中认为，大江作品在叙事艺术、修辞方法和创作主题上受到鲁迅的影响，一方面缘于大江健三郎对鲁迅创作思想的积极吸收，另一方面缘于两部作品创作时社会背景的相似性。此外，霍士富的《鲁迅与大江健三郎文学中的审美思想比较——以"狗""羊"与"狼"为隐喻》[《西北大学学报》（哲学社会科学版）2013年第2期]指出，二者在小说中关注"人与动物"的关系时，分别从人类生命进化的视角，赋予了动物"羊、狗和狼"丰富的隐喻，凸显了各自独特的审美思想。

由此可见，关于大江健三郎与鲁迅关系问题的研究文章不仅少，而且研究的视角主要集中在几个点上，面比较窄，探讨也不够深入。即便是在探讨大江健三郎与鲁迅的抗争精神上，因论文数量少，只有寥寥数篇，对问题的探讨只能是概述性的，自然不够全面、深入、透彻。关于其他问题的阐释，如故乡情结、文化立场、创作的手法和技巧等，也因数量的缺失，对问题的探讨不免有所浅略。

也正因为如此，笔者才萌发了研究大江健三郎与鲁迅关系的念头，最终从大江健三郎与鲁迅思想的类同与差异、相似的文学道路及相异的作品体裁和文风、大江健三郎创作的意义及影响、大江研究的意义等方面探讨了大江健三郎与鲁迅的契合与差异。从成果上说，这个课题以专著的形式，从文学思想、创作观念、技巧方法、体裁文风等方面，较为具体、全面、深入地揭示出了大江健三郎与鲁迅的关系问题，为进一步理解大江健三郎与鲁迅的创作及其影响，以及了解中日文学的关系问题提供了一些有益的借鉴，并为当代文学创作者如何创作出优秀的、具有世界性普遍意义的文学带来一些有益的启示。然而，由于时间、篇幅以及学术涵养等各种因素，对于大江健三郎与鲁迅关系的研究也还存在着诸多不足，而这也正是今后需要展开和进一步加强的地方。

在大江健三郎与鲁迅的文学创作中，无一例外都蕴含着宗教思想。探究宗教思想在两位作家创作中的作用以及由此所带来的文学的思想内容及风格的变化，也是研究大江健三郎与鲁迅关系问题中不可或缺的一个部分。

无论是大江文学还是鲁迅文学，都表现出对下一代的关心，对新人的呼唤，因此，研究大江健三郎与鲁迅的新人思想，探讨二者笔下的新人形象，对于揭示出大江健三郎与鲁迅改造社会的方式和理想，都有着重要的意义。而在如何培养、塑造新人的过程中，也使得大江健三郎与鲁迅教育思想得以显现。

学无止境，研究也同样无止境。大江健三郎与鲁迅之关系研究，正以一种崭新的面貌呈现在我们的面前。只要我们视野开阔，用心钻研，我们一定会在这个新天地里发现越来越多的亮点，会在这个世界里越走越宽，越走越远。

三　大江健三郎与鲁迅关系研究之重要意义

长期以来，学者们认为中日文学和文化的关系存在这样一种趋势：近代以前，日本受中国影响；近代以后，中国受日本影响。这种观点在学界是很普遍的，整个学术界呈现出一边倒的倾向。探讨中国现代文学受日本影响的研究成果大量出现，中国现代文学发展过程中的独特性被忽视了。事实上，影响从来都是双向的，中国现代文学固然接受了日本的影响，不过，并不是被动的接受，而是在改造中重塑，再加上非外来影响下的自身独立发展，生成了独具魅力和个性的中国现代文学，成为世界文学的重要组成部分，也对日本产生了深刻的影响。

近代以来，日本在现代化的进程中选择了一条"脱亚入欧"的发展道路，实行全盘西化，如伊藤虎丸所说："只去追求在怎样的程度上如何接近具有普遍意义的近代，而放弃了自己的主体问题。"① 与此相反，中国走了一条不同于西方和日本的现代化道路。竹内好用"回心型文化"与"转向型文化"来描述中国和日本接受西方近代文化的不同方式，认为当同样面对西方列强的殖民侵略和文化冲击时，中国表现出的文化方向是"抵抗"，而日本所选择的文化方向却是"放弃抵抗"。② 在他看来，以鲁迅为代表的中国现代文学集中体现了"抵抗"的文化方向。作为被压迫民族"抵抗"精神的产物，中国现代文学充分地记录和再现了中华民族从未有过的最危险时刻的历史身影和争取民族独立、民主自由的不屈不挠的反抗意志。大江健三郎在谈到中国现代文学时，特别感叹和钦佩中国现代作家面对困难和克服困难实现目标的精神力量。就是"通过文学使得国民国家的理念具体化，并且为了实现该目标而引导民众的那种行为"，在他看来，中国现代作家的实践之作之所以能留存后世，是因为他们本身所具有的这种强大力量所致。而反过来，日本的近现代文学不曾经历过这一切而造成的"脆弱"，直到现在还是依然如故。他认为，"尽管中国的文学者们在种种主张上存在着分歧，但在时代的进程中，却总是为了巨大的连续性而不懈地付出艰辛的努力。"这种巨大的连续性就是一种使命感。就是用文学来引导民众建设和维护国民和国家。他感叹中国现代文学明显表现出一种意志，"一种将中国人今天的生活现实与过去的深远连接起来，并建设他们独自的想象力中的共和国的意志。"他认为这一切日本则没有。③ 这也正

---

① [日] 伊藤虎丸：《鲁迅与日本人——亚洲的近代与"个"的思想》，李冬木译，河北教育出版社 2002 年版，第 181 页。

② [日] 竹内好：《近代的超克》，李冬木等译，生活·读书·新知三联书店 2005 年版，第 217 页。

③ [日] 大江健三郎：《我如何领悟中国的近、现代文学》，许金龙译，《中华读书报》2000 年 10 月 18 日。

是中国现代文学最吸引日本人关注的一个重要原因。日本文学的近代化，是以丧失自我的"根"为代价而获得的，日本近现代文学是在全盘吸收西方文化、极力丢弃中国文化的过程中蜕化的，因此，大久保典夫在《现代文学和丧失故乡》（1992）一书中把日本文学称作"丧失故乡的文学"。中国现代文学与日本的不同清楚地表明：接受了日本影响又创造出独特新质的中国现代文学，不是西方文学潮流影响下的回声余响，而是在近代以后的现代转换过程和外国文化、文学的影响中，以自身的特质走向世界，与其他国家的文学在对等的地位上共同建构起世界文学的。

　　大江获诺贝尔文学奖后，记者采访他，他在几乎没有上下文背景的情况下说了一句出人意料的话："中国文学是非常了不起的文学。"从这句突兀而出的话语，不难看出大江健三郎对中国文学的欣赏。而他对中国文学的接触，最早显然就源于对鲁迅作品的阅读。从大江健三郎的话中，我们似乎也可以做出这样的推测：大江文学与中国文学之间必然存在着某种联系。事实证明，这种推测是可以成立的。一直以来，大江健三郎对中国文学都非常关注。他也阅读过很多当代中国文学作品，对马原等先锋小说家非常赞赏。事实上，大批的中国当代作家也是在鲁迅的影响下成长起来的。如叶永烈、卢新华、母国政、中杰英、王汶石、吉学沛、刘佳、刘绍棠、刘厚明、苏叔阳、张扬、柯蓝、金涛、谢璞、鲁彦周、木斧、古华、冉淮舟、庄之明、陈世旭、韩映山等作家都集中地谈到了鲁迅及其作品对他们文学创作的影响。在他们那里，鲁迅既是他们的文学启蒙人，更是他们的文学引路人。正如孙郁在《当代文学与鲁迅传统——作于鲁迅逝世六十周年》中所说的那样："在当代文坛上，每一种思潮的涌现，都无法绕开鲁迅。无论你赞扬还是否定，实际上，人们没有谁能离开鲁迅直面的价值难题。这便是当代中国文人的宿命，我们被困在了这漫长的历史隧道里。在中国人精神的现代化之旅进程中，一代又一代的人，不约而同地与鲁迅相遇了。"因为鲁迅"在自己的世界里，创造了现代中国人的'精神话题'。而这个话题的核心，便是如何在西方夹击下的'被现代化'过程中，确立中国人的生存意义"。（《当代作家评论》1996年第5期）不可否认的是，大江健三郎对社会的启蒙和批判，与鲁迅的"立人"思想有着异曲同工之妙。他提出要塑造真正的日本人的形象，也就是要确立日本人的生存意义。鉴于大江健三郎对鲁迅的崇敬以及鲁迅对中国当代作家的重要影响，我们或许可以这样理解：他对中国当代文学的欣赏，也就是他对鲁迅传统的肯定和赞扬。这种传统，既包括鲁迅的独立意识、抗争精神，也包括鲁迅文学的拿来思想、包容的品格。如此看来，经由鲁迅，大江文学注定会与中国的现当代文学发生千丝万缕的联系。日本文学研究学者董炳月曾根据自己的研究实践这样说："到了近代——具体说就是明治维新之后，现代化程度的差异、地理距离的切近以及国家利益的冲突这三种主要因素互相发酵，使两国之间的关系向更为复杂的状态延伸。这种延伸体现在文学关系上，就是两国的文学发生了广泛、直接且密切的关联，呈现为交织状态。这种交织状态的密切性甚至超出了一般的比较文学研究方法（无论是法国学派的影响研究还是美国学派的平行研究）所处理的范围。"[①]而这种联系，又将把我们的视野推向了一个更广阔的天地，那就是如何立身于民族的土壤，创作出具有普遍意义的世界文学。在这方面，大江健三郎给我们树立了一个良好的榜样。

万之先生将大江健三郎界定为一个"民族国际主义"作家。以此来描述一个作家在全球文化互动环境中面对本国文化时的一种力求两全的立场和心态。大江本人非常强调他是日本作家，是为日本读者写作，他的作品是描写当代日本人和他们的生活，而且主题都是针对日本在第二次世界大战后的重大社会问题。他的译者都认为他的文学语言丰富了当代日语，其特色难以用其他语言表述，非常难译。同时，他也强调今日的日本是在国际化的社会和文化环境中，今日的日本人面对的问题和生存困境，也往往是人类共同的问题和生存困境，写今日日本人的日本文学自然也是世界文学的一部分。因此，日本作家应该和世界其他国家的文学对话，保持密切的联系，而他们的文学作品也应该反映出这种关系来。他特别指出，这种对话不仅仅是欧美文学，也包括亚洲文学。

通过大江文学的发展历程，我们也能得到这样的启示：任何一种民

[①] 董炳月：《"国民作家"的立场：中日现代文学关系研究》，生活·读书·新知三联书店2006年版，第2页。

族文学都具有自身的主体性。而这种主体性，是由该民族在漫长的历史发展过程中，经由民族的、历史的、审美的独特价值所构成的一种主体精神所决定的。而其自身又有着强烈的传承性和延续性。同时，优秀的民族文学又受到外来文学的影响，置于世界文学潮流之中，吸收消化外来的东西，使本土的与外来的、传统的与现代的文学经过冲突、并存而达到融合的程度。其中外来文学滋养着民族文学的根，而促使外来文学及其思想体系发生变化的力量却是其本土的、传统的主体性，最后建立了一个普遍的文学发展模式——"冲突—并存—融合"的模式。在此模式下，被世界所认同的优秀民族文学一般具有这些基本特征：其一，以本民族为主体，以固有的世界观、传统的文学思想为根基，以外来文学思想作为两者化合的催化剂，内外动因互相作用；其二，接受外来文学的影响，同时吸收外来的文学思想和技巧，但吸收技巧多于思想，即使吸收外来的文学思想，也在彼此并存、融合的过程中促其变形变质，即促其民族化。

大江健三郎立足边缘进行创作，却具有开阔的文学视野。在中国方面对其作品的译介及文学研究几乎处于空白的时期，大江健三郎如1994年的诺贝尔文学奖获奖演讲《我在暧昧的日本》中所说，已从"荒诞现实主义或大众笑文化的形象系统"出发，开拓出一条到达和表现普遍性的道路，并因这些"形象系统"而将其创作与韩国的金芝河、中国的莫言等结合起来。大江健三郎回忆说："当初开始作家生涯时曾有一个奢望，那就是从自己的笔下创造出作为世界文学之一环的亚洲文学。"从获奖演讲中不难看出，大江健三郎构建世界文学之一环的亚洲文学的思想已初露端倪。所谓亚洲文学，便是"以亚洲为舞台，思考亚洲的未来"的文学。经济全球化带来了文化趋同现象，要想构建亚洲文学，必须既要关注文学的普世价值，又要关注亚洲文化与文学的特性。大江健三郎的成功，就在于他在坚持日本文化主体的基础上，融合了西方文学理念进行创作。他从日本边缘之地的山村出发，最终走向了世界文学的中心。大江健三郎从亚洲文学的高度展望，认为中国作家将在21世纪前半叶占据世界文学的重要位置。莫言对大江健三郎的"亚洲文学"作出了回应，并曾发表论文进行思考，认为"如何继承和保存各个国家、民族的文学独特性和文学所表现出来的民族的精神需求是摆在我们亚洲作家面前的重大问题"。莫言获得了2012年诺贝尔文学奖，让我们看到中国文学的希望。大江健三郎文学的创作经验对中国文学进一步走向世界极具借鉴意义。

大江健三郎在日本当代文学发展中有着举足轻重的作用和影响，而他的文学创作又与鲁迅有着千丝万缕的联系，通过鲁迅对其的影响，看到中国文学对他的影响，进而看到中国文学与日本文学的互动关系。事实上，鲁迅在日本的影响早已存在。藤井省三指出："中国，始终是近现代日本文学的一个重要主题。通过思考中国，认识日本的现实，确认作家自身的存在方式，这一文学方法，始终是日本近现代文学的一个重要潮流。"[1] 事实上，何止是日本近现代文学，历史上中国始终是日本关注的对象，尤其是自近代以来，出于各种动机和需要，日本从未放弃对中国的观察和研究。中国现代文学成为观察和了解中国的重要视角和窗口，译介、阅读和研究中国现代文学的一个主要目的就是感受中国的新气象。同时，中国现代文学又被当作反观自我和确认自我的思想资源和参照坐标，特别是战后日本学者面对日本的战败和新中国的成立，特有的历史情怀和内省精神促使进步的学者对日本在近代化进程中所走过的崎岖之路进行深刻的反省与批判，并不断地探讨和思索未来日本前行的道路。像竹内好就是把鲁迅和中国现代文学作为批判日本的思想资源来处理的，他以鲁迅和中国现代文学为镜子，思考、反省和批判日本，其目的就是"在中国文学中追求真正的近代的姿态"。[2] 从这个意义上来讲，大江健三郎也莫不如此。因而，研究大江健三郎与鲁迅文学创作的关系问题，看到的不仅仅是这两个作家之间的异同，因了作家在各自民族文学发展中的重要作用及影响，进而看到以他们为代表的两国文学之间的相互交流及其影响，从而也能更好地揭示出日本文学与中国文学的互动关系及其独特内涵。从而引发出一个重要的

---

[1] ［日］藤井省三：《日本文学越境中国的时候》，《读书》1998年第10期。

[2] ［日］伊藤虎丸：《鲁迅与终末论——近代现实主义的成立》，李冬木译，生活·读书·新知三联书店2008年版，第41页。

思考：作为亚洲文学主体的中日文学，如何在今后的发展过程中，优势互补，携手共进，共同推动世界文学之一环——亚洲文学的发展和壮大，为世界文学的发展作出最大的贡献？大江健三郎与鲁迅关系研究的终极意义，恐怕也正在于此。

参考文献

［日］大江健三郎：《大江健三郎作品集》（全5卷），光明日报出版社1995年版。

［日］大江健三郎：《大江健三郎最新作品集》，作家出版社1996年版。

［日］大江健三郎：《大江健三郎作品精选集》，漓江出版社1999年版。

［日］大江健三郎：《大江健三郎自选随笔集》，光明日报出版社2000年版。

［日］大江健三郎：《大江健三郎自选集》（全4卷），河北教育出版社2002年版。

鲁迅：《鲁迅全集》（1—16卷），人民文学出版社1981年版。

［俄］安德列耶夫：《安德列耶夫小说戏剧选》，外国文学出版社1984年版。

吴俊：《暗夜里的过客——一个你所不知道的鲁迅》，东方出版中心2006年版。

王克千、樊莘森：《存在主义述评》，上海人民出版社1981年版。

［法］萨特：《存在主义是一种人道主义》，周煦良、汤永宽译，上海译文出版社1988年版。

荀春生、李志勇编：《闯入者——当代日本中篇小说选》，北京出版社1989年版。

程志民、杨深：《存在的呼唤》，陕西人民教育出版社1997年版。

柳鸣九：《"存在"文学与文学中的"存在"》，社会科学文献出版社1997年版。

［法］萨特：《存在给自由戴上镣铐》，何林译，辽海出版社1999年版。

李钧：《存在主义文论》，山东教育出版社1999年版。

程致中：《穿越时空的对话——鲁迅的当代意义》，安徽教育出版社 2004 年版。

彭小燕：《存在主义视野下的鲁迅》，北京大学出版社 2007 年版。

李春林：《东方意识流文学》，辽宁大学出版社 1987 年版。

卓新平：《当代西方新教神学》，上海三联书店 1998 年版。

陈漱渝等：《颠覆与传承——论鲁迅的当代意义》，福建教育出版社 2006 年版。

［日］大江健三郎：《大江健三郎口述自传》，许金龙译，新世界出版社 2008 年版。

朱德发：《二十世纪中国文学流派论纲》，山东教育出版社 1992 年版。

郭宏安、章国锋、王逢振：《二十世纪西方文论研究》，中国社会科学出版社 1997 年版。

徐曙玉等：《20 世纪西方现代主义文学》，百花文艺出版社 2001 年版。

曾繁仁：《二十世纪欧美文学热点问题》，高等教育出版社 2002 年版。

孟庆枢等：《二十世纪日本文学批评》，吉林人民出版社 2009 年版。

汪晖：《反抗绝望：鲁迅及其文学世界》（增订版），生活·读书·新知三联书店 2008 年版。

乐黛云编：《国外鲁迅研究论集》，北京大学出版社 1981 年版。

董炳月：《"国民作家"的立场：中日现代文学关系研究》，生活·读书·新知三联书店 2006 年版。

胡适：《胡适文集》第 1 卷，亚东图书馆 1940 年版。

冯雪峰：《回忆鲁迅》，人民文学出版社 1952 年版。

《胡风评论集》，人民文学出版社 1984 年版。

［日］竹内好：《近代的超克》，李冬木等译，生活·读书·新知三联书店 2005 年版。

［日］克尔凯戈尔：《克尔凯戈尔日记选》，宴可佳、姚蓓琴译，上海社会科学院出版社 1995 年版。

冯雪峰：《鲁迅的文学道路》，湖南人民出版社 1980 年版。

周遐寿：《鲁迅小说里的人物》，人民文学出版社 1981 年版。

彭定安：《鲁迅评传》，湖南人民出版社1982年版。

刘再复：《鲁迅美学思想论稿》，中国社会科学出版社1985年版。

金宏达：《鲁迅文化观探索》，北京师范大学出版社1986年版。

［日］竹内好：《鲁迅》，浙江文艺出版社1986年版。

王景山主编：《鲁迅名作鉴赏辞典》，中国和平出版社1991年版。

黄侯兴：《鲁迅——"民族魂"的象征》，山东人民出版社1996年版。

鲁迅、许广平：《〈两地书〉全编》，浙江文艺出版社1998年版。

王乾坤：《鲁迅的生命哲学》，人民文学出版社2001年版。

［日］伊藤虎丸：《鲁迅与日本人——亚洲的近代与"个"的思想》，李冬木译，河北教育出版社2002年版。

李长之：《鲁迅批判》，北京出版社2003年版。

李新宇：《鲁迅的选择》，河南人民出版社2003年版。

常立霓：《鲁迅与新时期文学》，上海社会科学院出版社2007年版。

郜元宝：《鲁迅六讲》，北京大学出版社2007年版。

［日］伊藤虎丸：《鲁迅与终末论——近代现实主义的成立》，李冬木译，生活·读书·新知三联书店2008年版。

［德］黑格尔：《美学》第一卷，商务印书馆1979年版。

［德］黑格尔：《美学》第三卷，商务印书馆1982年版。

［法］加缪：《尼采和虚无主义》，《文艺理论译丛》，中国文联出版公司1985年版。

［法］若利伟、［瑞典］阿司特隆：《诺贝尔文学奖秘史（前言）》，王鸿仁译，中国友谊出版公司1989年版。

胡尹强：《破毁铁屋子的希望：〈呐喊〉〈彷徨〉》，人民文学出版社2001年版。

瞿秋白：《瞿秋白文集》，人民文学出版社1953年版。

文洁若编选：《日本当代小说选》，外国文学出版社1981年版。

［德］恩思特·卡西尔：《人论》，上海译文出版社1985年版。

叶渭渠：《日本文学思潮史》，经济日报出版社1997年版。

唐月梅：《日本现代主义的比较文学研究》，中国社会科学出版社1997年版。

叶渭渠编：《日本文明》，中国社会科学出版社1999年版。

叶渭渠、唐月梅：《日本现代文学史》，中国社会科学出版社1999年版。

孟庆枢、于长敏：《日本——再寻坐标》，吉林摄影出版社2000年版。

柳鸣九选编：《萨特研究》，中国社会科学出版社1981年版。

[美] A.C.丹图：《萨特》，安延明译，工人出版社1986年版。

萨特：《萨特文集》，施康强译，人民文学出版社2000年版。

陈漱渝：《谁挑战鲁迅：新时期关于鲁迅的争论》，四川文艺出版社2002年版。

蒋德均：《诗与思》，大众文艺出版社2006年版。

魏金生：《"探索"人生奥秘——萨特与存在主义》，北京出版社1989年版。

卞崇道：《跳跃与沉重——二十世纪日本文化》，东方出版社1999年版。

许寿裳：《我所认识的鲁迅·回忆鲁迅》，人民出版社1978年版。

[美] 韦勒克·沃伦：《文学理论》，刘象愚等译，生活·读书·新知三联书店1984年版。

《外国文艺》编辑部编：《维荣的妻子·当代日本小说集》，吴树文译，上海译文出版社1986年版。

[英] 拉曼·塞尔登：《文学批评理论——从柏拉图到现在》，刘向愚、陈永国等译，北京大学出版社2000年版。

林志浩：《新文化运动的先驱鲁迅》，山西人民出版社1986年版。

[日] 大江健三郎：《小说的方法》，王成、王志庚等译，河北教育出版社2001年版。

王琢：《想象力论——大江健三郎的小说方法》，上海文艺出版社2004年版。

曾艳兵：《西方现代主义文学概论》，北京大学出版社2006年版。

[法] 让-雅克·卢梭：《一个孤独的散步者的遐想》，张弛译，湖南人民出版社1985年版。

余源培、夏耕：《一个"孤独"者对自由的探索——萨特的〈存在与虚无〉》，云南人民出版社1989年版。

[美] 道尔：《拥抱战败：第二次世界大战后的日本》，胡博译，生活·读

书·新知三联书店2008年版。

［日］松原新一等：《战后日本文学史·年表》，罗传开、柯森耀、周明等译，上海译文出版社1983年版。

林毓生：《中国意识的危机》，贵州人民出版社1986年版。

李德纯：《战后日本文学》，辽宁人民出版社1988年版。

［日］鹤见俊辅：《战争时期日本人精神史》，高海宽、张义素译，吉林人民出版社1991年版。

徐贲：《走向后现代与后殖民》，中国社会科学出版社1996年版。

卞崇道主编：《战后日本哲学思想概论》，中央编译出版社1996年版。

［德］马克思：《中国革命和欧洲革命》，《马克思恩格斯全集》，人民出版社1961年版。

高旭东：《走向二十一世纪的鲁迅》，中国文联出版社2001年版。

王富仁：《中国文化的守夜人——鲁迅》，人民文学出版社2002年版。

Holy Bible, NRSV, Chinese Union Version with New Punctuation (Nanjing: China Christian Council, 1995).

后　记

　　几载寒暑交替，几度冬去春来，终于到了收笔的时候。回想这部书稿的撰写，颇多感慨！

　　书名的确定和框架的构建是在 2010 年 10 月。那年秋天，作为青年骨干教师的我来到武汉大学访学，在那里，见到了对我影响至深并值得感激一辈子的老师——我的导师张思齐先生。在访学之前，我在众多的专家学者中选择了张先生作为我的导师，事实证明，我的选择没有错！在一年的访学生涯中，我学到的远远超出了我的预期。先生学识渊博，成果丰硕，在学术界有不小的影响和威望。他在生活中慈祥和蔼，但在学术研究上却极其严肃、认真，容不得一丝一毫的浮躁和讨巧。从先生那里，我不仅学会了治学的方法，也学到了很多为人处世的道理。我庆幸自己碰到了这样一位好导师，也感叹与先生得见太晚。我心里常常在想，若能早点拜到先生门下，想必我的学术眼界与学养早已不与今日而语。但与不碰见相比，时间虽晚总还是值得庆幸和开心的。在一年的访学中，先生给了我悉心的指导、热心的帮助，让我在治学的道路上有了更多的信心和动力。正是在先生的指导下，初步确定了这部书稿的书名和大致框架。一年的时间很快过去，带着访学的收获及书稿的部分章节回到了工作岗位。那时候，我信心满满，以为不久的将来就能完成书稿，不辜负先生的厚望。却不料，事情的发展异常艰巨，每迈动一步，都必须付出巨大的努力。这就是学术工作！在书稿撰写的几年中，先生始终给予关注。这既令我感动，又教我惶恐。感动的是，对于我这样一个不入门的弟子，先生能一视同仁，足见其人格魅力；惶恐的是，一部小小的书稿却久拖未决，有负于先生的厚望。

现在，终于可以收笔了，也终于可以给自己、也给关爱自己的先生一个迟来的交待了！

从开篇到收尾，这部书稿用了将近4年的时间。对我而言，这是一个艰辛的治学过程，也是一个历练的过程。完成20多万字的书稿，对我来说，虽不是件易事，也并非不能完成。收笔对我既意味着肯定，也是一种鼓舞。有人说，要做学问，就要耐得住孤独，忍得住寂寞，若非能大隐隐于市，要想真正有所成就根本无从谈起。当然，对现在的自己来说，要做到那样或许还有相当的难度，但以此为目标想必总还是可以的。于是，想到了屈原的那句话：路漫漫其修远兮，吾将上下而求索。

在此书即将付梓之际，对所有关心我、帮助我的人表示最衷心的感谢！对所有为此书问世提供参考和借鉴的专家、学者表示最诚挚的谢意。此书的出版，得到了河池学院硕士专业学位建设点及河池学院国家级特色专业汉语言文学专业建设点的经费支持，在此一并感谢！

邓国琴
2014年10月28日于琴心阁